U0468081

有爱的青春陪伴者

一起来开家长会

摩若迦 著

江苏凤凰文艺出版社
JIANGSU PHOENIX LITERATURE AND ART PUBLISHING

图书在版编目（CIP）数据

一起来开家长会 / 摩若迦著. -- 南京 : 江苏凤凰文艺出版社, 2025.4. -- ISBN 978-7-5594-9389-7

Ⅰ. I247.5

中国国家版本馆CIP数据核字第20250AV131号

## 一起来开家长会

摩若迦 著

| 责任编辑 | 王昕宁 |
|---|---|
| 特约编辑 | 李 娜 |
| 责任校对 | 言 一 |
| 出版发行 | 江苏凤凰文艺出版社 |
| | 南京市中央路165号，邮编：210009 |
| 网 址 | http://www.jswenyi.com |
| 印 刷 | 天津睿和印艺科技有限公司 |
| 开 本 | 880mm×1230mm 1/32 |
| 印 张 | 8.5 |
| 字 数 | 196千字 |
| 版 次 | 2025年4月第1版 |
| 印 次 | 2025年4月第1次印刷 |
| 书 号 | ISBN 978-7-5594-9389-7 |
| 定 价 | 42.80元 |

江苏凤凰文艺版图书凡印刷、装订错误，可向出版社调换，联系电话025-83280257

# 目录 / contents

**第一章**
家长会 ……001

**第二章**
恶作剧 ……025

**第三章**
喜欢的人 ……052

**第四章**
期中考试 ……081

**第五章**
相亲 ……108

**第六章**
择优选取 ……135

# 目录 / contents

**第七章**
愿赌服输 ...... 159

**第八章**
我势在必得 ...... 182

**番外一**
玫瑰花 ...... 202

**番外二**
向日葵幼儿园 ...... 225

**番外三**
没有如果 ...... 253

第一章 ♡ 家长会

当梁韵怡接到好友苏苏的电话时,她正在苗苗小学一年级的教室里如坐针毡。

放眼周遭,来开家长会的大多是中年模样的男女,偶尔也有花白头发的老人。于是,梁韵怡这张女大学生的脸庞显得格外淳朴稚嫩,混迹其中,显得格格不入。

四下的家长互相攀谈起来,开场白无外乎是"你好,我是××的妈妈""你好,我是×××的爸爸"……总而言之,以姐姐的身份前来参加家长会的,梁韵怡恐怕是独一份了。

苏苏的电话来得正是时候,多少缓解了梁韵怡的尴尬。

苏苏热情洋溢地说:"你真的不来了?听说今晚的联谊会有很多帅哥呢!"

梁韵怡一声苦笑,压低声音道:"我真的来不了……实不相瞒,我现在人在苗苗小学。"

"哈?"苏苏愣道。

"来参加我妹妹梁静怡的家长会。"

电话那头的人沉默半晌,随即排山倒海的笑声让梁韵怡不禁把手机放远了些。

"天啊,这难道就是新时代的'长姐如母'?"苏苏笑得前俯后仰。

"这是新时代的'尽孝方式'。"梁韵怡唉声叹气,"我妹妹的调皮劲儿,你也是知道的。开家长会能收获什么,你也是知道的。"

梁韵怡的妹妹——梁静怡,上幼儿园的时候就是"一方祸害"。爸妈老来得女,对小女儿娇宠得很。以前幼儿园开家长会时,他俩每每兴致勃勃地去参加,总是灰头土脸地回来。去年升上小学了,满心期待能有一个新开始,结果上学期在家长会上又被班主任一通教育。

苏苏懂了:"所以这回,你爸妈学聪明了,索性不参加了,让你替他们去挨骂。"

"一针见血!"梁韵怡单手扶额,声音哆嗦,"你是不知道,我爸妈为了让我参加妹妹的家长会,简直无所不用其极。先是奥斯卡演技上身,一个捧着心口,一个扶着老腰,絮絮叨叨地说他俩老了,身体吃不消,受不了一点儿刺激了,再被班主任批评,指不定就该叫救护车了;随后又振振有词地说,静怡是我的亲妹妹,我也该多多关心她;最后还声泪俱下,说我肯代替他俩参加家长会,就是对他俩尽孝了……"

"乖乖,连'孝道'这顶大帽子都扣上来了,看来你不去都不行了。"苏苏啧啧道。

"所以,今晚你就好好享受帅哥,我呢,就乖乖挨老师批评。"

"对此,我深表同情。"苏苏感慨,"你妹妹现在升入小学了,依旧是调皮大王?"

"依旧是,而且风采不减当年。"梁韵怡长舒一口气,"不过听爸妈说,班上还有个调皮孩子和她不相上下,还恰好是她同桌。"

"哎,老师这是把两个小麻烦捆绑在一起,方便管理了啊。"苏苏道,"那你见过另一个调皮王的家长吗?"

"还没呢,我……"

梁韵怡话未说完,身边就袭来一片阴影。一个年轻男人落座于她身边,先是四下张望一番,随即出其不意地,与握着手机的梁韵怡四目相对了。

一瞬间,两人都怔住了。

一个稚嫩得一看就不是××的妈妈,另一个也年轻得不像是××的爸爸。在目光交汇了足足五秒钟之后,彼此才绽开一个礼貌的微笑。

"你好。"

"你好。"

"我是董子辰的叔叔。"董晟道,"我没坐错位置吧?"

"没坐错。"梁韵怡不由得抿嘴一笑,"我是梁静怡的姐姐。"

梁韵怡听说过董子辰的大名,和自家妹妹并称一(1)班两大调皮王。而"两大调皮王"这个美称,还是班主任蒋老师在上学期的家长会上无意间说漏嘴的。

听说当时的场面是这样的——初出茅庐的蒋老师气得连连扶起鼻梁上的眼镜:"梁妈妈,董爸爸,你们真的要好好管管孩子们了!知道梁静怡做了什么吗?她居然往同桌小男生的铅笔盒里放蚯蚓,吓得小男生尖叫着跑出教室了!"

梁妈妈弱弱地道:"因为那男孩儿说自己是天底下胆子最大的人,静怡就想试试是不是真的……啊,老师您说得对,梁静怡太不应该了!"

蒋老师又气呼呼地转头道:"知道董子辰做了什么吗?他用胶水去粘同桌小女生的头发,女孩儿哭得上气不接下气!"

董爸爸喃喃地道:"那臭小子对我说,是因为女孩儿抱怨自己的刘海儿总是挡眼睛,影响写作业,他才帮忙出的主意……啊,老师您说得对,董子辰出的什么馊主意,太不像话了!"

"总而言之,因为这两大调皮王,我已经被其他家长投诉好几次了!我……"说到这儿,蒋老师才意识到自己说漏嘴了,软了软语气道,"哎哟,他俩的确调皮,但都是聪明孩子,家长们好好管教,也是很有潜力的!所以我把他俩的座位换了,他俩现在成了同桌,正好共同成长、共同进步,对吧!"

怕他俩又去"祸害"其他孩子，索性让两大调皮王坐一起，以毒攻毒。就这样，梁静怡和董子辰开始了同桌生涯，也造就了此时此刻，梁韵怡与董晟的并肩而坐。

家长会开始了，讲台上的蒋老师侃侃而谈，从学习习惯讲到班级纪律，一张张 PPT 翻过，满满的都是表扬名单。

至于批评名单，蒋老师也不会公然打在大屏幕上，只偶尔从嘴里幽怨地漏出几句，再递去几个眼神。可这些，就足以让梁韵怡的脑袋越来越低，快直接埋进桌肚里去了。

手机上，正在欢快联谊的苏苏早就没了动静，倒是自家父母还抱有一丝侥幸心理，发来慰问的微信：怎么样，老师都说了什么？有没有表扬你妹妹啊？

梁韵怡的双颊都烧红了，回复：我的妈妈呀，你在做什么春秋大梦呢！准备好扫帚狠狠收拾静怡一顿吧……救命，静怡的默写分数这么差的吗？还经常拖欠作业？玩捉迷藏居然躲进了校长专用的会议室里……我现在连头都不敢抬了……

梁妈妈：有这么差劲吗？不过……她的确有阵子没把默写本带回来了，她说学校最近都没默写啊。

梁韵怡：你信？

梁妈妈：知道了知道了……

梁妈妈心虚地顿了顿，又不死心地问：静怡不至于是全班最差的吧，她同桌的男生呢？

董晟也正无地自容地和自家哥哥发微信。

说起来，董晟的遭遇和梁韵怡真是半斤八两，他哥一句"我最近

生意实在太忙了，再说了，子辰也是你的亲侄子"，直接就把家长会通知塞进了他口袋里。

董晟刚想反驳，他哥又是一通"也怪我没好好教育儿子。老婆当年嫌我穷离开我，我只好又当爹又当妈，还要赚钱供你读书"……亲情的大旗一出，董晟只有缴械投降的份儿。

此时，他无奈地回复哥哥：哥，我觉得孩子该打还是得打。

他哥董坤不甘心道：怎么，一丁点儿进步也没有吗？

董晟：默写挣扎在及格线，小测验时忙着切橡皮差点儿交白卷。为了找捉迷藏的同学，闯进校长专用会议室里……哥，真得打一顿了。择日不如撞日，就今晚吧！

董坤沉默半晌：不至于这么差吧？难道是全班最差了？他同桌呢？

于是乎，各自回复微信的梁韵怡和董晟，下意识地抬头互望了一眼，在又一次四目相对之后，彼此尴尬地笑了笑。

背景音里是班主任蒋老师的声音："所以我们一（1）班整体而言是个积极向上的班级，校长也多次夸赞过本班的纪律。当然，在个别同学玩捉迷藏躲进会议室之后，校长就没再表扬过本班了……"

随着蒋老师幽怨的目光横扫过来，梁韵怡与董晟又默默地各自垂下头去。

家长会好不容易结束了，伴随着家长们热情的鼓掌声，面如番茄的梁韵怡已经准备开溜了。她瞥见身边的董晟也做好了脚底抹油的准备，只可惜两人才刚猫腰起身，不远处的蒋老师就招呼道："梁静怡和董子辰的家长，请等等，稍后我们详细聊聊。"

月上柳梢头，拖着疲倦的身躯终于回到家的梁韵怡，刚踏进家门就受到妹妹梁静怡的热情款待。

"姐姐，拖鞋帮你拿好了，果汁给你倒好了！"

静怡人小鬼大，趁着姐姐在玄关换鞋的工夫，凑在她耳边说悄悄话："姐，老师说什么了吗？"

梁韵怡狠狠瞪了她一眼，于是静怡鼓起腮帮子，一张圆脸显得更圆了。

"姐，姐，你别告诉爸妈。"静怡耍起撒娇大招，"我们是亲姐妹！"

"我要不是你亲姐姐，今晚就该出现在联谊的饭店里，而不是在苗苗小学的教室里挨批评！"说罢，梁韵怡径直走进客厅，"爸妈，扫帚准备好了吗？"

小静怡急了，追上来："没有扫帚，家里刚换了扫地机器人！"

"换个工具也不妨碍我揍你一顿。"梁韵怡撸起袖子道。

"姐，有话好商量，你也不能……不能只听老师的一面之词吧！"静怡急道。

"哎哟，成语倒是用得好。"梁韵怡哭笑不得，干脆往沙发上一坐，招呼爸妈一起过来听，"默写本多次不订正，还骗爸妈说学校最近没默写，这事儿是谁的主意？"

静怡一愣，似是没料到姐姐会问这个，刚才还叽里呱啦不停的小嘴巴顿时抿得紧紧的。

梁韵怡一瞪眼："坦白从宽！"

"是我自己的主意。"

"梁静怡，坦白从宽！我和班主任已经聊过了！"

"是我同桌的主意。"静怡小嘴一撇，为自己出卖好友而感到自责，"他说的，所有作业里，蒋老师查默写本查得最不严，可以钻空子……"

梁家父母一听，又是一个捧心口，一个扶老腰，继续"逼供"的任务只得让"长姐"代劳了。

梁韵怡："你倒是还挺讲义气。那我再问你，你同桌董，董……"

"董子辰！"

"对，董子辰！他为了切橡皮几乎交了白卷……"

"才没有，卷子正面他都做了，还全对呢。他只是没看到还有反面，才开始玩切橡皮的！"

"你，你倒是挺护着他啊！"梁韵怡一口气没提上去，还得梁妈妈过来拍拍她的肩膀以示安抚，她才得以继续道，"那他偷大人的印章，盖在不及格的卷子上糊弄老师，这个馊主意是谁出的？"

静怡下意识地缩了缩肩膀："是我……"

"行了。说吧，"梁韵怡叹气，"家里没扫帚也没办法，那你自己说吧，想被什么工具揍一顿。"

在离他们家几条马路的某小区某户里，董子辰也正梗着脖子对叔叔董晟道："是梁静怡给我出的主意没错，但也不能怪她吧。是我自己觉得这个主意不错，才具体操作的！"

如果梁韵怡听到他的回答，一定会想：鼓掌鼓掌，好一对相亲相爱的"一（1）班两大调皮王"啊！

末了，梁静怡的小屁股结结实实地被姐姐直接用手揍了一顿。所幸架势虽大，但实际操作下来，梁韵怡还是手下留情的。

"哼，看你下次还敢不敢！"梁韵怡故作恶声恶气状。

梁妈妈爱女心切，打圆场道："看静怡都哭了，肯定记住了。"

梁韵怡于是松开静怡，又问："小丫头，你还有什么要交代的吗？"

静怡眨眨泪眼："没了……"

"我给你个提示，捉迷藏。"

静怡咧嘴道："这事儿，我和董子辰都跟校长道过歉了！校长这种大人物，不会记仇的吧！"

"所以你们俩是怎么想到去校长专用的会议室里捉迷藏的？"梁韵怡的嗓门又高了起来。

"我听说校长那几天出差不在学校，会议室门开着，就……就躲进去了……我没想到董子辰那么聪明，一下子就猜到我在哪儿，还找进来了。"

"哎哟哟，坦白从宽的同时还不忘夸一下你的好同桌，看来你俩关系真不错啊！"梁韵怡道，"我可听说，校长提前回来，被从窗帘后面窜出来的你俩吓到一屁股坐到地上，到现在屁股上的伤还没好！"

"所以我们写了整整三百字的检讨书！"静怡一脸悲愤道，仿佛写三百字检讨书是多么沉重的代价。

梁家父母在一旁唉声叹气，又说："既然她和同桌在一起也不学好，能不能和蒋老师说说，把他俩换开？"

"谁去说？你俩去？"梁韵怡皱眉，"你俩连家长会都不肯去。"

再说了，梁韵怡也看出来了，蒋老师才不敢放他俩出去"祸害"其他孩子呢。

"蒋老师不仅不会分开他俩，还……还……"梁韵怡一声叹气，伸手揉了揉眉心，"还让我和董子辰的叔叔加了微信，让我俩加强联系，以免他俩以后干坏事时串供。"

"哎，真的吗？"这句话，几乎同时从梁家父母和静怡的嘴里说出来。

梁家父母一脸惊喜:"哎哟,韵怡,看来蒋老师以后有事儿都会直接联系你了,对吗?"

而静怡则兴奋道:"我听董子辰说过好几次了,他叔叔特别特别帅气,姐姐你看到了吗,真的很帅吗?"

"好像是挺帅的……等等,臭丫头,这不是重点!"

而此时在董家,情况也是异曲同工。

前一秒还在为儿子调皮而头疼不已的董爸爸,在听说弟弟与女调皮王的姐姐加了微信后,简直乐开了花:"她姐姐漂亮吗?这算是一种缘分吗?"

董晟还没开口,董子辰就抢白道:"她姐姐肯定很漂亮,因为梁静怡说自己和姐姐长得很像呢。"

"好像是挺漂亮的……等等,这和漂亮与否没有关系!"董晟道。

在梁静怡嘴里很漂亮的姐姐,与在董子辰嘴里很帅气的叔叔,两人加上微信之后没隔多久,就发生了第二次交集。

这天下午,在X大学校外的一间咖啡馆里,苏苏与联谊认识的男生进行了首次约会。

两人对彼此颇有好感,却又害羞,便各自拉了一位朋友作陪。

很不幸,梁韵怡便是苏苏的陪客。

她坐在苏苏身边,瞧着苏苏与那男生目光间的火光四射,无奈地举起咖啡杯喃喃道:"苏苏,你不觉得,其实我很多余吗……"

苏苏正朝那男生微笑,对梁韵怡耳语道:"你就当陪陪我啦。再说了,彭飞带来的兄弟不是很帅吗?你俩可以聊聊天啊。"

彭飞是苏苏的心动男生。而那位被带来作陪的兄弟,梁韵怡连他的名字都没记住，更无福消受他炙热的目光。

梁韵怡正想敷衍几句就找机会开溜，适时草莓蛋糕被端上了桌。她随口称谢，却听见一个略带熟悉的声音诧异地说道："你是……梁小姐？"

梁韵怡一愣，见那身着咖啡馆制服、身材高挑的年轻男人分明是——

"董子辰的叔叔？"

"是的。"董晟笑了。

"你在这里工作吗？"梁韵怡也跟着笑了。

"可以这么说……"董晟点头。

收银处的员工在身后喊道："老板，之前订的货说要晚两天到。"

"好的！"董晟扬声，又微笑着对梁韵怡道，"老板也是一种工作嘛。"说罢，他打量了下桌上的二男二女，"各位慢用。梁小姐是我的朋友，打八折。"

这家名为"相逢"的咖啡馆，老板正是董晟。

当初董晟刚考上 X 大学时，家里并不宽裕，他常常四处打工，做得最久的就是"相逢"。

临毕业时，哥哥的生意好转，家里富裕了不少。恰逢原老板想转让咖啡馆，董晟心念一动，找哥哥借了钱就把咖啡馆盘了下来。

所以，当他哥这个"大金主"开口，要求董晟帮忙多管管侄子的学习时，董晟这个拿人手短的，怎么好意思拒绝呢。

遥想那天在家长会上，自己不仅无奈地加了班主任的微信，还加了同桌姐姐的微信，董晟就哭笑不得。

想必蒋老师也看出来了，子辰的亲爸常年出差，她遇事还不如联系这位叔叔。于是近几日来，无论是董子辰拖欠作业还是上课开小差，

蒋老师一律告知到董晟的微信上，而董晟自然就扛起了回家教育侄子的重任。

董晟处理完供货商的信息，下意识地回头瞥一眼，心下不禁琢磨：不知道梁小姐是否也和自己一样，成了班主任的"告状对象"呢？

那厢，苏苏和彭飞渐入佳境，已经双双去花园赏花赏草了，留下梁韵怡和那位兄弟大眼瞪小眼。

瞪大眼的是那位兄弟，一看就是想趁机和梁韵怡拉近关系。

眯小眼的是梁韵怡，一看就在琢磨着怎么礼貌开溜。

只见那位兄弟鼓起勇气："梁小姐对吧，我们加个微信如何？方便联系。"

梁韵怡则委婉道："不必了。以后苏苏和彭飞联系就好，估计下次我们也不用作陪了。"

那位兄弟不甘心："其实……我们也可以单独出来约会的。我从苏苏那儿听说了，你没有男朋友，那天本来也打算参加联谊的，只是家里有事儿耽误了。那天，你是去参加妹妹的家长会吧，一听就特别有爱心，所以联谊时我就对你很好奇，也是我拜托苏苏带你出来的！"

"哎，是吗……"梁韵怡招架不住，面前的男生倒也没什么不好，只是她对他没有半分感觉，"我还有事儿，先走了，等会儿麻烦你和苏苏说一声。"

梁韵怡起身便想走。

那位兄弟急了，竟下意识地想拉住她，只是手还没碰到她的衣袖就在她的目光下讪讪收回。他却还是拦着她道："我们加个微信吧。"

"真不用。"

"你不给，我去问苏苏，也是能要到的。"

梁韵怡顿时心下不悦，正琢磨着该拂袖而去，还是该训斥几句他的无理取闹。就见不远处的董晟忽然过来，巧妙地横在了两人之间。

董晟面朝男生，笑得礼貌："梁小姐现在是真的有急事儿。"

"什么？"男生一愣，"你怎么知道？"

"因为她是和我有事儿要商量，很紧急。"说着，董晟举起手机晃了晃，"我们的介绍人已经在问我进展了，所以我得先和她聊一聊。失陪。为表歉意，你们这桌七折。"

说罢，董晟对梁韵怡使了个眼色。

梁韵怡毫不犹豫地点了点头，立刻跟着董晟开溜了。

"谢谢。"她跟着董晟走出咖啡馆，如释重负道，"多谢你解围。"

董晟看着她，脑海里不禁想起侄子的那句话——她姐姐肯定很漂亮。

家长会那天，他心下紧张，却也偷偷注意到身边的女孩儿清丽美好，此刻细瞧……嗯，的确可爱！

"董先生？"梁韵怡看着他。

董晟一愣，才发现自己的失神："抱歉，怎么？"

"没什么。谢谢你，我先走了。"

"好。等等！"他这才猛然想起来，"其实我也不单纯是为你解围，我的确是有事儿与你商量。"

"哎？"

他苦笑："就是班主任蒋老师，刚才给我发了微信。"

十分钟后。

"也就是说，会议室丢了一块奖牌。"梁韵怡面色凝重，她查看手机时，才发现蒋老师也给她发微信了，"是去年校合唱团市一等奖的奖牌。"

董晟接着道："这几天苗苗小学要拍校庆宣传片，奖牌、奖杯都要拿出来展览。就这块找不到了。所以校长就想起前几天，子辰和同桌在那里玩捉迷藏的事儿，怀疑是两个孩子拿走了奖牌。"

梁韵怡心头五味杂陈。

妹妹虽然调皮，但从未做过偷东西这种事儿。她难以置信，但又无话可说，只得先回蒋老师一句"我回家问问静怡"。

董晟也是这么回复蒋老师的。

按蒋老师的说法，她已经问过孩子们了，孩子们异口同声地说没拿过，但显然因为两个小孩之前的种种表现，蒋老师将信将疑。

蒋老师在微信里是这么说的：孩子们都说没拿，我当然也信他们。但是校长那边，我得给个交代。麻烦家长们在家里也找一找，金色圆形奖牌。两个孩子有可能串供，你们两家可以互相通个气。

隔两分钟，她又发来一句：当然，我不是不信任孩子们。只是我必须给校长一个交代的，不好意思啊。

这天晚上，回到家的梁韵怡心情沉重。

手机上有苏苏的微信：我们回来的时候，你们怎么都提前走了呀？你生气了吗？哎呀，我坦白从宽了，联谊那晚我说你去参加妹妹家长会了，大家对你好奇，我就翻了你的照片出来。结果，他兄弟一眼就相中你了，我才起了撮合的心思。说实话，你感觉如何？

梁韵怡想起那位仁兄的唐突，本想吐槽几句，但见妹妹静怡从房里出来，她顿时把手机一丢，大步流星地上前，一把捉住妹妹的肩膀。

"静怡，和姐姐好好地聊一聊。关于会议室里的奖牌……"

静怡听完姐姐的叙述，脸上的笑容渐渐消失了。

"我没有，真的没有！"她的小脸蛋涨得通红，"在学校的时候，蒋老师已经问过我了，我说过了我没拿！"

梁韵怡沉默不语，看着妹妹的大眼睛里竟弥漫上水汽，心里的天平终究还是偏向了她。

"这事儿，爸妈知道吗？"梁韵怡叹气，伸手搂了搂妹妹。

静怡肩膀微颤，摇头道："蒋老师问我，还说放学时要问我妈妈的，让我一定要实话实说。我就说，爸妈不舒服，今天要去医院做体检，放学是钟点阿姨来接我。蒋老师就说，那算了。"

梁家爸妈一个总按着心口，一个总扶着老腰，也的确是因为年纪大了身体不好。

想当初梁妈妈怀静怡是个意外。静怡幼年时，夫妻俩还算强健，可毕竟岁月催人老，静怡又是个不省心的，近年来老两口时不时这儿疼那儿疼的，携手一起做体检的频率也增多了。

梁韵怡心事重重："先别和爸妈说吧。"

她又端正了神色，直勾勾地看着妹妹的脸庞，捉着妹妹的小手柔声道："静怡，姐姐再问你一句，你真的没拿奖牌？"

静怡摇拨浪鼓似的摇头："真的没有！"

"那董子辰呢？"

"我俩都没有，真的！我们就是玩捉迷藏，吓到校长之后就赶紧跑了！姐姐，我，我们真的没有！"

"你说了，姐姐就信。"梁韵怡重重握着她的手，"那你再回忆一下，那次在校长会议室，有没有移动过什么东西？"

也许是他俩玩得兴起,不小心把奖牌碰倒了,掉落在了某处?

静怡讷讷地道:"有。我动过椅子,本来想钻椅子下面的,但是钻不进去。后来就钻窗帘后面了……哦,我还动了报纸架,挡在窗帘前面……"

梁韵怡哭笑不得:"那董子辰进来找你时,也动了这些东西?"

静怡想了想,点了点头。

"好吧。"梁韵怡叹口气,"你先去写作业。姐姐信你,姐姐会和蒋老师说的,你没有拿奖牌。"

"可蒋老师会相信吗?"静怡的眼睛彻底湿润了,豆大的泪珠滚下来,"蒋老师在学校里已经问过我了,我还以为她是相信我和董子辰的。原来她压根儿就不信,她还发微信问你。"

梁韵怡连忙心疼地抱了抱妹妹,却也趁势拧了下她的脸蛋儿,恶声恶气地说:"谁让你成天调皮捣蛋呢!这就是你做一(1)班调皮王的代价!"

这天晚上,梁家爸妈回来得稍晚,所幸体检报告大体正常,个别指标有异,也都是些老年人的常见病罢了。

姐妹俩默契得谁也没提奖牌的事儿,但梁韵怡的心里如同扎了一根刺。

晚上九点多,静怡就上床睡了。梁韵怡看着呼呼大睡的她,握着手机不知所措。她几番斟酌措辞打字,但又一遍遍删去。

回复蒋老师一句"静怡没拿"的确简单,但她总觉得,这事儿得诚诚恳恳地与老师当面谈更好。可具体该怎么谈,她又一筹莫展。

正烦恼之际,手机上传来了董晟的微信:*梁小姐,这么晚打扰你*

真不好意思。关于奖牌的事儿,你问过妹妹了吗?

梁韵怡顿时抖起精神:问过了。静怡说没拿。你问过侄子了吗?

董晟:子辰也说没拿。而且子辰信誓旦旦地说,梁静怡也没拿,他们俩都没拿。

梁韵怡笑了:真巧,我妹妹也说了,子辰没拿,他们俩都没拿。看来两大调皮王的革命友情真牢固。

董晟发来一个微笑:老实说,我相信子辰。

梁韵怡:我也相信静怡。只是不知道该怎么回复蒋老师。怕轻飘飘的一句"我家孩子没拿",老师信不过,还会对静怡有偏见。

梁韵怡心烦意乱:你回复蒋老师了吗?

董晟:还没呢。正想参考一下你的回复。

梁韵怡发过去一个苦笑的表情:其实,我想明天去一次学校,当面和老师谈一谈。毕竟诚恳的态度通过微信可不好传达。况且孩子们乱动过会议室的东西,我琢磨着,奖牌是不是掉在了某个角落里。

董晟:有道理。

梁韵怡:只是我还在斟酌措辞,怕自己表达不妥当,让蒋老师误以为我是那种一味信任孩子、包庇孩子的家长。可我的确相信静怡,虽然她调皮捣蛋,但我看着她从小长到大……

梁韵怡打字的手停了停,鼻尖竟涌上一股酸涩,也顿觉自己说得多了些——毕竟她与董晟还只是点头之交罢了。

她深吸一口气,正想换个话题,但董晟却发来一句:我明白。作为叔叔,我当然也信子辰。梁小姐,明天需要我陪你一起去见老师吗?

梁韵怡一愣,而董晟很快就撤回了最后一句话,改成了:梁小姐,明天我陪你一起去见老师吧。

第二天早上，小静怡背着书包，准备由梁妈妈送去上学。

临出门前，她回眸望了一眼姐姐。见姐姐从容地对她点了点头，静怡小小的一颗心才安然落回肚子里，欢欢喜喜地换了鞋出门去了。

因为姐姐说了，姐姐信她，姐姐会帮她搞定的。

而梁韵怡一番梳妆后，也满腹心事地出了门。她一早就回复了蒋老师，说静怡没拿，还说自己想与老师面谈，不知老师今天何时方便。

蒋老师回复得很快，说九点后有一节空课的时间，于是梁韵怡便先与董晟会合。

董晟的车早早就候在她家附近了。梁韵怡拉开车门坐上副驾驶，深吸一口气道："我昨晚准备了措辞，你帮忙听听这样说合不合适？"

说罢，她清清嗓子，端正脸色，字正腔圆地说了一番："蒋老师，身为梁静怡的姐姐，我……"

她面容诚恳，说话时一双眼睛越发清澈。她好似真把面前的董晟当成了蒋老师般，声情并茂，以情动人。

于是董晟便如同真的被打动了一般，望着她眨呀眨的眼睛和一张一翕的嘴唇，失神了片刻。

半晌，他才恍然察觉梁韵怡的措辞已经临近尾声。

"所以蒋老师，我们能不能进会议室看一看，奖牌兴许掉落在某处了……董先生，董先生？我这么说怎么样？"

董晟连忙回神道："很好，很客气。只是略微客气过头了。"

梁韵怡垂了眼帘："没办法，毕竟是静怡有错在先。"她顿了顿，"董先生，你知道我在X大学是什么专业的吗？"

"什么？"

"师范专业。苗苗小学是我们专业的定点实习点,兴许下个学期我就会去那里实习。"

董晟惊讶地张了张嘴。

梁韵怡继续道:"兴许明年,蒋老师或她的同事,会成为给我写实习评语的导师。所以我很紧张,生怕聊得不好,不仅影响静怡,也会影响自己。但……"

"但你还是决定要与老师面谈。"

"因为我不想让老师觉得静怡的家长护短又敷衍。可我也担心,万一与蒋老师面谈时出什么岔子怎么办。"

董晟柔声道:"如果情况有变,放心吧,我会加入其中,把蒋老师的注意力吸引到我这边来的。"

"哎?"

"毕竟闯祸的是两个孩子,我可不能光看着静怡的姐姐挺身而出。"董晟耸耸肩,发动车子,"走吧,时间差不多了。"

果然,蒋老师听着梁韵怡的诚恳发言有些动容,但下一秒听见她的请求,还是面露难色。

"要去会议室找一下?其实校长已经找过了,并没有……墙缝角落?这好像没找过,但……"蒋老师迟疑着。

倒是一旁的英语老师插话:"家长想找就去找呗,没事儿,校长外出开会去了,不在。"方老师四五十岁的模样,话语间尽是资深员工的从容,"怕什么,会议室而已,又不是龙潭虎穴,我还经常去那里的小冰箱存冷饮的。这样,小蒋,你去上课吧,我领两位家长去转一圈。"

蒋老师这才松了口气地回教室了。

方老师在前头领路，又扭头叮嘱："你们找归找，别乱动东西啊。"

"明白明白。"梁韵怡和董晟纷纷道。

方老师推开会议室的门，又说："其实我和小蒋都挺相信两个孩子，毕竟也教了他们快一年。只是校长发了脾气，小蒋那种新人自然诚惶诚恐，你们也多担待。我在门口等着，你俩……"

"不乱动，我们就找一找！"梁韵怡和董晟啄木鸟似的点头。

会议室就在校长室的隔壁，面积不大，却因为一排排摆满奖杯的展示柜而略显拥挤。

梁韵怡深吸一口气，模拟着静怡当时捉迷藏的路线，喃喃自语："先是躲椅子下面……"

她当真蹲下身往沙发椅下钻，吓得董晟忙道："小心头！"

"没事儿没事儿。接着因为钻不进去就转而躲去窗帘后面，"她缩着身子又狼狈地挪出来，把整个人都蒙进窗帘后，好一会儿才叹气道，"没有，椅子附近窗帘后面都没……哦，对了，静怡还去拉了报纸架挡在窗帘前……"

她于是摸索着，隔着半透明的窗帘去抓报纸架，结果报纸架撞到展示柜，柜上的一块奖牌差点儿掉下来。幸好董晟眼明手快地扶住了，也因此很快有了发现。

"等等，丢失的奖牌当时估计也在展示柜上吧。所以有可能……"董晟指了指柜子边与墙壁间的一道缝隙。

梁韵怡半截身子还藏在窗帘后面，忙凑过去看，但缝隙狭窄，他俩弓着身子眯眼看半天，什么也看不清。

梁韵怡打开了手机电筒，光线一探进去，就见缝隙里闪着点点金光——里面果然有个金光灿灿的东西!

梁韵怡眼前一亮,无奈手怎么也伸不进去,展示柜又笨重得无法移动。

她情急道:"有什么细长带钩子的工具能伸进去,把里面的东西勾出来吗?"

她话音刚落,身边就真有根细长的、带钩的棍子递了过来。

董晟:"用这个试试?"

梁韵怡忙不迭抓过棍子就探进去了,一番勾弄,一个圆滚滚、金灿灿的牌子当真从缝隙里滚了出来。

"哎哟!"眼见着圆牌子就要滚远,两人连忙上前,一人一手地抓住了它!

"还真是,真是合唱队的奖牌!"梁韵怡看清了奖牌上的字,兴奋地紧了紧握奖牌的手,这才察觉不对——哦!天啊,她竟是把奖牌和董晟的手一起紧紧地攥住了。

指尖绵软的触感比奖牌更让董晟心弦一动。

两人的目光下意识地对上,时间好似轻盈地凝滞片刻,后在门口方老师的询问声中重新流动起来——

"找得怎么样啦?"

他俩快速松开了彼此的手。

"还真找到了啊!"方老师惊喜道,"那我得赶紧告诉小蒋去。"

方老师走了,梁韵怡如释重负地捧起奖牌,起身时才想到一个问题。

"哎,你刚才给我当钩子用的,是什么?"

"我随手在旁边拿的。"董晟道。

于是他俩的目光齐齐集中在那根棍子上，实则是个苗苗形状的绿色长棍，方才梁韵怡正是用顶端那两片苗苗叶当钩子使呢。

她便笑了笑："这看着像是一根挠痒痒用的老头乐？"

董晟也笑了："校长可真热爱学校，连老头乐也要做成苗苗的模样。"

而这根老头乐的真相，是不久之后从妹妹静怡的嘴里说出来的。

那天，梁韵怡正检查妹妹的功课，静怡就絮叨着学校的八卦："校长室要重新装修啦，连带着隔壁的会议室也要装带锁的展示柜，把奖牌和奖杯都锁起来。"

梁韵怡哑然失笑，伸手点她的脑门儿："看来，校长是怕了某些会钻进去捉迷藏的调皮王了吧。"

静怡不服气地皱皱鼻子："哼，其实校长才没那么爱惜奖杯呢！"

"你怎么知道？"

"因为要装修，这几天奖杯都被挪到走廊里。里面有一座奖杯是我们苗苗小学获得全市十佳小学的奖杯，样子很特别，就是一株细细长长的绿苗形状，顶上还有两片苗苗叶子。"静怡连比带划地说着。

梁韵怡闻言，不由得一愣："那居然是个奖杯？然后呢？"

"校长总在升旗仪式上说，这是了不起的荣耀！但是我看那奖杯上的苗苗叶子都掉漆了，露出里面铁的颜色了！"

梁韵怡差点儿被自己的口水呛了，她想起那天握着苗苗叶，拼命用叶片勾啊勾的情景，不由得脸色微红。

偏偏静怡还歪头看她，神神秘秘道："姐姐，你知道那叶子上的油漆是怎么掉的吗？"

"怎，怎么掉的？"她惊得狂吞口水。

"哈哈哈，保管你听了得笑死！"静怡乐道："我和子辰好几次路过看见了，校长在会议室里翻书，后背痒痒的时候，随手就把苗苗奖杯从底座上拔下来，伸到后背挠痒痒呢。所以油漆肯定是被校长的后背给蹭掉的！"

"是，是吗……"梁韵怡惊魂稍定，哭笑不得。

待妹妹捧着作业去了，她忽然很有一股冲动想和董晟聊一聊——你知道吗，那天我们拿来当钩子用的老头乐有可能是……但想了想，她又不好意思地把打到一半的字给删了。

毕竟不知不觉，奖牌事件已经过去半个多月了，她和董晟之间也许久没联系了。

的确，时间过得飞快，一转眼这个学期就要结束了。

静怡和子辰经历了奖牌事件后，仿佛一夜长大，竟真的收敛了调皮捣蛋的表现，开始认真读书了。

蒋老师对此很是欣慰，毕竟他俩着实聪明，稍稍用心，班上就多了两个学霸。

期末时，蒋老师笑呵呵的，两个孩子考了高分也乐悠悠的，董爸爸和梁家父母更是兴高采烈。

也只有董晟偶尔会捏着子辰的小脸道："你呀你，怎么忽然就变乖了？班主任不来找我告状，我还真有点儿不习惯……话说，你和同桌女孩儿最近怎么样？两大调皮王竟然一起发愤图强了？"

子辰就挺了挺胸膛："我和静怡约好了，期末好好考试，让蒋老师看见我俩的进步！调皮捣蛋留在下学期再说！"

董晟不禁哭笑不得。

期末的最后一天，梁韵怡代替爸妈来学校领取静怡的学生手册。

路过走廊时,她仔仔细细地观察了那座苗苗奖杯,随即心虚地吐了吐舌头,赶紧开溜。走了几步,她又折回来拍了一张照片,犹豫再三,还是没有发给董晟。

那天董晟也代替哥哥来学校领取子辰的学生手册,他倒没注意走廊里的奖杯,因为他刚走进走廊,就听见方老师的声音说:"梁静怡的家长走了吗?"

董晟忙抬头,听见蒋老师补充道:"对,刚拿了手册走了。"

他四下张望,果然瞧见梁韵怡牵着妹妹的身影正在走廊的前方,他下意识地想要上前打招呼,但见对方步履匆匆地拐向楼梯,终究还是收住了脚步。

一旁的子辰瞅着他:"叔叔,为什么不上去和静怡她们打招呼啊?"

董晟揉了揉子辰的脑袋,岔开了话题:"走吧,这回考得不错,叔叔奖励你吃冰激凌。"

第二章 恶作剧

炎炎夏日，暑假来临。

X大学放假之后，相逢咖啡馆的生意不免淡了几分。

董坤见弟弟清闲，便又打起歪主意来。于是董晟不仅是咖啡馆老板，还得兼职侄子的家庭教师，常常在包厢里辅导侄子做作业。

他原以为小学的功课对他这个成年人而言易如反掌，没想到才几天，他就几乎要缴械投降。

"叔叔，你教的这个生字笔顺是错的。"子辰握着铅笔，瞅着他。

"叔叔怎么可能错，这个字我二十多年来一直是这么写的。"

"可语文书上不是这么写的。"

翻书验证后，董晟只得轻轻咳嗽一声："笔顺一定是变过了，叔叔小时候的确是这么写的。"

"那我是听你的，还是听语文书的？"

"乖，听语文书的。"

之后，"战况"惨烈。

"叔叔，古诗里的这个字不是这么念的。"

"不可能吧，叔叔小时候就是这么念的呀。"

"我翻书给你看。"

"看见了看见了，听语文书的……"

"叔叔，这个字是前鼻音，那个字才是后鼻音。不信我翻书给你看……叔叔，这个拼音你读得一点也不标准，老师说了要带声调读……叔叔，阅读题要写详细，老师说了，规范格式是这样的……啊呀，叔叔，查字典有顺序的，先要看音序，你怎么直接就翻页码啊……"

董晟忙不迭道："叔叔去给客人们上咖啡啊，你先自己写一会儿。"

说罢，他便擦着汗地逃出了包厢。

走出包厢，董晟长长地舒了一口气。随即无论是点单还是制作，他都抢着去做。

甚至在客人走得差不多了后，他依旧孜孜不倦地清理桌面，都快把木质台面擦出大理石般的光泽了，也不肯轻易再回包间去教侄子功课。

店员孙玲玲难得清闲一把，忍俊不禁："没想到小学功课把老板你难成这样。"

"倒也不难，只是小学的那套规范，我们大人哪里知道。"董晟喃喃自语，"这样下去不行，我总不见得为了辅导小屁孩儿，自己先备课吧。"

孙玲玲就说："找个家教老师呗。对面 X 大学的勤工俭学处挂着不少大学生家教资料的。不过现在放暑假了，可能不好找。"

董晟正琢磨着，跑出来拿汽水喝的子辰忽然插嘴道："叔叔，你想给我找家教老师？我给你推荐一个人，肯定合适！"

董晟见他一副人小鬼大的模样，揉揉他的脑袋："你倒是说说看。"

"我同桌的姐姐呀！"

"她……"董晟闻言，眼前不由得浮现出梁韵怡那张秀丽的脸。

"对啊。我听静怡说，她姐姐为了下学期更好地实习，一直在复习语文书上的内容。还说暑假里想找份家教工作试试呢。"

董晟若有所思，梁韵怡若是肯做家教，的确再合适不过。

他正思忖，一低头就瞧见子辰满面期待。

"臭小子，找家教老师而已，你怎么一脸高兴劲儿？说吧，打什么坏主意呢？"他捏了捏侄子的脸颊。

"啊呀，我能有什么坏主意？我只是想好好学习、天天向上……

啊呀，疼！叔叔，我就是想和静怡一块玩，她姐姐来教我学习时，能把静怡也带上吗？"

董晟无语地扶额，随即把他推回包厢："去去去，还有两份小练习，做完再说！"

当晚，子辰的两份小练习做得又快又好，随即就闪着如少女漫画般的星星眼，眼巴巴地瞅着董晟。

董晟觉得自己被侄子"电"得受不了，终究还是给梁韵怡发了微信。

想来，他与梁韵怡有一个月没联系过了，微信页面上，他们的聊天内容还止步于上次商量着去会议室找奖牌。

他斟酌词句发了过去，竟觉得自己有几分紧张。而子辰比他更急，隔三岔五就抓着他的胳膊问："静怡的姐姐回复了没？还没有回复吗？叔叔，你手机还有电吗？"

董晟简直哭笑不得："还有 50% 的电呢，你担心什……"他话还未说完，手机就响起了微信提示音。

于是一大一小两个男人连忙凑在小小的屏幕前。

还真是梁韵怡的回复：我之前的确想找份家教，但后来作罢了。因为爸妈出门旅游，我得照看静怡。

这话看着有点儿像婉拒。

董晟忙又发去一条：梁小姐不方便的话，我这里可以多多配合的。我可以把子辰送去你家，我在附近等待就好。或者你可以把静怡带来相逢咖啡馆，两个孩子可以一起写作业。除了家教费外，餐食、茶点我全包。

他又补充一句：当然，实在不方便也不勉强。也请你体谅一位被小学功课闹得焦头烂额的叔叔。

消息发送过去,一大一小两个人又在屏幕前屏息等待了。

直到梁韵怡发来一个微笑:这样可以呀!那我就不客气地带着静怡来咖啡馆叨扰了。

两人竟同时发出了欢呼声。

梁韵怡又发来一句:只是有一点……

董晟又紧张起来。

梁韵怡发来一个微笑:董先生,你好像不太懂现在的家教行情哟。你方才给我开的家教费用,说实话,都够请一个研究生了。

看到她的回复,董晟的一颗心这才踏踏实实地落了地。

他心下窃喜:贵吗?能把你邀请过来,可是一点都不贵呢。

第二天上午,子辰早早就翘首以盼了,而董晟不知为何,里里外外把本就干净的咖啡馆又打扫了一遍。

听见一阵清脆的推门风铃声和一声更清脆的招呼声,他忽然觉得很高兴。

"董先生,"梁韵怡领着妹妹走进来,如盛夏骄阳般地莞尔一笑,"好久不见了。"

不得不说,有了梁韵怡这位专业人士的救场,董晟这个门外汉可大大松了一口气。

他端了饮料进包厢,瞧见侄子一脸虚心求教的模样,与面对自己时判若两人。

"子辰,横钩这个笔画,你总写得太长,就变横撇啦。"

"梁老师,你怎么知道的?蒋老师也总是这么说!"

"子辰,今天的默写不够理想,回家后要记得复习哟!"

"梁老师，你真厉害！这几个词我上学期就总是错。"

"这是一年级的易错字，所以你更要努力记住！"

而静怡在一旁得意扬扬："我姐姐厉害吧，超厉害的对不对？"

随即子辰便拨浪鼓似的点着头。

学习告一段落，子辰便尽地主之谊，领着静怡在咖啡馆的角角落落玩个不停，还端着一副少东家的架势跑去吧台，对店员孙玲玲说："给我们俩一人一杯可乐，要加冰！"

孙玲玲忍俊不禁，又双手叉腰道："叫玲玲姐！"

少东家的气势顿时就弱了："玲玲姐，麻烦你给我们俩一人一杯可乐。嗯，不加冰也可以。"

孙玲玲好歹也给少东家几分薄面，抿嘴笑道："冰可乐就算啦，一人一杯鲜橙汁吧，稍等。"

至于梁老师的那杯鲜橙汁，早就由董老板亲自送进包厢了。

下课后，梁韵怡也没闲着，整理着孩子们的错题，笔记密密麻麻写了厚厚一本。

她瞥见董晟的目光，不好意思地拨了拨碎发："勤能补拙嘛。下学期就要去苗苗小学实习了，说实话，我挺紧张的。"

"哦，去哪个班实习？"

"去二年（2）班，班主任冯老师经验老到，常年带实习生。"

子辰他们所在的一班，蒋老师初出茅庐，自己还战战兢兢呢，自然带不了实习生。

不过一班和二班终究是相邻的班级，梁韵怡想到什么，灿烂一笑："虽然我可能常常要泡在二班，但毕竟近水楼台，如果董先生想了解子辰在校的真实表现的话……"

"那看来,"董晟笑了,"梁老师,我们得保持联络了。"

"义不容辞。"梁韵怡笑得眉眼弯弯,"也不枉费我拿了你堪比研究生的家教费了吧。"

这个夏天过得很快,从包厢里常常传来的诵读声,让平淡的日子过得有几分温馨起来。

这天,静怡瞧见了吧台角落里的一只玻璃摆件,小小的铃铛造型,虽然蒙了尘,但一下子就击中了静怡那颗小小的少女心。

见静怡爱不释手,子辰立刻去问董晟:"叔叔,这个铃铛贵吗,能送给静怡吗?"

小铃铛不贵,是好些年前董晟随手买来做装饰用的。他本想取下来送给孩子,却瞥见梁韵怡默默地摇了摇头,还用口型给他递了一句话。

董晟的手顿了顿,可他又招架不住子辰的星星眼正对他猛烈"放电",他想了想,说了个折中的办法。

"这样吧,在接下来的学习中,如果能拿到十张满分的小练习,铃铛就当奖品送给你了。"他半蹲下来,对静怡说。

静怡眼前一亮,而子辰更是护短得无边无际:"叔叔,你刚才没规定是谁拿到十张满分吧,也就是说,我俩一起凑到十张也可以的,对吗?"

董晟无奈地横了他一眼,却也徐徐点头。

孩子们定下了目标,欢天喜地地互相给对方加油鼓劲儿去了。

董晟看着壮志满怀的两人,嘴角不禁扬起。梁韵怡也跟着笑:"董先生,谢谢你。"

"不客气,"董晟回眸,"还是你想得周到。"

方才梁韵怡用口型递给他的那句话是——别太惯着小丫头了。

"的确。"董晟道,"太轻易得到的话,也就不会珍惜了。"

"对。"梁韵怡点头,"美好的东西,通过努力争取得到的话,就更美好了。不是吗?"

董晟闻言,也不知是想到了什么,竟出神地望了她片刻。

梁韵怡被他看得有些羞了,低头理了理耳边的碎发道:"啊呀,抱歉,我是不是说得文绉绉了,是不是感觉像给阅读文章加中心思想?都是这几天备课给闹的。"

董晟被她的说法给逗笑了。

他摇头道:"不是不是。"他顿了顿,目光从她美好的脸上移开,"我只是觉得,梁老师你的话很有道理。"

定下目标后的孩子们越发努力,这两天写小练习的效率如同开了挂一般高歌猛进。

尤其是子辰,简直成拼命三郎了,缠着梁老师愣是把明天份的习题也做完了。

"啊呀呀,习题册都写完了。"静怡道。

"没事儿,"子辰立刻道,"我们明天上课前先去买一本新的!过条马路就是云间书店,那里的练习册最全了!"

第二天一早,云间书店的霍老板刚开门,就瞧见一个小男孩风风火火地冲进店里。霍老板定睛一看,哟,这不是附近咖啡馆家的孩子吗?以前每每路过书店都要绕路走的,今天怎么火急火燎的?

只见他进门直奔教辅书专区,选了一本就来结账。

霍老板还以为他开了窍,贴心道:"临开学大酬宾,练习册第二本半价。"

"不用不用不用。"子辰拨浪鼓似的摇头,又得意扬扬道,"我只差一份练习就大功告成啦!"说罢,觉得自己的成语用得极妙,他留给霍老板一个潇洒的背影,兴冲冲地回去了。

这天,静怡的口算出了点小差错,但子辰稳扎稳打,帮忙赢得了第十份小练习全对,于是董晟领着欢欣鼓舞的两人来到吧台。

可是却诧异地发现——玻璃小铃铛不见了。

"玻璃小铃铛?"孙玲玲正在做咖啡,"哦,是今天早上,一个客人买咖啡,觉得好玩顺手拿起来,一不小心摔破了。"

"什么?"子辰和静怡面面相觑。

"客人不小心,也赔偿了。玻璃碴子我都扫干净了。"孙玲玲指了指垃圾桶。

她话音刚落,静怡圆滚滚的小脸蛋顿时就垮了下来。

她蹲在垃圾桶旁看了又看,但铃铛已经碎得看不出模样了。

想起这几天她与子辰的埋头苦干,静怡的委屈从鼻尖蔓延到眼眶,肩膀微颤,眼见着就要落下泪来。

子辰手足无措。对他而言,安慰女孩儿可比拿一百分难多了。

董晟也是一样,两人只得笨嘴拙舌地围着静怡安慰,但静怡的眼泪还是如瀑布一般宣泄而出。

董晟手忙脚乱地掏出手机,在淘宝上找了又找,可惜硬是连个相似款都找不到。

梁韵怡从包厢里出来,知道这件事后轻轻抱住妹妹,语气温柔又坚定:"静怡,还记得昨天我们做的小练习里,有个词语叫'遗憾'吗?"

静怡抽泣着点了点头。

梁韵怡拍拍她的后背:"小黑狗找呀找,找遍山间田野,大街小巷,但还是没找到妈妈。它觉得很遗憾。所以遗憾的意思就是——很多时候我们努力了,但得到的结局并不是我们最初想要的。静怡,其实生活中会有很多遗憾。"

"就像现在?"静怡接过姐姐递来的纸巾,擦了擦眼眶。

"对。"梁韵怡道,"还记得小狗面对遗憾时,是怎么做的?"

子辰抢先道:"它很遗憾,哭了。但它很快擦干眼泪,继续上路,最后虽然没找到妈妈,但它找到一位像妈妈一样爱它的主人。"

"所以呢,我的好妹妹,"梁韵怡摸着妹妹的小脑袋道,"我们也要学小狗那样坚强,不能为了遗憾一直掉眼泪啊。"

静怡若有所思,终于止住了眼泪。

子辰似是松了口气,而董晟简直要拍手了。

见妹妹情绪好转,梁韵怡乘胜追击,默不作声地把话题从玻璃铃铛转移开:"哎,正好,今天还没做造句练习呢。你俩就用'遗憾'来造句吧,越多越好。"

董晟也附和:"对,谁造句多,就奖励谁等会儿吃一块大蛋糕。"

静怡的思绪很快就被牵着走了,与子辰陷入苦思冥想。

董晟看见这一幕,目光移向梁韵怡的脸上。女孩儿神色温柔,静静地站在那儿,眉目如画,他的眼神中满是欣赏。

子辰先有了主意:"上次吃自助餐,冰激凌桶里有棕色的冰激凌,我还以为是巧克力味的,就花了好大的力气挖呀挖,挖了满满一大份,挖得我手都疼了,结果吃一口才发现——是好难吃的咖啡味。那天直到离开餐厅我都觉得很遗憾,没吃到想吃的口味。"

"说得不错。"董晟赞许地看着侄子。

眼见子辰拔得头筹,静怡不甘示弱,她蹙眉思考许久,猛然间来了灵感,兴奋地踮起脚尖道:"我想到了!"

梁韵怡鼓励地看着妹妹。

静怡一字一顿道:"有一次,我看见姐姐握着手机想给董叔叔发微信,在屏幕上写了好久,最后还是没有发出去,然后姐姐的表情就有点失落。这是不是就叫'遗憾'?"

"哎……哎?"梁韵怡一愣,脸颊陡然浮出一抹红晕,脱口而出道,"我哪有!"

偏偏静怡还是个较真的孩子,伸出直挺挺的两根手指道:"有,我都看见两次啦!"

两个孩子手拉手去冷柜选蛋糕。

因为刚才那番话,梁韵怡脸颊上的红晕始终未散,连站在董晟身边都觉得有些手足无措。

董晟清清嗓子:"其实我觉得刚才静怡的造句,好像与'遗憾'差了点意思。"

"嗯,的确不能算正确。"

"如果梁小姐想给我发微信,发出来了,但迟迟没收到我的回复,才能称为'遗憾'。但其实,梁小姐并没有发出来。"

"我……"完了完了,这下不仅仅是脸颊,梁韵怡觉得浑身都热气腾腾的,她连忙解释,还结结巴巴的,"其,其实……那个董先生,我想解释一下,情况是这样的。还记得我们去会议室找奖牌的那次吗?你递给我一根苗苗形状的'老头乐'。"

"我当然记得。"

他怎么会不记得,甚至此刻一提起,他的脑海就浮现出当时的一幕,他俩一起去抓滚落的奖牌,她激动得把他的手和奖牌一起握在手心里。

"那你知道,那根'老头乐'其实是什么吗?"红彤彤的梁韵怡将"老头乐"的真相徐徐道来。

听完后,董晟诧异地高高挑起眉毛,那模样逗乐了梁韵怡。

梁韵怡掩嘴笑道:"是呀是呀,当初从静怡口中听说时,我也吓了一跳,当时就想发微信告诉你。后来去学校拿学生手册,在走廊里看见苗苗奖杯,发现真的掉了漆,也拍了照片想发给你看的,直到现在我也不知道是不是我俩……"

说到这儿,她心虚地吐了下舌头。

那模样落在董晟眼里,竟是无法形容的可爱。董晟看着她,徐徐道:"可是你并没有发给我。"

"呃,第一次是因为,那时已经很晚了,怕打扰你。"梁韵怡讪讪的,"第二次是因为,因为那时候,我们已经许久没联系了。"

梁韵怡的声音越来越低,渐渐地,两个人都沉默下来。

正当她尴尬得恨不得立刻人间蒸发时,忽听董晟轻笑一声。他轻轻道一句:"其实,我也一样。"

"嗯?"梁韵怡诧异地抬眼。

"上学期期末,子辰忽然发奋读书,说和同桌约好了要重新开始。我担心他俩又憋着什么鬼主意,本想发微信和你通通气的,但想到期末,你肯定很忙,怕打扰你。况且那时候,我们许久未联系了,所以后来就作罢了。"

"哦,这样啊,其实我还好,没那么忙的。"

"我也是,没那么忙。所以……嗯,我们保持联络?"他试探着问她。

"当然。"梁韵怡深呼吸一口气,随即明媚地笑了,"别忘了,下学期我可是能帮你'刺探军情'的,我们当然得保持联络。"

当孩子们选好了蛋糕跑回来,见到的就是姐姐和叔叔不知为何都在低头微笑的模样。

孩子们还以为是自己精彩的造句打动了他们。

子辰心情甚好,又说:"对了,梁老师,我刚才又想到一句!上学期,叔叔去学校拿手册的那天,他在走廊里看见梁老师了。叔叔明明很想上去和梁老师打招呼,但梁老师走得快了点,他就没再追上去了,然后露出一脸'遗憾'的表情。"

这回,轮到董晟变成红彤彤、热腾腾的大螃蟹了。

梁韵怡莞尔一笑:"哎,这造句有点不对。如果你叔叔努力追上来和我打招呼,但我没有回应他,才能称为'遗憾',但你叔叔压根儿没追上来呀。董先生,你说对吗?"

"对,对……大家一起吃蛋糕吧,吃蛋糕吧。"


于是,每天早晨伴着阳光登门而来的梁家姐妹,仿佛也成了董家叔侄俩心坎儿里的阳光。

往往姐妹俩刚一进门,董晟就主动上前接过梁韵怡那装满课本习题的帆布包,而子辰则直奔静怡而去,拉着她的手叽叽喳喳地进了包厢。

假期的最后一天,梁韵怡批改完最后两份题册,看着红彤彤的两个满分,嘴角不禁扬起欣慰的笑意。

孩子们喜气洋洋地去找孙玲玲要蛋糕吃了,董晟则端了甜点进

包厢。

梁韵怡心下得意,仰头道:"瞧,子辰的进步多大……"可话刚说了半句,她就猛然惊觉,此刻的董晟正俯身看她手里的题册。而她一个仰头,差点儿就把自己的脸庞贴上他的脸。

哦,不,兴许已经贴上了。

两个人心慌意乱地后退一些。

梁韵怡整理了紊乱的心跳,才又笑着开口:"瞧子辰的进步多大,最难的阅读题也难不倒他。"

董晟也笑着。若不是耳根那抹异常的红,还真看不出他异常紧张的情绪:"我看静怡也是全对。还得归功于梁老师教得好。"

梁韵怡羞涩地垂下眼帘。董晟把甜点推到她面前:"今天是最后一天了吧。"

"对,马上就要开学了。"

"那梁老师,开学后我们还是……"

"当然。"她莞尔,"保持联络。"

最后四个字,是他俩的异口同声。

新学期刚开学,董晟因接到一份包场的合作忙碌起来,所幸子辰去上学了,他便有充裕的时间埋首工作。

只是偶尔喘口气时,眼睛瞥向空空的包厢,不知为何,他心里会泛起一丝异样的涟漪。

"哎,"忽然,打扫包厢的孙玲玲道,"我在沙发座下面捡到这个,是梁小姐的吧?"

她将东西递给董晟。是个缀着珍珠的发圈,每每梁韵怡给孩子们讲题前，总会干劲十足地把头发用它绑好。

他正接过，恰好传来一阵推门而入的风铃声。

董晟往门口一瞥，却诧异地与她——发圈的主人四目相对了。

梁韵怡握着手机正在通话："对，我的导师开会去了，让我晚点儿去学校报到。"

她挂断电话，迷惑地歪头看着董晟，眨了眨眼，才猛地回过神来："啊呀，我刚从大学那儿出来，正想去苗苗小学的，"她面色微红，"看见相逢咖啡馆的招牌，下意识地就走进来了。"

董晟一听，不由得笑了："那必定不能让你白进来一趟。带杯喝的走吧，咖啡？"

"好。"

董晟亲手做了一杯咖啡，打包好给她。

今天的梁韵怡与往日略有不同，一身枣红色的修身连衣裙配着针织开衫，让略施粉黛的脸庞更显俏丽。

她接过董晟的咖啡，感受到他的目光，害羞道："第一天去实习报到，我就化了点妆，和朋友学的。不会很奇怪吧？"

董晟摇头："不会。"

"那就好。"

"挺漂亮的。"

"谢谢。"她微一低头，"能给导师留个好印象就行。"

"梁老师这么努力，一定会有回报的。"

"董老板，承你贵言。那，我走了。"

"啊，对了！这个还给你。"

"什么？"她诧异地接过发圈，"啊，原来掉在咖啡馆了啊。"

"梁老师，加油。"

"嗯，拜拜。"梁韵怡灿烂一笑，顺手用发圈扎起一个利落的马尾辫，提起咖啡，"我会努力的！"

正如董晟所言，吃透教材、做足功课的梁韵怡，在上任后立刻就得到了带教老师冯老师的好评。

冯老师是这么评价她的——一看就是个勤快姑娘，比五年级那个实习生强多了。

被分去五年级实习的是苏苏，听说她去班上听课，听着听着就开始发呆，笔记也没记几行，帮忙批改作业也心不在焉，错误百出。

梁韵怡讪讪一笑，知道苏苏近来的状态可能与她的恋情有关。她与彭飞时好时不好，可能昨天还蜜里调油，今天就哭得肝肠寸断，哪还有心情好好工作啊。

梁韵怡琢磨着，实习评分格外重要，哪天她得和苏苏好好谈一谈。

"哎哟，小梁，我正要找你。"除了自家导师，隔壁一班的蒋老师也是梁韵怡办公桌前的常客，称呼由上学期的"梁静怡家长"变成了此刻的"小梁"，蒋老师自己都觉得有趣。

她亲亲热热地过来分点心，又告状道："你妹妹这个鬼精灵，中午又挑食，趁我不注意，把大半盒饭菜都倒掉不吃。你这个做姐姐的，可得教育一下。"

是呀，"调皮王"的姐姐现在常驻二年级办公室，各科老师告起状来可谓顺路——往办公室里一拐，伸头喊一声"小梁，你的妹妹哟……"——一场近距离的告状就完成了。

梁韵怡叹气："是吗，我回头一定教育。"

"千真万确。"蒋老师道,"她同桌还给她打掩护。董子辰负责拿着练习册找我提问,东拉西扯的,你妹妹就趁我不注意,偷偷拿着饭盒去倒掉。他俩配合得可默契了。"

本学期,升入二年级的两个孩子正式更名:从"一(1)班两大调皮王"荣升为"二(1)班两大调皮王"。

两个人的革命友情还是一如既往的坚定不移,有时让大人们都不知是该哭还是该笑。

恰逢这两天,梁静怡的脚踝扭伤了,董子辰便发挥绅士风范,越发照顾她,甚至连作业都想帮忙代劳,幸好最终在蒋老师的"威严"下作罢。

刚开学的体育课上,每逢跑步、跳远之类的活动,静怡便在操场旁的凉亭里坐着,直到自由活动时才归队。

跑步时,子辰担心她一个人孤零零会无聊,便铆足了劲儿地提前完成,随即跑去凉亭那儿陪她。

他陪静怡的方式也颇有"调皮王"的腔调,有天竟是从花坛里抓了两条胖乎乎的西瓜虫,献宝似的给她,还格外体贴道:"我等会儿还要去跳远,就先让这两条小虫子代替我陪你玩吧!"

要是其他小姑娘,兴许早就被西瓜虫吓得失声尖叫了。

但梁静怡是谁啊?二(1)班调皮王啊!她不仅笑纳了两条小胖虫,兴冲冲地玩了许久,待到体育老师喊她归队时,依然舍不得放走它俩,竟小心翼翼地藏进了校服外套的口袋里,还拉上了口袋拉链,最后又把外套留在了凉亭。

岂料,就是这件外套,惹出了一桩不小的风波。

"什么？"梁韵怡听蒋老师说完，大吃一惊道，"所以现在徐晓慧被送去医院了吗？"

蒋老师凝重地点头："她一直喊疼，所以医务室的老师马不停蹄送她去医院了。"

徐晓慧是二（1）班的一个女孩儿，九月初的天气乍暖还寒，孩子们常常穿了校服外套，运动后觉得热便脱去。这天体育课结束后，徐晓慧穿了凉亭那儿静怡的校服外套，静怡就喊住她："哎，那件外套是我的！"

徐晓慧起初似没听见一般，埋头就往教学楼跑。

静怡拦住了她："这是我的校服外套，你穿错了，还给我。"

徐晓慧眉头一拧，但依旧没有脱外套的打算："我……"她吞了下口水，"怎么，你校服上写名字了？"

静怡摇摇头。

"那你怎么能确定这是你的，而不是我的？我看了尺码，和我新买的外套是一样的尺码，就是我的呀！"徐晓慧松了口气似的，挑眉道。

"可我就是脱在那儿的呀。"静怡一愣，委屈地争辩。

"每件校服外套都长一样，你没办法证明这是你的！"眼瞧着下节课就快开始了，徐晓慧甩开她就想往前跑。

但静怡又一次拦在她面前，机灵道："其实验证一下很简单的，我在口袋里放东西了。你拿出来看看就知道了。"

"什么？"

徐晓慧一怔，下意识地摸了摸两边口袋，又拉开其中一侧的拉链，伸手进去摸索，随即眼睛一瞪。

当她哆哆嗦嗦地把手伸出来，两条胖乎乎、在她掌心乱窜的西瓜虫顿时让她大声尖叫，连连后退。

"啊！梁静怡你是神经病啊……哎哟喂！"

……………

蒋老师叹气："然后她就自己把自己吓得摔了一跤，摔得不太妙。但好歹她承认是自己摔的。"毕竟操场有监控呢。

"好的。"梁韵怡愣愣的，这算哪门子事儿啊？

"按我说，"梁韵怡的带教老师冯老师插话道，"这事儿和梁静怡没多大关系。徐晓慧自己穿错了衣服，也是她自己摔的。当然，梁静怡还是得批评的，怎么能在校服口袋里藏虫子？"

话是这么说，但实际操作起来，却又是另一番情况。

晚些时候，消息传来，徐晓慧的脚轻微骨裂，近期得居家休息了。

虽然蒋老师在与家长面谈时，原原本本把事情说了个清楚，但徐妈妈依旧相当激动，当晚在家长群里找到梁家的电话号码打过来，劈头盖脸骂了一通。

对方找到的电话号码是梁韵怡的，梁韵怡无比庆幸，幸好是找的她。

她原本对此事还颇为愧疚，听对方家长骂得唾沫横飞，她的一颗心反而硬了起来。

"我家孩子玩虫子的事儿，我会教育，也会与班主任沟通。在纪律上，静怡的确有不足。但我们就事论事，徐晓慧同学的骨裂不能全算在静怡身上，是她穿错了静怡的校服，并且是她自己摔倒的。整件事的过程清晰可见，有监控为证。"

"监控？"徐妈妈的声音尖厉如急刹车的火车，"监控能证明什么？我早就听说了，梁静怡是班上最调皮的孩子。可怜我家晓慧，胆子小小的，只是不小心穿错了外套而已，有什么关系。一年级时晓慧丢了好几次校服呢，有什么大不了的！她被梁静怡拦着攻击的时候，一定吓坏了！你敢说梁静怡没骂她？梁静怡还故意不告诉她口袋里的是虫子，她就是故意的！她真是坏透了！一班的祸害！我家晓慧的医药费，你们得全额赔，还得赔偿我们的精神损失费！"

梁韵怡听得怒火中烧，语气也更硬几分："孩子之间说了什么、做了什么，班主任一早就问得清清楚楚了，也都记录了。"幸亏冯老师经验老到，提醒蒋老师问清了全过程并记录好，"我能确定，静怡从头到尾没有说过骂人的话。至于医药费，我们可以当着班主任甚至校长的面谈判，不是你说全额就全额的。"

说罢，她全然不理会对方嚷嚷着"还有精神损失费"，干脆地挂断了电话。

夜幕渐深，梁韵怡给妹妹盖好被子。

静怡一脸做错事的怯懦表情，小心翼翼地观察着姐姐的脸色。

她这个小人精，能察觉姐姐两次给董叔叔发微信未果时的心情，此刻自然也察觉到了姐姐刚与徐家人交涉得并不愉快。

"姐……"

"静怡，我问你，你要老实回答。"

"好。"

"徐晓慧穿错了你的校服，你就告诉她，口袋里有你的东西，你是不是故意不告诉她，那是西瓜虫的？"

静怡怯生生地往被子里缩了缩："对……"

"为什么？"

"我……我就是想吓唬吓唬她……因为我觉得她是故意穿我校服

的,她还不承认。去年她丢了两次校服,我听她说过,再丢校服的话,她妈妈要打死她了。"

梁韵怡叹了口气。

之前她反反复复与蒋老师确认了孩子们之间的对话,她也依稀觉得对方是不是故意穿错校服,但她只是猜测,没有证据。

"姐,徐晓慧真的骨裂了?骨裂的意思就是骨头裂开吗?"静怡的脸上掠过一丝惊恐。

"所以,你现在知道事情的严重性了吗?"梁韵怡尽量放柔了语气,摸着静怡的脑袋道,"你要知道,任何恶作剧,哪怕是有理由的恶作剧,都可能会带来不好的后果。这些恶果可能会伤害别人,也可能会伤害你自己。"

"我知道了。"静怡的大眼睛雾气蒙蒙。

"知错就行,下不为例。"梁韵怡却没有指责她,勉强挤出一个笑容,"其他的,就交给姐姐处理吧。"

"姐姐。"

"放心,睡吧。"

梁韵怡对这件事做了很多种预设,也静静等待着对方家长的狂风暴雨。但意外的是,嘴里叫嚣着让她全额赔偿的徐家人,之后没再来找她。

"所以我就说,不急着和她家争辩,静观其变呗!家长嘴上狠,但心里也很清楚,说到底,是她女儿穿错衣服,也是她女儿自己摔倒。要梁静怡全赔,还精神损失费,本来就不合理。"冯老师是这么说的,"她那晚也就诈一诈,看你是不是好欺负。况且孩子的医保能报销大半,

她家本就出不了多少钱。对了,兴许她家听说你是学校的老师,怕得罪你呗。"

蒋老师苦笑道:"虽说没找小梁了,但我的耳根子可有的受了。"

近来,徐晓慧受伤在家,徐妈妈经常在放学时等在校门口,让蒋老师把各科作业带下来。往往这时,徐妈妈会一边问学习进度,一边骂骂咧咧地抱怨着对梁静怡的不满。

"我说蒋老师,那个梁静怡的家人我接触过的,也是蛮不讲理的人,真是辛苦你们老师了哟。哦,语文的学习进度挺快的嘛……哎,我家晓慧倒了什么霉啊,碰到梁静怡这个害人精,老师,辛苦你管管那孩子哟,别等我家晓慧回来了,继续被祸害,一班的风气都要被带歪了。"

蒋老师对此左耳进右耳出,但不远处的子辰听见了,心头宛如有一百只蚂蚁在爬来爬去。

这几天,董晟忙于咖啡馆的事情,会晚些来学校接他。子辰在校门口等着,这才会一次又一次地听见徐妈妈的"污言秽语"。

他心有不甘——毕竟西瓜虫是他捉了送给静怡的。

虽然静怡再三说和他没关系,但子辰的心里却始终存着疙瘩。他很想冲上去反驳几句,但满面横肉、唾沫横飞的徐妈妈在他眼里简直是童话故事中"老巫婆"般的存在,他犹豫再三,终究没有勇气上前。

"子辰!"董晟赶到了,招手道,"我们回家吧。"

子辰便垂头丧气地跟上叔叔,还时不时地回眸,见徐妈妈依旧抓着蒋老师在叨叨个不停。

"你怎么了?"子辰的反常如此明显,董晟一下子就察觉了,他停住脚步,"臭小子,今天是不是又干什么坏事了啊?瞧你一直往蒋老师那儿张望,是不是怕老师跟我说?"

"才不是我，"子辰摆摆手，眼圈却陡然一红，"是静怡……"

"静怡？她怎么了？"董晟端正了脸色，握着侄子的肩膀道，"别急，你慢慢说。"

子辰绷不住了，深呼吸一番，才絮絮叨叨地把事儿说个清楚。

"徐晓慧的妈妈每次都在校门口骂静怡，把静怡说成是个很坏很坏的孩子，我真想反驳几句，但我不敢……"子辰咧着嘴，似为自己的怯懦而懊恼。

董晟听了，沉默片刻，才问："你想怎么反驳，先说给叔叔听听。"

"叔叔，其实，嗯……"子辰结巴着整理措辞，"虽然在这件事中，静怡有不对的地方，但徐晓慧也有错！她就是故意穿走静怡的校服的，因为她如果再丢校服的话，会被妈妈打的！"

"她故意穿走静怡的校服，只是你的猜测。你有证据吗？"

"我有！"

"哦，是吗？"


在校门口骂够了，徐妈妈才好似出了一口恶气一般准备走，她转头又不甘心地问蒋老师："老师，关于我家晓慧的医药费……你说那个梁静怡家真能一分钱都不出吗？"

她试探的眼神如探照灯，蒋老师一时语塞。

她还来不及开口，却见一大一小两个男人径直朝这边走过来。

"哎，董子辰，你怎么回来了？忘带东西了吗？"蒋老师问。

子辰咬着嘴唇，在开口前又抬眼看了看叔叔。在接收到董晟肯定的目光后，子辰深吸一口气道："蒋老师，关于徐晓慧校服的那个事情，我有个情况想说一下。"

此言一出，蒋老师与徐妈妈都错愕不已。

徐妈妈立刻警觉道："你是谁？你要说什么？"

那嗓门吓得子辰一个哆嗦，但很快，他的手就被董晟握住了。

子辰宛如被注入了勇气一般，睁大眼睛道："最近的体育课，梁静怡因为脚伤，一直在凉亭坐着，所以她回来自由活动的时候就把外套脱在凉亭了。而其他同学在体育老师的要求下，都是把校服脱在领操台上的。体育老师怕大家丢校服，和我们说了好几次了，只允许放在领操台上。体育委员还会检查的！"

"哦，也就是说……"蒋老师顺势道。

"凉亭和领操台离得很远很远的，所以徐晓慧心里肯定知道，凉亭那里的校服不可能是她的，就是全班唯一一个在凉亭休息的人，也就是梁静怡的！"子辰说着，把眼睛狠狠一闭，大有豁出去的架势，"我要说的都说完了！"

率先反应过来的是徐妈妈。

她怒火中烧地叫嚣道："你这个臭小子，你什么意思，你是说晓慧故意穿走梁静怡的校服？"

"可能是因为她去领操台没找到自己的校服，又怕回家被家长骂，路过凉亭看见有一件，就穿走了。"子辰道。

"你胡说什么！"徐妈妈厉声，那架势，若非子辰站在高大的董晟身后，她就要对孩子不客气了，"我警告你别胡说八道，你这个臭小子。"

蒋老师见状，立刻横在了徐妈妈和董家人之间，一个看似温柔实则冷冽的眼神扫过去，让徐妈妈闭了嘴。

蒋老师道："徐妈妈你别激动，孩子反映的这个情况，我会去找体育老师核实的。"

"我……我家晓慧胆子小得很,心思也单纯,她不可能故意拿人家校服的!"徐妈妈涨红了脸,依旧在争辩。

子辰还想说什么,却被叔叔董晟抢了先。

"其实可以去看看操场的完整监控,看看徐晓慧是不是刚下课就先去领操台找校服,找不到之后,才穿走了凉亭的校服。如果是的话就可以佐证子辰的话——起码徐同学心里是知道的,自己的校服的确是脱在领操台的。"

蒋老师也配合道:"操场的监控齐全,角度也很全!"

"这……这有必要吗?"徐妈妈的脸通红一片。

董晟又道:"还可以在班上问一下,如果徐同学在领操台找不到校服,可能会问周围的同学。例如'谁看到我的校服了,明明放在这儿了'之类的话。"

"这有必要吗?"

"好的!好的!"

徐妈妈和蒋老师几乎同时回应道。

徐妈气成了一条河豚鱼,但气焰似乎一下子瘪了下来。

"行了行了,没多少钱的事儿,我本来就没打算和那个梁静怡计较!但是蒋老师,梁静怡的行为……"

"玩虫子的行为,我已经严肃批评过她了!"蒋老师道,"另外,我也再三提醒孩子们了,新买的校服必须缝上姓名贴。"

初出茅庐,素来瞻前顾后的蒋老师,突然硬气起来了。


"大获全胜啊!"回家的路上,子辰始终念叨着这个成语,这还

是暑假里梁老师教给他的,此刻用得正是时候,"大获全胜!叔叔,我厉害吗?"

"厉害。"董晟笑道。

"我是不是超厉害的?连蒋老师都没发现的漏洞,我发现了!"

"这倒未必。"

董晟轻笑一声,他总觉得学校的老师应该一早就察觉了,只是蒋老师新人脸皮薄,不想与家长争辩,或是想把关键信息留在双方无法和解、正式谈赔偿时再说罢了。此刻由子辰主动提出来,蒋老师倒也能顺势而为了。

子辰却沉浸在喜悦中,胸膛挺得高高的:"明天我就去告诉静怡。嘿嘿,我狠狠地勇敢了一把,帮了她!"

董晟哭笑不得,弹了弹他的脑门道:"男子汉大丈夫,为了帮女孩子说出事实真相,本就是你应该做的事情,没必要特意去邀功。"

子辰听了,若有所思地点了点头。

第二天,子辰虽然答应了叔叔,不特意邀功,但在静怡面前,他还是忍不住如同一只开了屏的花孔雀一般,嘚瑟个不停。

"董子辰,你今天怎么奇奇怪怪的?"静怡察觉了,放下铅笔,"你干吗一直看着我呀?"

"花孔雀"抿了抿嘴,努力忍住不邀功。

静怡歪头,说:"哦,我懂了,今天的题目有点难,所以你不会做对不对?那你等等我,我很快就做完来教你。"

"不是不是,今天的题目一点也不难!"子辰摇头。他想说,但话在喉头还是吞了下去。

迎着静怡狐疑的目光，最终，他只神神秘秘地道一句："算了，我不能说。叔叔说了，那都是我应该做的，不能邀功，不然就不是男子汉了！"

说罢，他留下一个自以为潇洒的背影，走了。

午休时，关于静怡又挑食倒饭的事儿，她被姐姐叫去立规矩。

姐妹俩聊着聊着，静怡忽然就问："姐，'邀功'这个词语是什么意思啊？"

梁韵怡于是查了词典，特意解释给她听："邀功就是夸耀功劳以谋求好处。怎么，今天的作业里有这个词语？你上课没听吗？"

"才不是。"静怡小嘴一噘，"我最近听课超认真，不信你等会儿问蒋老师！是董子辰啦，忽然神神秘秘地对我说——他不能邀功，都是他应该做的。我听不懂他是什么意思。姐，你说他做了什么功劳，又想谋什么好处啊？"

梁韵怡也不明白，等到下午蒋老师过来了，她才解开了谜团。

第三章 喜欢的人

这天晚上，临近闭店时分，孙玲玲清理着吧台，董晟正在核对账目。

推门而入的风铃声响起，董晟起初并没有在意，直到那抹身影款款走到面前，他才抬起头，与梁韵怡四目相对。

董晟一怔，笑了："梁老师，你这是路过本店，又下意识地走进来了？"

梁韵怡摇摇头："上次是下意识，但现在不是。这回，我是特意过来的。"

"哦？这么晚喝咖啡对睡眠可不好。"

"所以，你不用给我准备咖啡。"梁韵怡莞尔，"今天静怡问我，'邀功'这个词语是什么意思。我告诉她，就是夸耀功劳，以谋求好处。小丫头一百个不明白子辰是做了什么功劳，又想谋求什么好处，后来还是蒋老师把昨天放学时的事情告诉了我。"

董晟顿了顿，笑道："事实就是，子辰那小子只是做了他想做，也是他应该做的事情，不算什么功劳，也无须谋求什么好处。"

"无论如何，"梁韵怡略略欠身，"我觉得子辰……以及董先生你的行为，值得我特意过来，当面说一声'谢谢'。"

董晟看着她因真诚而闪闪发亮的眼睛，许久才回神道："嗯，不客气。"

咖啡馆内，随着最后一位客人结账离开，孙玲玲吹熄了桌上的一盏盏装饰蜡烛。

光线陡然变得昏暗了些许，只有吧台的橘色灯光亮着，柔柔的光晕好似把梁韵怡与董晟层层叠叠地包裹起来。这让他与她不由自主地靠得更近了些，更近了些。

直到孙玲玲手脚麻利地收拾完毕："老板，都收拾好了。"

董晟这才收敛目光,清了清嗓子道:"嗯……这个时间,估计也没客人了。那今天就提前一些,打烊下班吧。"

孙玲玲了然于心地笑了。

董老板想送梁老师回家的这点小心思,可真是司马昭之心,路人皆知呢。

相逢咖啡馆离梁韵怡家并不远,不过十分钟的车程,两人便闲闲地聊着孩子们的话题。

"子辰给静怡打掩护,让她把不吃的饭菜倒掉?"董晟无奈道,"这孩子,我回家教育一下。"

"别,说到底这是静怡挑食的错。"梁韵怡抿嘴笑道,"有时真不知道该不该为他俩的友情喝彩。听蒋老师说,子辰还想替扭伤脚的静怡写作业,幸亏蒋老师听到了,还严肃批评了,说——梁静怡伤的是脚,她又不用脚写作业!"

董晟听了,哈哈大笑。

车子徐徐停在梁韵怡家附近,两人间的说笑渐渐停了。片刻后,梁韵怡才解开安全带准备道别。

"等等。"董晟却叫住她,"如果你真想表示感谢的话,可不可以让子辰那小子谋求一点儿好处?"

"什么?"梁韵怡含笑,不论什么,她都准备答应。

董晟还来不及开口,两人的手机竟同时响起了微信提示音。

他俩下意识地各自看向手机,是二(1)班家长群里的群消息——关于廉洁教师节的倡议书。

梁韵怡一眼扫完,道:"后天是教师节,校长已经给全体教师开过会了,倡议书也写了,注意师风师德,尤其叮嘱了我们这些实习生。

让孩子们用进步的表现向老师表达感谢就好。"

"这样啊……"董晟若有所思。

"我得回家了。你刚才说,让子辰谋的好处是什么?"

董晟顿了顿:"没什么,拜托梁老师多多替我关心下他就行。"

"哦,一定。"梁韵怡答应着。

推开下车的一瞬间,她心下不由得掠过一丝失望。其实她早就想好,无论他替子辰谋求什么好处,她都会答应。

甚至……甚至若是他董晟想谋求什么,她……兴许也会酌情考虑呢!

这么想着,她下意识地又回眸望了一眼,才发现他的车竟还停在原地,而他的目光,竟依然落在她的身上。

教师节很快就到了,子辰一大早就兴致勃勃地到办公室派礼物。

因着那份廉洁倡议书,他送给老师的是手写贺卡,当然还有梁韵怡的一份,贺卡抬头的"梁老师"三个字写得格外工整。

子辰得意扬扬地叉腰:"老师,'梁'这个字,我提前练了二十遍呢。"

梁韵怡喜上眉梢,毕竟这是她的第一个教师节。她不禁捏了捏子辰的脸庞,说:"谢谢你,没想到二(1)班调皮王也有这么用心的时候啊!"

子辰被捏得笑呵呵的:"其实我真的很用心。我和叔叔挑了很久,可昨天叔叔突然又说……"他话音一顿,没再说话。

"什么?"

"嗯,算了。"子辰不知为何,鼓了鼓腮帮子,"做男子汉可真难啊。"

说罢,他留下一个高深莫测的背影给一头雾水的梁韵怡,便走了。

除了子辰,梁韵怡实习的二班也有不少同学送她贺卡。那些写在纸上,稚嫩又真诚的祝福让梁韵怡的心情始终飘在云端,直到她从冯老师那儿听来一则"八卦"。

"小梁,你那个在五年级实习的同学做事可太不上心了。"

"苏苏?"梁韵怡愕然,"她怎么了?"

冯老师道:"前两天,带她的张老师出了一套摸底考卷,只是让她负责打印。她印完后又去教室收本子,竟随手就把考卷丢在了教室讲台上,足足半天才想起去收。这下好了,五年级那帮小人精把题目偷看了个遍。今天张老师批完,还以为学生们进步飞速呢,感动得都快落泪了。一问才知道真相,把张老师气得哟。"

梁韵怡讷讷的,想替朋友说几句,却又无从说起。

她回到座位,见手机上恰好有几条苏苏的微信。她以为是苏苏闯祸了,想找她商量,可点开一看才发现苏苏诉苦的内容居然是:韵怡,我和彭飞又吵架了,昨晚闹了分手。但我今天又不太舍得,你说,他会主动来找我复合吗?

梁韵怡只觉得眼前一黑。

这天中午,她就拉着苏苏在食堂吃饭,语重心长地聊了一番。

"我知道,张老师气坏了,"苏苏垂头扒拉着碗里的米饭,"但没你说的那么严重吧。听说导师给所有实习生的评价表大同小异,都是几句客套话加一个'优'字,不会为难实习生的。"

"那你也不能太过分了。"

"我是不小心的,我哪知道五年级的孩子会拆文件袋偷看卷子呀。"

"苏苏,"梁韵怡叹气,"你现在满脑子都是和彭飞的悲欢离合,压根儿没把心思放在工作上。"

苏苏讨饶道:"哎哟,我已经够心烦的了。韵怡,你不懂我的心情,是因为你没有谈过恋爱。"

"我……"这脑回路,瞬间让梁韵怡接不上话了。

苏苏反客为主:"话说,你现在有喜欢的男生吗?"

梁韵怡又一次被噎住,脸还不自觉地红了红。

幸好苏苏没注意,话题又回到她对恋情的惆怅中:"哎,正因为你没有,才不懂我的心情。你说彭飞怎么还不联系我?今天是我人生中的第一个教师节,他哪怕发一句'教师节快乐',我都会心软原谅他的。"

然而梁韵怡已经听得心不在焉了。不知为何,她摸着发热的脸颊,觉得心也莫名跳得有点儿快。

她脑海中好像蹦出了一个人,又有些模糊不清。

岂料这顿谈心饭还没有吃完,彭飞就主动联系了苏苏,还放了个大招。

原本郁郁寡欢的苏苏在看见微信后,立刻春回大地般心情灿烂,她拉着梁韵怡道:"彭飞,是彭飞的微信。他没忘记今天是我的第一个教师节,他说给我准备了惊喜,是一份超大的惊喜!"

梁韵怡被她拉得摇来晃去,却也被她的喜悦感染:"好啦好啦,这下你总算能放心了。"

"哎哟,讨厌……好吧,我准备原谅他了,他还挺用心的。他今天也在实习,说特意预约了骑手,在放学时把大惊喜送到学校来。说一定会让所有人看见,我是苗苗小学最美的女老师。他这人,肉麻死了啦……"

梁韵怡只觉得满嘴都是"狗粮",在一旁努力保持微笑。冷不丁地,她想到什么,在苏苏准备走的时候,喊住苏苏:"等等,苏苏,我觉得不太妥当。"

"什么不妥当?"沉浸在幸福中的苏苏浑然不知。

梁韵怡越想越不对劲儿:"彭飞有说是什么惊喜吗?"

"没说,我也没问,毕竟是惊喜嘛!"

"不管是什么,估计是个招摇过市的东西,赶紧让他拦住别送来学校。"

"为什么?"苏苏一怔,但迎着梁韵怡越发严肃的神色,她霎时明白了,"啊,是因为之前发的教师节廉洁倡议书?可那是我男朋友送的,又不是家长送的,应该能解释清楚的吧?"

"你想想,放学时你去校门口,当着那么多师生家长的面儿收一份硕大的礼物,你还能对所有人逐一解释?"梁韵怡苦口婆心,"你最近麻烦不少,泄题的事儿才刚过去,低调点儿吧。"

她俩站在走廊里窃窃私语,校长恰好路过,他先是瞧见梁韵怡,笑了笑:"哟,小梁吃好了啊。"随即又瞧见苏苏,眉头一皱,"小苏也在啊,多和张老师学习学习,用点儿心!"

校长说完便走了。

苏苏的脸顿时白了。她深刻感受到梁韵怡的话是对的,若她这个落后分子敢在校门口引人注目,惹人误会,怕是以后校长再见到她,眉头都能夹死苍蝇了。

"发什么呆啊,赶紧给彭飞打电话啊!"梁韵怡推推苏苏的肩膀。

苏苏如梦初醒,立刻打电话过去,头一句话便是:"喂,既然你这么用心,那我就原谅你了。"第二句话才是,"但是你说的那份大惊喜,千万别往学校送……"

又要忙工作,又要替苏苏担心的梁韵怡,在临近放学时总算长长地舒了口气。

彭飞那儿拦截成功,小情侣又变得蜜里调油,商量着一下班就去网红餐厅庆祝苏苏的第一个教师节。

梁韵怡也好奇地问过,那份号称能让她变成最美女教师的惊喜是什么。

苏苏一脸甜蜜:"我没问,他说今晚吃过饭,陪我一起去店里取。我猜,兴许是和人一样高的玩偶?或是化妆品礼盒?抑或是一大捧玫瑰花?"

梁韵怡一脸不解:"哪有教师节送玫瑰花的呀,你俩还真是把教师节当情人节过了呢。"

苏苏不甘示弱:"你呀你,等你也有了喜欢的人就会明白了。只要有情,每一天都是情人节!不聊了,我得赶紧收拾收拾,一下班就去餐厅等位。"

放学铃声响起,走廊里满是排队的小学生。

有个小人儿在办公室门口一闪而过,又折返回来,欲言又止地朝梁韵怡张望着。

梁韵怡笑了,主动走过去,半蹲下身问他:"子辰,怎么啦?你找我有事情吗?"

"梁老师,"子辰刚鼓起勇气,就听见蒋老师在催促下楼了,他连忙道,"梁老师,你下班后可以来一次咖啡馆吗?"

"哎,可以是可以,但为什么?"

"反正你来吧,来了就知道了,我等你!"说罢,他郑重地点点头,连忙跟上放学的队伍。

今天其实和往常的工作日没什么不同,黄昏的街道上,匆忙赶路的,悠闲生活的,依旧是来来往往的人。只是因为多了一个身份,这个教师节的日子对梁韵怡而言,好像变得特殊起来。

走在下班的路上,望着夕阳慢慢将天空染红,听见从便利店里跑出来的小学生毕恭毕敬地喊了她一句"老师好",梁韵怡的心情便如同今天的晚霞一般,绚烂而温暖。

因着子辰的那番话,吃完晚饭,梁韵怡就换了衣服准备出门。想到另一个人,她心里莫名产生了一丝期待,还鬼使神差地在镜子前理了理衣服和头发。

临走前,她又问了一次妹妹:"静怡,你真的不知道子辰为什么找我?"

"我真的不知道!"静怡摇摇头,"姐姐,你可以问问董叔叔呀。"

梁韵怡的确问了,半小时前她发微信给董晟,但对方一直没有回复。

反正咖啡馆离家不远,梁韵怡便闲庭信步地走了过去。推开那扇复古气息浓郁的门进去,风铃声响起,她朝咖啡馆里张望了一圈,却一时没瞧见子辰,也没瞧见董晟。

"你好。"她朝店员孙玲玲打了个招呼,"我是被约来的,是董……"

孙玲玲忙迎了上来,笑得格外灿烂:"哎哟,我就知道梁小姐今晚会来。董老板临时接到供货商的电话出去了,应该很快会回来,您先坐!"

梁韵怡迟疑地笑了笑。其实约她的人不是董老板,而是小小董先生呢。

"子辰在吗?"她问。

"子辰不在呀。放学后他应该回家去了吧,没来咖啡馆。"

"哦。"梁韵怡一头雾水,"那我还是先走了。"

"别啊别啊。"孙玲玲忙不迭道,"你先坐坐,等等老板。老板肯定会很快回来的。"

"不了,其实约我过来的并不是……"

她话还没说完,孙玲玲生怕她要走,连忙指了指吧台旁的花,喊道:"梁小姐,你看那儿!那是老板特意买的,一看就是送给你的礼物!"

梁韵怡顺势望去,随即一怔。

吧台旁放着一束硕大的玫瑰花,用精致的蕾丝纸包裹着,层层叠叠,浓艳得好似一团火。

"那是送给我的?"梁韵怡讷讷的,双颊瞬间红了,是与那些娇艳的花朵不分高下的红。她想了想,却是下意识地摇头,"不不不,你一定是搞错了。"

"不会搞错的!"孙玲玲信誓旦旦,笑颜如花,俨然一副面对未来老板娘的态度,"这束花是今天下午,隔壁花店送来的。我们老板着急出门,还特意叮嘱我要保管好这束花,说晚上会有人来取的。然后,你就来了!"

梁韵怡只觉得脑袋里空空荡荡,总觉得有些不对,但似乎另一种情绪——一种夹杂着疑惑、惊讶、害羞、喜悦,和隐隐泛甜的心情,在身体里徐徐弥漫开来。

孙玲玲又特意指着花束上的烫金卡片道:"你再看看这张卡,不是送你的,又是送谁的?"

卡片上是这么写的——

祝你人生中的第一个教师节快乐！

梁韵怡难以置信地伸手摸了摸贺卡，她本想说"哪有人祝贺教师节用玫瑰花的啊"，但她忽然想起苏苏的那句话——等你也有了喜欢的人就会明白了。只要有情，每一天都是情人节！

她双颊绯红，眼眸微动，大脑的思绪有些空白，心跳却越来越快。

于是，玫瑰花和她之间的比拼结束了。

现在的梁韵怡，脸庞比花更娇艳。

董晟今天很忙，供货商那儿出了点问题，他协商到晚上才得以解决。回咖啡馆的路上，他才注意到梁韵怡的微信。

他蹙眉，子辰把梁韵怡约去咖啡馆的事儿，他并不知情。

正琢磨着，车已经停在咖啡馆附近。他推门进去，蓦地瞧见梁韵怡真的在店里。今晚的她看着很不一样，兴许是因为她红彤彤的脸庞？又或许是因为她怀里那束娇艳欲滴的玫瑰花？

董晟脸色一沉，那束夸张到一看就是送女友的九十九朵红玫瑰，是下午隔壁花店送来的。花店老板说，客人原本让他在下午三点送去某学校门口，但计划有变，临时说不用送了，他们晚上过来自取。但花店老板有事要提前关门，便把花寄放在咖啡馆，让客人晚上来这儿取。

所以，那束浮夸的红玫瑰竟然是某个男人订给她的？世上竟有这么巧的事？怪不得贺卡上写了庆祝人生的第一个教师节。

董晟心绪烦乱地走到梁韵怡面前，而她脸上显而易见的羞涩与笑意更让董晟心乱如麻。

花束略沉，她抱着有些吃力，换了个姿势却依旧紧紧揽在怀里。

她不好意思地看着他,而他则心情复杂地看着她,两人的目光交织片刻,才几乎同时开口。

董晟沉声:"这花是彭先生订给你的?"

梁韵怡含羞:"谢谢。"

话音落下,两人便齐齐愣住了。

随即,彼此的神色变了又变,才渐渐变得一致起来——后知后觉,恍然大悟。

"哎哎哎……"一旁的孙玲玲错愕地插嘴,"这束花,不是老板你买了送给梁小姐的吗?"

董晟摇摇头:"这是隔壁花店要关门,临时寄放在我这里的,还留给我订花人的信息,姓彭的男生,说是对面X大学的学生。"

梁韵怡惊愕得直吞口水,好一会儿才慌忙把花放回吧台:"不好意思,我不是,我不知道……哦,天哪,这个世上竟有这么巧合的事情!"

她醍醐灌顶,把彭飞和苏苏的事儿说了一遍,期间还结巴了几次。

孙玲玲给她倒了一杯水,她猛喝一口顺了顺嗓子才继续道:"现在想来也的确合理,彭飞是住校生,学校附近也只有一家花店。"

孙玲玲更是尴尬,连连道歉:"是我误会了,我还以为是老板借着教师节的名义约梁小姐呢,老板迟迟不回来,我生怕梁小姐走了,才自作主张把花给她的,我……"她顿时又察觉自己多舌,因为此刻不仅梁小姐,连老板的脸也像喝多了酒一般,"反正千错万错都是我不好!我我……我去给梁小姐做一杯咖啡赔罪!"

说罢,她便埋头逃离"事故现场"了。

留下梁韵怡与董晟两人,彼此都有些尴尬。尤其是梁韵怡,已经恨不得用脚指头在原地抠出三室两厅了。

"所以，子辰到底叫我来做什么？"她勉强咧嘴一笑，"没什么事儿的话，我先走了，我……我还要回去备课。"

此刻，推门而入的风铃声又响起来了。

子辰在他爸爸董坤的陪同下，风风火火地跑进来，一把抱住了梁韵怡道："梁老师，你真的来了啊。对不起，我想早点过来的，但是爸爸非要我写一页数学题。"

董坤抱歉道："这小子没说清楚，要是我知道他约了老师，肯定会早点送他来的。"

"送礼？"梁韵怡大吃一惊。

于是子辰小心翼翼地从小书包里取出一个礼物盒子："梁老师，其实我早就买了小礼物想送给你，但叔叔说学校有规定，小朋友们不能给老师送礼物，叔叔就建议我忍一忍，做个有耐心的男子汉，等到下一个节日再送你，但我实在忍不住了！"

原来如此。梁韵怡眨眨眼，心底泛起一股暖流。

她接过装饰精美的盒子，打开，里面是一个点缀着珍珠和水钻的枣红色发夹。

"很好看。"梁韵怡蹲在他面前，似是有些为难，"谢谢子辰，但是老师不能收你的礼物的。"

"那当我送给静怡的姐姐的可以吗？"子辰脑筋一转，"这是我用压岁钱买的，其实我本来想买粉红色的，但叔叔却说这个枣子一样的红色更适合梁老师。"

"是吗？"梁韵怡含笑。

"对啊！"子辰点头，"叔叔还说，梁老师有一次穿了一条这个颜色的裙子，特别漂亮！所以我就听叔叔的，买了这个红的。"

一旁的董晟忙清清嗓子:"嗯,你还有什么话要对梁老师说吗?"

子辰点点头,于是一板一眼地立正道:"梁老师,教师节快乐!"

梁韵怡的眼睛泛起阵阵雾气。

"那梁老师,你喜欢吗?"子辰小心翼翼地问。

梁韵怡点了点头,当即就把发夹戴在了头上。

子辰乐了,拉着董晟的手振臂高呼道:"叔叔,太棒了,我们大获全胜!"

这真是个奇妙的夜晚,直到董坤客客气气地开车送梁韵怡回家,直到咖啡馆快要关门,花店传来消息,说彭先生和女友玩得晚了,改天再来取花。

于是孙玲玲仔细把花收好:"老板,今天真是抱歉。"

"明天还是把花送回隔壁花店吧。"董晟埋头算账,又玩笑道,"放心,不会扣你薪水的。"

孙玲玲笑了,也开玩笑回去:"老板,我觉得你不仅不该扣我薪水,还应该加我奖金。"

"哦?"

孙玲玲得意地笑了。

自从暑假里,梁韵怡隔三岔五地上门开始,孙玲玲就看出了他俩之间不同寻常的氛围,两人独处时的暧昧气息都让别人不好意思靠近。

她耸耸肩,试探地说道:"因为这种九十九朵玫瑰的花束,通常只有一种用途,那就是男人送给女人表达爱意,这点你不反对吧。"

董晟微微挑眉,但没说话。

孙玲玲继续道:"面对玫瑰花束,女生通常有两种反应——要么欢

欢喜喜地收下，要么干脆利落地拒绝，甚至丢进垃圾桶。至于女生会如何反应，往往取决于她对这个送花男人的好感度。"

董晟咽了下口水，依旧没说话。

孙玲玲已经忍俊不禁："老板，你回想一下，刚才梁小姐误以为玫瑰花是你送给她的，她是什么反应？嘿嘿，值得你加我一份奖金吧。"

孙玲玲乐呵呵地跑开了，留下董晟面对账目失神发愣。

其实，他后知后觉地反应过来了。

那时的梁韵怡捧着花束，俏生生地站在他面前，盈盈秋水的眼眸看着他，对他说了句："谢谢。"

这两个字此刻宛如丘比特射出的黄金箭般，狠狠击中了他的胸口。

另一边，梁韵怡回到家，想起咖啡馆的一幕幕。那句"谢谢"如今回味起来，让梁韵怡恨不得原地挖个洞把自己埋起来！直到躺倒在沙发上，她的双颊依旧红得似发烧。

静怡忍不住伸手摸了摸她的额头。

"姐，你不舒服吗？怎么感觉你晕晕乎乎的？"静怡道。

"我没事儿。"

"那董子辰叫你去咖啡馆干什么？"

梁韵怡于是拿出那枚发夹。

静怡的眼睛都亮了："哇，好漂亮啊！"她当即就将发夹摆在自己的脑袋上比画个不停。

梁韵怡笑了："你喜欢？"

"喜欢！但这是董子辰送给你的礼物，我可不能要。"静怡比画许久，才恋恋不舍地把发夹还给姐姐，又说，"没关系，我明天问问董子辰在哪里买的。也许还有更好看的颜色，比如……粉红色！如果是粉红色的就更好看了！"

说到颜色，梁韵怡不禁回想起子辰的那番话："叔叔还说，梁老师有一次穿了一条这个颜色的裙子，特别漂亮！"

她眼里的笑快要溢出来，怕静怡发现她的动静，赶忙闭上眼，不断调整自己的呼吸。

只不过，在哄妹妹上床睡觉之后，梁韵怡还是打开了衣橱，愣愣地看着那条枣红色连衣裙发呆。

开学第一天，她特意穿上这条新裙子，学着苏苏化了个淡妆，有些紧张地准备去苗苗小学报到，却在路过相逢咖啡馆时，鬼使神差地推门走了进去。

而那之后，为了行动方便，她再也没穿过裙子。

没想到这条仅登场一次的裙子，他竟然默默记住了。

"扑通——扑通——扑通——"静谧的房间里，梁韵怡觉得自己的心跳得有些快。

静怡果然问过了子辰，第二天周六，她特意带上零花钱，拉着姐姐去了休闲街上的精品店。

货柜上，这款发夹已经卖得所剩不多了。剩余的颜色，无论黑色、棕色还是米白色，都不太符合小学女生的审美。

静怡眼巴巴地问店员："就没有粉红色的吗？"

店员说："有粉红色的，但是卖掉了。"

见静怡小嘴一瘪，姐姐忙问："粉红色的还会补货吗？"

店员说："这款是进口的，暂时不会补货啦。粉红色的是今天上午刚卖掉的。"

另一位店员打趣道:"对,我记得是个小男孩儿来买的吧,还很仔细地检查了下有没有掉钻掉珍珠,检查妥当了才去付款的,特别细心。"

"对对,怪可爱的小男孩儿。我记得红色的那款也是他买走的。"

梁韵怡一听,偷偷乐了。而静怡显然没在意店员们的闲聊,鼓着脸把白色和黑色的举在脑袋上比画,但怎么看怎么不合适。

梁韵怡就拉了拉妹妹的小手:"别不开心啦,我估计,你很快就能戴上那枚粉红色的了。"

"哎,为什么?"静怡愣愣的。

梁韵怡神秘地笑了笑:"姐姐等会儿和你解释,但现在,我们得一起选一份送男孩儿的礼物,当然,是用你的零花钱买。"

"哈?为什么?"静怡大叫着捂紧了自己的小钱包。

周一上学时,子辰才刚坐下,静怡就塞给他一个礼物盒子。

"里面是拼搭恐龙模型,不便宜呢,我用零花钱买的,送给你!"静怡声音朗朗。

子辰一怔,脸上的喜悦还来不及舒展开,静怡粉白粉白的小手就径直伸到了他的鼻尖下,圆乎乎的脸蛋上满是期待:"好了,你现在可以把粉红色的发夹给我了。"

子辰大吃一惊,又面红耳赤:"你、你、你是怎么知道的?"

新学期的九月份格外生机勃勃,有几次,梁韵怡帮冯老师放学,在校门口的茫茫家长群中,不知为何,她总能与董晟四目相对。

熙熙攘攘之间,目光交错的瞬间,彼此默契地笑起,但很快梁韵怡就不好意思地别过脸去，假意忙什么匆匆离开了。

她与他之间，似乎正酝酿着某种微妙的变化。

而这天临近放学时，梁韵怡意外地收到了董晟的来电。她有几分错愕，几分紧张，自从上次的那句"谢谢"后，她面对董晟总带了些许羞涩。

"喂，董先生。"她接起电话前，还特意清了清嗓子。

董晟的声音却很急促："不好意思，梁老师，我这儿有个突发情况想和你商量一下……"

近来，董晟去了邻市的咖啡博览会，而哥哥董坤的生意告一段落，便由他负责照顾子辰。

董坤常年在生意场上摸爬滚打，年纪不大却一身毛病，还讳疾忌医，总觉得小疼小痛忍忍就行。前阵子应酬多，他胃疼的老毛病又犯了，便随意吃了几次胃药应付，但这回始终不见药效，越发疼痛。直到这天下午，正打算去苗苗小学接儿子的董坤疼得缩成一团，动弹不得。

"幸好当时我哥就在咖啡馆，孙玲玲被吓坏了，连忙叫了救护车送去医院。"董晟在电话里说，"所以暂时没人能来接子辰放学，学校最晚能留孩子到几点？"

梁韵怡忙道："多晚都行，孩子可以在教室等着，如果老师们都下班了，也可以去门卫室，保安师傅是全天在校的。"

"那就好。"董晟叹气，"我哥可能要住院，孙玲玲忙完了兴许就能过来接子辰，但也不知道几点。我这儿已经买了最快的动车票，但赶回学校，怎么也得晚上七八点。麻烦梁老师让子辰在门卫室等吧。"

"晚上七八点，"梁韵怡想了想，"子辰肯定又累又饿的。不如这样，等会儿我就下班了，让子辰跟我回家吧。"

"这怎么好意思！"

"别客气,子辰好歹也叫我一声'梁老师'的。让孙玲玲放心帮你哥办住院吧,等你回来后,直接来我家接子辰就行。"

"好的,好的……"董晟顿了顿,语气动容,"谢谢你。我这就往火车站赶了。"

"不客气,我们晚上见。"

知道今晚是跟着梁老师回家,吃过晚饭后还能和静怡玩一会儿,写作业也有梁老师辅导,子辰顿时惊喜不已。

可当他知道这一切是因为爸爸生病被送去医院时,子辰的小脸一僵,脱口而出道:"梁老师,你可以送我去医院吗?"

在看见梁韵怡为难的神色后,他懂事地垂下头,背起书包道:"我知道,我是个小孩子,去医院也是给大人们添麻烦。梁老师,我跟你回家,我们走吧。"

他脸上的落寞与担忧是如此明显,可他仍佯装平静,甚至在梁妈妈特意为他炸了好大一盘鸡翅后,他还礼貌地笑道:"谢谢阿姨,你做的炸鸡翅真好吃!"

梁韵怡担心他的情绪,给他夹了一筷子又一筷子菜,静怡也说着班上的八卦逗他开心。

"哎哟,这几天徐晓慧回来了,脚上还戴着护具。她休息了好久,拖欠了好多好多作业,实在补不完,愁得她都快哭了。我看她实在可怜,就偷偷借给她抄了。"静怡絮絮叨叨,"我知道她之前是故意穿走我校服的,但我们毕竟是同学,哎,我就大人有大量,帮她这一次吧……"

梁韵怡苦笑,弹了下妹妹的脑门儿:"抄作业算什么帮忙?回头,我得告诉你们蒋老师。"

"别啊,姐姐,别!"

静怡夸张地贴在姐姐身上,眼神时不时瞄一眼子辰的表情。

无论姐妹俩如何努力活跃气氛,子辰始终郁郁寡欢,只勉强跟着笑一笑,随即又忧心忡忡。

吃完饭,他还是忍不住问了:"梁老师,我爸爸那儿有什么消息吗?他是住院了吗?还是因为胃疼对吗?"

梁韵怡叹了口气,揉了揉他的头顶,道:"你爸爸的胃疼是老毛病了吧。以前没事儿,这次也会没事儿的。"

"对,爸爸的胃疼是老毛病了。"子辰眨眨眼,雾气弥漫。

他吸了吸鼻子:"我总听叔叔说,爸爸的胃病是喝酒喝出来的,可是不喝不行,因为爸爸的生意就是一杯杯酒喝出来的。以前,爸爸和叔叔都没什么钱,所以爸爸很努力地赚钱。我听喝醉酒的爸爸说……说,他不想再让叔叔一边上学一边打工,也不想再让我没钱上兴趣班。"

静怡听得似懂非懂,但还是紧紧握住了子辰的手:"董子辰,你别哭啊,你可是男生,是男子汉!"

"我知道。"子辰慌忙深吸一口气,但已然阻止不了汹涌的眼泪,他哭得语无伦次,"爸爸和叔叔从小就教育我要坚强……我没有妈妈,以前我每次想拥有一个妈妈的时候也会哭,但爸爸告诉我,男子汉大丈夫要坚强,爸爸说,我虽然没有妈妈,但我有两个爸爸,是其他小朋友都羡慕不来的!"

"对啊,你爸爸说得没错!"梁韵怡给他擦去脸上的泪水,也握住了他的手,"你叔叔正坐车赶回来呢!你叔叔就是你的第二个爸爸。"

子辰点点头重重地"嗯"了一声:"小时候,我总会把叔叔叫成'小爸爸',叔叔也会很高兴地回应我。但后来,爸爸就不让我这么叫了。"

"为什么？"静怡问。

"因为爸爸说，我总叫叔叔'小爸爸'的话，别人可能会误会的，就没有人愿意给叔叔做老婆了。我就没有未来的婶婶了。"子辰抽抽噎噎，"但其实，我觉得没有婶婶也挺好的。如果叔叔有了婶婶的话，是不是就会不再爱我了？"

"当然不会。"梁韵怡脱口而出。

"可是我听爸爸说他这辈子不打算再找老婆了，因为他有我就够了！所以我就想，如果叔叔也像爸爸一样，有我就够了，那就好了。叔叔……爸爸……我，我爸爸现在也不知道怎么样了！"

眼见着子辰的小脸涨得通红，又要号啕大哭，梁韵怡对这种话题手足无措，不知该如何安慰。

倒是静怡拍了拍他的肩膀道："董子辰，我觉得你的想法不对。"

子辰被这句话吸引，一时竟停了哭泣，只愣愣地看着她。

梁韵怡连忙鼓励妹妹说下去。

静怡就继续道："你生怕有了婶婶之后，董叔叔对你的爱就会减少。那你干脆找一个同样也喜欢你、对你好的婶婶，不就行了吗？这样的话，叔叔和婶婶就会一起爱你，你能拥有双倍的爱，多好啊！"

子辰的思绪被带偏了，完全忘了哭泣，嗓音有几分沙哑："可是我上哪儿去找一个喜欢我、对我好的婶婶？她不仅要对我好，我叔叔还得喜欢她，这也太难了吧。"

他表情苦恼，静怡思索了片刻，喃喃道："的确难，但好像也不太难，世界这么大，总能找到这样的人……"她一扭头，冷不丁地语出惊人，"对了！比如我姐姐啊。你看我姐姐对你多好，带你回家还请你吃炸鸡翅！"

梁韵怡目瞪口呆，完全折服于小孩子清奇的脑回路。她一时无语，而两个孩子就继续自由发挥,聊得不亦乐乎。

静怡:"我姐姐还给你倒可乐了呢,她平时都不让我多喝的,你看看她对你多好!"

子辰:"梁老师当然好啊!我最喜欢梁老师了。可是我叔叔会喜欢梁老师吗?"

梁韵怡的脸"嗖"地就红了。

这件事情的发展已经完全超出她的预料了。

两个孩子的目光齐刷刷地看向梁韵怡。他们倒还知道议论人不能当人面,还人小鬼大地齐齐躲到角落里,嘀咕着商量。

静怡悄悄话道:"肯定喜欢啊,你仔细看我姐,多漂亮!"

子辰悄悄话道:"对,梁老师是整个苗苗小学最漂亮的老师!啊,我想起来了,叔叔也说过梁老师漂亮的!"

"哇,这不就找到了吗?又喜欢你,你叔叔又喜欢的人!"

"简直大获全胜啊!"

"原来不用去全世界找,在这么近的地方就能找到了。哎,有一句话就是形容这个意思的,是什么来着?"

"远什么,近……什么……"

"远在天边,近在眼前。"梁韵怡下意识接话,却立刻双手叉腰道,"等等等等,你俩继续胡说八道的话,就别怪我拿出《一课一练》啦!"

董晟紧赶慢赶,终于在七点半赶到了梁韵怡家楼下。

子辰被梁韵怡牵着走下楼,一见到叔叔就撒开脚丫子扑进他怀里。

子辰的脸上留有隐隐的泪痕,董晟心疼地抱了抱他:"没事儿没事儿。医院来消息了,你爸爸没大碍,就是胃病,得住院观察两天,很快就能回家了。"

"嗯!"子辰在董晟的怀里,重重点头。

"那我们现在回家吧。"他松开子辰,却在看见孩子的表情之后,改口说,"要不我先带你去医院看看你爸?他真的没事儿,你玲玲姐说,他还在病床上打电话谈生意,因为嗓门太大被护士批评了呢。"

"我要去医院看爸爸,现在就去!"

"行,那我们现在就出发。"他牵着子辰,转向默默站在一边的梁韵怡,"快对梁老师说声'谢谢'!"

"梁老师,谢谢!"

"不客气!"梁韵怡挥挥手,笑容灿烂,"你爸没事就好。子辰,欢迎再来我家做客。"

董晟向梁韵怡示意后,牵着子辰上了车。

待到董晟开车带子辰从医院回家,天色已晚。心情宛如坐过山车一般的子辰,终于能彻底放松下来,才刚坐上车子就有些昏昏欲睡。

他浅浅打了个哈欠,听叔叔问自己:"子辰,你肚子饿吗?还想吃点什么吗?"

子辰摇摇头:"在梁老师家吃得很饱,梁老师的妈妈炸了好大一盘鸡翅,梁老师一直给我夹菜,还倒可乐,我吃得都打嗝儿了。"

董晟不由得笑了:"在梁老师家开心吗?看来,你很喜欢梁老师啊。"

"开心啊!我最喜欢梁老师了!"子辰一下子来了精神,背都挺直了,"那叔叔你呢?"

"什么?"

"叔叔你呢,你喜欢梁老师吗?"

车子停在红灯前,董晟仿佛被这猝不及防的提问噎住了般,好半天才道:"为什么这么问?"

"因为梁老师很喜欢我啊。"

"然后呢?"

"还因为梁老师很漂亮啊!"

"然后呢?"

"这么漂亮的梁老师,难道叔叔你不喜欢吗?叔叔,你不可以挑三拣四的!"

"你这臭小子的成语都是从哪儿学的呀?"

"好吧,我明白了。"

"你,你明白什么了?"

"看起来,梁老师再漂亮也没用,叔叔你好像并不喜欢梁老师。那我只能和静怡说了,计划失败,我叔叔不喜欢梁老师。"

"喂喂,"董晟彻底急了,"你小子别乱讲话啊!谁说不喜欢了!"

"哦?"子辰眼前一亮,"那就是喜欢咯!"

"也,也不能这么武断地说……"董晟急得额头都快冒汗了,"总之,你别对静怡乱讲话!"

子辰面露迷茫:"不是不喜欢,也不是喜欢,那到底是什么?你们大人怎么奇奇怪怪的?"

"因为,喜欢不喜欢这种事情,是需要有一定了解和积累后,才能下定论的,不能太草率。"董晟试图对他讲道理。

但子辰依旧云里雾里,思考半晌还是不太明白。他撇撇嘴,双手抱胸道:"你们大人真奇怪。只不过是问你喜欢不喜欢而已,有什么难的?比如我吧,我就很喜欢静怡!"

"哦，是吗？"董晟苦笑，心想，小孩子家家的童言无忌，这能是一回事儿嘛！

子辰得意扬扬，觉得大人都想不明白的事儿，自己却能理得清清楚楚，简直棒极了！于是他小胸口傲然一挺："当然！我就是很喜欢静怡！"

"你小子，等会儿到家后再说一遍啊。"

"为什么？"

"我要用手机录下来。"董晟笑着，"二十年后再放给你看，一定很有趣。"

那之后，十一国庆节长假来临。

虽然是放假，但梁韵怡一点儿没闲着。她即将迎来自己人生中的第一堂语文课，是独立走上讲台的课，为此她要在假期里做足准备。

课文选了一篇活泼有趣的，教案改了一稿又一稿，整个教学过程在脑海里想象了一遍又一遍，她仍然不放心。这天更是拉着静怡充当学生，来了场模拟课堂。

这一模拟，才发现全然不似想象中的那么顺利，小孩子的回答简直五花八门、天马行空，让她目瞪口呆。

例如她提问："课文中的亮亮同学不吃菜只吃肉，可愁坏了妈妈。如果你是妈妈，你会对亮亮说什么？"

在她想象中，孩子的回答应该类似："我会对亮亮说：亮亮，菜和肉都要吃，营养才能均衡，才能长高长大哟！"

但现实中，静怡却脱口而出道："如果我是妈妈，我会说：儿子，菜是一定要吃掉的。你不吃菜的话，那肉也不要吃了！"

梁韵怡皱皱眉，平时梁妈妈教育静怡不许挑食时，还真就是这么说的。

她又追问："还有吗？"

静怡也皱皱眉，努力补充："光吃肉不吃菜，会长成大胖子的，可难看呢！"

"还有吗？"

静怡苦思冥想："你再不吃菜的话，妈妈就要打你了！"

梁韵怡扶额，投降道："好吧，关于这段的提问和引导方式，看来我得再思考一下。"

于是，在静怡的助攻下，梁韵怡的教案又统统修改了一遍，但她依旧不放心，还想找个孩子再模拟一把。

"你找董子辰啊。"静怡提议。

其实，梁韵怡也想到了。

在假期里一个阳光明媚的午后，梁韵怡提着课本和教案，推开了相逢咖啡馆的门。在对上董晟的目光后，她莞尔笑道："不好意思，我来打扰了。"


包厢里，子辰配合得格外认真，梁韵怡又模拟了整堂课的过程，心里这才有了底气。

模拟结束，子辰出去玩了，梁韵怡迫不及待地提笔修改，直到眼前被一片阴影遮住，她才意识到董晟端着果汁站在了自己身前。

董晟放下果汁："梁老师很认真啊。"

梁韵怡微微一笑："这堂课是实习重要的一环，老实说，整个假期我都在忙这个。"

"没约人出去玩？"董晟问。

"没时间呢。"梁韵怡摇头,"不仅是我的,苏苏——就是我朋友,她的教案我也得帮忙润色一下,所以这阵子经常和苏苏泡在大学的空教室里,一改就是一整天。"

"有你这样的朋友真好。那现在,教案完稿了吗?"

"嗯!"梁韵怡颔首,"多谢子辰帮忙,又改了几处,应该没问题了。"

"今天是假期最后一天了,不如放松一下……"董晟清清嗓子,有些紧张,因为他打算顺势约她今晚一起吃个饭。

只可惜他话还没说出口,子辰就贸然推门进来了,招呼道:"梁老师,有人找你!"

"哎,现在几点了?"梁韵怡诧异地看了眼手机,"啊呀,这么晚了。"

"你约了人?"董晟问。

"对,约了今天吃晚饭,就在……"

她正说着,一个男生快步走了进来,目光只在董晟身上停留片刻,就牢牢定格在梁韵怡身上。

男生催道:"预约时间到了,你好了吗?我们走吧。"

"我好了。"梁韵怡忙收拾桌上的纸笔,却后知后觉地注意到董晟的神色。

但董晟脸上那说不清道不明的神情只一闪而过,随即就笑道:"梁老师约了他?"

"对……啊,但也不是,我们是四个人一起聚餐。"梁韵怡不知为何,有些结巴。

"我好像见过他。"董晟挑眉,压低声音道,"哦,想起来了,曾经你们四个人在咖啡馆聚会,好像就是他,追着问你要微信。"

梁韵怡眨眨眼,刚想说"你居然还记得",但看着董晟,终究没开口,因为此刻的董晟，眼神里似乎藏着某种汹涌的情绪。

她张了张嘴，还想再解释几句，但那男生又催促道："他们都等急了，韵怡，我们快走吧。"

一句"韵怡"，让董晟不禁皱眉。他琢磨着眼下的情景，终究挥挥手道："梁老师，再见。"

梁韵怡愣愣的，终究在男生的催促下，匆匆往对面的火锅店去了。

正如之前梁韵怡所言，几乎整个假期，她与苏苏都泡在X大学的空教室里写教案。

彭飞是住校生，常常买了好吃的送来慰劳苏苏，梁韵怡也跟着沾了光。后来，彭飞就带着哥儿们张科一起来了。

张科曾厚着脸皮问梁韵怡要微信，惹得她不痛快。此刻见到她，他是既心动又胆怯，但见梁韵怡落落大方地对自己点头招呼，张科的一颗心放松下来……甚至还蠢蠢欲动了。

他听彭飞说过："苏苏的那个好朋友？哦，是给妹妹开家长会的那女孩儿，她还没男朋友吧！上次在咖啡馆，她兴许只是找店老板帮了个忙，方便开溜？谁让你当时那个急吼吼的模样，像个坏人似的。怎么，你还惦记她呢？"

于是，心领神会的彭飞之后每每去教室找苏苏，总会捎带张科，也叮嘱张科悠着点儿，收敛些。甚至今天的火锅聚餐，名义上是"庆祝苏苏完工，感谢韵怡的鼎力支持"，实则也存了几分做红娘的心思。

四人在火锅店碰头落座，苏苏自然和彭飞黏在一起，梁韵怡便只能和张科并肩而坐。

张科殷勤地给她倒水，又说："嗯……韵怡，你看看想吃什么？"

见张科今天如此大胆,连昵称都用上了,对面的苏苏和彭飞既紧张又期待,都让他收敛点了,怎么还如此激进?但毕竟假期间大家相处得熟了些,兴许这次有戏?

然而心不在焉的梁韵怡却抬头道:"其实,你叫我'小梁'就好。"

张科一怔,帮她拿纸巾的手停在了半空,好半天才干笑道:"抱歉抱歉,都是跟着苏苏叫的,她总是'韵怡''韵怡'地叫你,我也就跟着叫了。小梁,呵呵,这么叫会不会太老气了点儿……"

梁韵怡淡淡笑了下,从另一旁给自己拿了一沓纸巾过来,自顾自地扫码点菜了。

这顿火锅,梁韵怡始终吃得心不在焉。眼前明明是翻滚的毛肚和羊肉片,她的脑海里却满是离开咖啡馆前,藏在董晟眼底的那抹情绪。

他是什么意思?他是在介意什么吗?是……是为了她吗?

梁韵怡心烦意乱,越是细想就越是心慌,到后面甚至演变成了某种心虚,让她吃着羊肉简直味同嚼蜡。

"吃饱了,这顿我买单,谁也别和我抢啊!"苏苏伸了个夸张的懒腰,又对张科使了个眼色,"对了,我这儿还有一张赠券,等会儿再去吃甜品吧!但我和彭飞还有事儿,我俩可能得打包带走,你俩可以坐着慢慢吃……"

但张科还没来得及回应,梁韵怡就率先站起了身:"甜品我就不吃了,我先走了。"

"哎,韵怡,你要去哪儿啊?"苏苏道。

"我……"梁韵怡背起包,苦笑一声,"我想去喝杯咖啡。"

说罢,她便匆匆离开了。

第四章 期中考试

相逢咖啡馆的门前,董老板已经打烊,正准备关门。

忽然听见一阵急促的脚步声离自己越来越近,他下意识地扭头,陡然与那个熟悉的人四目相对。

短短一条马路的距离,梁韵怡却跑得双颊通红、胸口起伏。她站定脚步,错愕道:"哎,这么早就要关门了吗?"

董晟看着她:"今天的材料已经用完了,所以提前打烊了。"他没有实话实说,自己是因为心情不好才决定提前下班的,"梁小姐不是约了人聚餐吗?"

梁韵怡也看着他,说:"嗯,火锅吃得有点腻,所以想过来喝一杯咖啡。"

"哦?"董晟微微挑眉,"这么晚了还喝咖啡,会失眠的吧。"

梁韵怡闻言,微微侧过头去,低声喃喃道:"不喝的话,今晚怕是更睡不着了……"

她话中的深意让他不由得浮想联翩,却又不敢妄想,生怕到头来只是自己一厢情愿。

他下意识地凝视她的侧脸,想从她脸上寻找蛛丝马迹。而她很快察觉到他的目光,眨了眨眼,毫不避讳地迎上视线,声音轻柔却坚定:"真的不请我进去吗?"

此情此景,董晟当然不会拒绝。

他还是把梁韵怡请进了咖啡馆,又关上店门——眼下,他只想招待她一个客人。

梁韵怡在吧台边坐着,看着董晟走到咖啡机前开始操作。她打趣道:"不是说材料都用完了吗?"

董晟沉默片刻,才道:"库房里还有备货。"

"那为什么还要提前关门？"

"因为天色不早了。像梁小姐这般不惜失眠也要喝一杯的客人，并不多。"

董晟熟练地操作着，研磨咖啡豆的香气渐渐在两人之间弥漫开来。

梁韵怡深吸一口气，佯装闲聊般开口："今天的火锅其实不太好吃，羊肉片和毛肚的味道都怪怪的。"

"是吗？那好像是家新开的店呢。"

"对啊，新店开业酬宾，四人套餐有折扣，所以苏苏才提议四个人一起吃，更划算一些。"

董晟顿了顿，继续操作着咖啡机。

梁韵怡继续道："苏苏和彭飞的感情很好，他俩总是黏在一起，连体婴似的。所以到了约定时间，他俩就让张科过来喊我。"

"嗯，我知道。"董晟闷声道。

"张科……"梁韵怡抬眼，偷偷瞄他，"张科没有我的手机号码，也没有我的微信，所以他只好跑来咖啡馆喊我。"

董晟闻言，手里的动作停滞了，许久才想起为咖啡盖上盖子，再递到梁韵怡面前。

他当然抓住了话语间的重点——那个男生曾经问她要联系方式，当时她没给。原来，至今她都没给。

董晟的神情柔了又柔，他不禁看向梁韵怡，却又在对方盈盈秋水般的目光下，心跳加速地别过脸去。

他似乎终于回过神来，察觉自己今天的失态——那可真是一种酸溜溜的，醋意十足的失态。

这杯咖啡做完，相逢咖啡馆迎来了今天的第二次闭店。董晟锁门，梁韵怡便捧着热咖啡等在他身边。

她似乎一早就知道他会说："不早了，梁小姐，我开车送你回去吧。"

梁韵怡了然于心地微笑："那我就不客气了。"

短短十分钟的车程，董晟今天开得格外慢条斯理。

"对了，为什么你朋友苏苏不直接打个电话喊你过去呢？她肯定有你的电话吧。"

梁韵怡讪讪地抿嘴："为什么呢？"

"很明显，"董晟苦笑，"苏苏希望你和那个叫张科的男生能更熟稔一些。可以成为朋友，或者，更进一步。"

"可能是吧。"

"那么……你是怎么想的？"董晟问出口时，紧张地眯了眯眼，却不敢看她，只僵硬地目视着前方的柏油马路。

车厢里静默了片刻，静到董晟握着方向盘的手都隐隐出汗。他甚至开始后悔自己不该如此直白地问她，会不会太冒昧、太唐突？

直到，他听见她轻柔的声音宛如一片羽毛轻轻划过他的耳畔。

她歪头望着窗外，似是漫不经心地答非所问："他今天突然喊我'韵怡'，说是跟着苏苏喊的。我让他喊我'小梁'就好，还被说'小梁'这个称呼是不是太老气了……你觉得呢？"

董晟静静地听着，随即舒心地笑了，仿佛是夜风、星空、闪烁的路灯和她轻轻飞扬的发梢给了他勇气。

"的确。"他顿了顿，"所以在能喊你'韵怡'之前，我还是先喊你'梁小姐'吧。"

"好。"

路灯从车窗外飞逝而过,董晟没有看见梁韵怡盛满笑意的眼眸。

"嗯,梁小姐,你到家了。"

"谢谢。"

"咖啡,不喝吗?看你一直拿在手里。"

"不喝了,"梁韵怡莞尔,"喝了的话,那才真要失眠了。"

梁韵怡打开车门,还没走远,董晟忽然扬声叫住她:"请问梁小姐什么时候忙完?赏脸一起吃顿饭吧。啊,当然,不会选对面那家火锅店的!"

梁韵怡笑了,也扬声道:"好呀,但我可能还得忙一阵。"

"那就先预祝你下周的开课顺顺利利。"

"承你贵言。拜拜。"

"拜拜。"

至于那杯咖啡,直到回家她都没有喝,因为今天的她十有八九会做个甜甜的美梦,才不要失眠呢。

做了充足准备的梁韵怡,在正式上课时还是出了点小纰漏,但冯老师对她的评价却是很高的。

"小梁,你很踏实,只欠缺在经验上,孩子的回答一旦不符合预想,你就慌了手脚。淡定,老教师的经验就是——无论孩子怎么胡扯,我们都能给他们扯回到课文内容上。这份能力,你迟早也会有的。"

同时,苏苏的课也平稳着陆,上得无功无过。她的带教老师张老师说了句:"还行,你最近总算用点儿心了,继续保持。"

这把苏苏说得喜出望外,差点儿飙出泪花来。

于是苏苏和彭飞又在电话里缠绵个不停,又是商量买什么礼物,又是讨论去哪儿吃庆功宴。

挂断电话后,苏苏问梁韵怡:"要和我们一起庆功吗?"

"别了,"梁韵怡忙不迭地摆手,"你俩吃就行。"

"哎哟,我保证,绝对不带张科了!"苏苏撒娇道。

自从上次的四人火锅之后,梁韵怡就严肃地与苏苏聊了一番。她对张科没有感觉,一丝一毫也没有。一个没感觉的男生对她献殷勤,只会让她觉得烦恼。

"张科条件不错啊。难得有个男生,光看照片就对你心动不已,我只是觉得可惜。"苏苏说着,见梁韵怡神色坚决,承诺道,"好啦好啦,你都说到这份儿上了,我绝不会再撮合你俩了!"

梁韵怡如释重负地点头。

岂料苏苏不甘心地又问:"韵怡,我问你一个问题。"

"你说。"

"我看你最近有点不对劲儿,你是不是有情况?"

"什么情况?"梁韵怡心虚地缩了缩肩膀。

"你这阵子每天都春风拂面的,上下楼梯连蹦带跳,连走路都哼歌。那模样,和我当初刚认识彭飞时有点儿像!"

"别胡说。你和彭飞那是天雷勾地火,每天都激情澎湃的,我可没有你们那么⋯⋯"

"没有我们那么什么?"苏苏陡然抓住了她话语中的漏洞,"没有我们那么激情,难不成你是找了个细水长流的暖男?"

"不是,不是。"

"韵怡,你脸红什么?难不成真的有?"苏苏惊喜万分,"哇,是谁?

是谁？我认识吗？"

"不是啦。"梁韵怡脸颊绯红，都快成一只煮熟的螃蟹了，顿了顿，才小声道，"还没到那份儿上。"

说实在的，梁韵怡自己也理不清与董晟的关系。

她与他之间的确变了，这些天虽然没见面，但偶尔也会通过手机联系，可关系似乎又点到为止。

朋友？好像内心又比朋友亲近一些。

"哦，我懂了。"还是苏苏一针见血，"你和他还在搞暧昧！"

听到这话，梁韵怡连耳朵都红了，讷讷半天，想说什么却又无从反驳。

苏苏笑得露出一口牙花子，她真心替韵怡开心，也着实对男主角的身份好奇："我猜猜，肯定不是经人介绍的，最近没听你提起去相亲。那，是苗苗小学的人？是楼下那个年轻帅气的体育老师，还是楼上那个老成但潇洒的英语老师？"

"啊呀，你别乱说！"

"你好像的确是来实习后，开始变化的。按理说，应该是学校里的某人啊。可我好像也没见你对谁很特别……"苏苏自顾自地展开推理。

梁韵怡哭笑不得，正想解释一番，却见不远处有个孩子正朝自己招手——是董子辰。

梁韵怡于是迎了上去，半蹲下身："子辰，你找我？"

"嗯。"子辰乖巧地点头，"今天早上，叔叔特意嘱咐我，让我给梁老师你带一句话。"

"你叔叔？"梁韵怡闻言，不禁笑得眉梢眼角都弯了，"他让你带什么话？"

"他说,请梁老师今天下班后来一次相逢咖啡馆。"

"为什么?"

"我也不知道为什么,叔叔没告诉我。梁老师,今晚等你来了就知道了。"

"好吧。"

子辰的任务顺利完成,摆摆手回教室去了。待到梁韵怡回到苏苏身边,却见苏苏双手环臂,一脸凝重。

"怎么了?"梁韵怡问她。

苏苏瞅着她:"梁韵怡,你很不对劲儿啊。"

"我怎么了?"梁韵怡略略心虚。

"你都没看见刚才你自己的表情,"苏苏深吸一口气,"你竟然对着个小屁孩儿笑得那么如沐春风!难不成你的心动对象既不是风华正茂的体育老师,也不是成熟稳重的英语老师,而是你想把满腔的热情与爱统统倾注在教育事业上了?那我不得不提醒你,桃李满天下固然重要,个人幸福也必不可少啊!"

"苏苏!"

苏苏这才哈哈大笑:"好啦好啦,我开个玩笑而已。知道你暂时想保密,是想等稳定了再告诉我,对吧?行,姐妹无论如何都支持你!"说罢,她瞥见校长的身影在走廊尽头一闪而过,忙道,"我得赶紧回去批作业了。"

苏苏一溜烟儿跑了,梁韵怡留在原地,拍了拍胸口。

她侧身望了望走廊上的仪容镜,苏苏那家伙的观察力,未免也太惊人了吧。

当晚,梁韵怡回家换了身连衣裙,梳了梳头发,甚至化了点淡妆,才准备好出门。她心情雀跃,与平常的状态完全不同。

静怡探头问她:"姐姐,你要去哪儿呀?"

梁韵怡笑了笑:"我出门去买杯咖啡。"

随即她在静怡疑惑的目光下,哼着歌走了。

夜晚的街道格外静谧,夜风轻轻,月色宜人,一切都温柔得恰到好处。

一对大学生情侣与梁韵怡擦肩而过,让她不禁驻足侧目。见情侣亲昵地十指相扣,她好似也被这份温馨所感染,抿嘴偷笑,好一会儿才想起继续往前走。

推开那扇复古气息浓郁的门,梁韵怡走进咖啡馆,四下张望之余,却没瞧见董晟的身影。

还是孙玲玲迎了上来,热情洋溢道:"梁小姐来啦!稍等片刻,学校那儿来了一笔大订单,老板亲自去送了,估计很快就能回来。"

梁韵怡一愣,总觉得眼下的剧情似曾相识。

同样是被糊里糊涂地约来,同样是热情得好似在接待老板娘的孙玲玲,同样是没见到约她的人。那紧接着,是不是又该出现一束误打误撞的玫瑰花,惹人误会?

她应声说了句"好",岂料孙玲玲还真指了指吧台的一角:"你看,那束花是老板特意订了送给你的。今天下午,隔壁花店送来的。老板出门前还反复交代,这花晚上有人会来取的,要我务必保管好,一片叶子也不能碰坏。"说着,连孙玲玲自己也觉得好笑,"哎哟……这剧情,咱们好像已经演过一遍了啊。但是梁小姐,我保证这回绝对不一样!你看你看!"

孙玲玲把她领到花束前，用精致的蕾丝纸包裹的九十九朵红玫瑰，层层叠叠，浓艳得好似一团火。花束上放着一张烫金卡片，连这点都与上回的剧情完全一样。

但是，卡片上的字截然不同了。上面写着——

梁老师：
　　庆祝你人生中的第一堂课圆满落幕。
　　　　　　　　　　　　　　　　董晟

字迹工整，赏心悦目。

捧着花束发愣的梁韵怡，听见身后忽然传来一个男人的声音。

是董晟回来了："我特意在卡片上加了抬头和落款，这样就不会有误会了。"

"这，是送给我的？"梁韵怡回眸，依旧难以置信。

"当然，写得还不够明确吗？"董晟笑了，"那下次，我是不是该写'梁韵怡老师'呢？"

梁韵怡的脸红了，耳朵也红了。

她干脆把整张脸埋入娇艳的花束里，只抬着一双水汪汪的眼睛，问他："你今天也没问过我顺不顺利，你怎么知道是圆满落幕，而不是惨淡收场呢？"

的确，上完课之后，她时不时就看一眼手机，还以为那个早早预祝她顺利的男人一定会来关心她。可惜并没有等到，她还隐隐失落了一番。

董晟笑意更浓："我不需要问你上得顺不顺利。因为我相信你，梁老师你准备得这么认真,一定会顺利。看来,我是对的。"

梁韵怡眨眨眼:"那也不用买这么隆重的一束花吧。"

"当然要。"董晟满眼温柔,"因为上次,我提前收到了你的那句'谢谢',所以,我当然不能让你的感谢落空。"

梁韵怡的一颗心因为他的话徐徐加速,"怦怦"直跳。那次因误会而捧着玫瑰、羞涩道谢的自己,他居然没忘记,他居然还记得。

"那么这一次,我是不是不用说'谢谢'了?"她看着他,问。

"对。"他也看着她,答。

"那我该说什么?"

"我想想,嗯……这一次,说'喜欢'就可以了。"

"喜欢……"梁韵怡展眉,柔声道,"嗯,我很喜欢这束花。"

此刻,咖啡馆灯光温柔,照在两人的身上,柔和得好似一幅画。

一旁的孙玲玲笑嘻嘻地看着他们,内心激动:我好像在做电灯泡啊,我是不是能提前下班开溜了?当然,工资得照给啊!

末了,那束玫瑰,梁韵怡还是没敢带回家,很是可惜。

她把玫瑰留在了咖啡馆做装饰,只把卡片留在身边——毕竟她出门时只说去买杯咖啡,她才不想捧着玫瑰回家被父母和静怡盘问个不停。

深夜,怀揣着甜蜜心事的梁韵怡辗转难眠,被夜里起身上厕所的静怡瞧见了,她揉揉眼睛道:"姐姐,你还没睡啊?下次可不能大晚上还出去喝咖啡啦!"

明明是被小孩教育了,梁韵怡却心情很好地摆摆手。

被甜蜜萦绕的一天又一天平稳度过,上完展示课之后,梁韵怡的

实习越发忙碌。

临近期中阶段，却遇流感肆虐，办公室的老师们大半都中招了。蒋老师和冯老师病得尤其重，两人又是咳嗽又是头疼，还一前一后地发起高烧，纷纷休病假去了。

于是，设计期中考卷的任务意外地落到了梁韵怡头上。

身为实习生的她如临大敌，但病假中的冯老师却很信任她，在电话里边咳嗽边给她提了不少想法："有题库，你放心按着做吧。样卷设计好了发给我看，我会帮你把关的。"

梁韵怡这才安下心来，还隐隐燃起一丝斗志。

这几天，她始终泡在参考题库和学生错题集里，每道题都仔细琢磨，再三推敲。按苏苏的说法就是："你啊你，恨不得把看图写话题的图片都自己画了！"

梁韵怡便笑道："我还真自己画了，没办法，题库里的图片都有些模糊，看不清细节会影响学生发挥的。"

苏苏瞠目结舌："好吧，韵怡，我发现人与人还真是不一样。"

同样是陷入恋爱中的女孩子，苏苏忽然觉得，自己真有那么一点儿惭愧呢。

只是这可苦了近来联系她的董晟，酝酿好半天的微信发过去，往往对方好半天才回复过来。

梁韵怡：抱歉，才得空看看手机，一直在忙。

董晟表示理解：没关系。我做了几杯咖啡，等会儿送去学校，你和办公室的同事们分一分吧。

梁韵怡：好呀，那我就不客气啦。

董晟：冒昧地问梁老师一句，大概什么时候能忙完，赏脸和鄙人吃顿饭或者看场电影？

梁韵怡握着手机笑了：还得忙一阵子呢，等期中考试结束后紧接着就是家长会，我得帮着做总结、写发言稿、做 PPT。

董晟发来一个苦笑的表情：好吧。那鄙人就继续耐心等待吧。

此时此刻，在二（1）班的教室里，几个孩子凑在一起正聊着一个劲爆的话题。

话题是徐晓慧先挑起的："我今天去办公室交作业时，正好瞧见了梁老师的电脑屏幕，你们知道我看见什么了吗？哇，梁老师正在出期中考试的卷子！"

"真的吗？"一个叫王壮壮的男生道，"以前不都是冯老师出题目吗？我也看到过冯老师在电脑上打卷子的，但是冯老师很快就把电脑屏幕转过去，不给我看了。"

"冯老师好像和我们班蒋老师一样，请病假了。"徐晓慧道，"我今天也没仔细看，梁老师很快从厕所回来了，我哪里敢多看啊。只注意到开头'期中考试语文卷'这几个大字，后面的题目一道也没看见。"

"好可惜啊。"几个孩子纷纷叹息。

徐晓慧的眼睛滴溜溜一转，转头对静怡说："静怡，梁老师不就是你姐姐吗？要不你去问问你姐姐，期中考试出什么题目啊？"

"对啊对啊。"王壮壮忙道，"最好问问出什么看图写话，嘿嘿，我好在家提前练练笔。"

迎着同学们炯炯有神、充满期待的目光，静怡义正词严道："这当然不行啦，我怎么可以让姐姐告诉我题目？这是作弊。姐姐肯定会骂我的。"

"啊呀呀，"徐晓慧面露讨好，"那你别直接问她。她会把电脑带回家吗？她如果在家出卷子的话，你偷偷看几眼就好啊。"

"这……"

近来，姐姐还真的会把笔记本电脑带回家办公。但静怡内心斗争了片刻，便咬牙摇头道："不行不行。即便姐姐不骂我，我也不想这么做。"

"为什么呀？"徐晓慧眉头紧锁。

静怡把胸膛一挺，傲然道："因为我靠自己就能拿一百分，才不需要这么做呢！"

说完这句话，留下一脸吃瘪的徐晓慧，静怡走回座位，郑重地从课桌里拿出语文书温习起来。

于是姐姐韵怡燃起了斗志，而妹妹静怡也迎来了自己的战斗。

被徐晓慧这么一提醒，静怡心里反倒介意起来。晚上见姐姐搬出笔记本电脑办公，她顿时斜着眼睛歪过头去，把自己和作业本缩在书桌的另一端，那架势，恨不得在彼此之间划一道"三八线"。

几番下来，梁韵怡也注意到了："静怡，你怎么了？脖子疼？"

静怡依旧高高梗着脖子："不是不是。徐晓慧他们说，你是我姐姐，你还负责出期中考试的题目，让我偷偷看几眼。但我不想这么做，我要靠自己！所以我现在得保证自己，绝对绝对看不见你的电脑！"

梁韵怡闻言，先是错愕，又是好笑，最后竟有一丝佩服从心底油然而生。

静怡的眼睛巴巴地看着白墙壁："我和董子辰约好了，比赛谁的期中分数更高，所以我要保持公平公正！"

"好啦好啦。"梁韵怡起身，摸摸她的小脑袋，"为了我亲爱妹妹的脖子，我现在就搬去客厅工作吧。"

客厅的茶几低矮，灯光也不足，梁韵怡弯腰操作电脑，没多久就腰酸背痛。她直起身子休息片刻，一看手机，才发现自己又错过了董晟半小时前发来的微信。

她连忙回复"抱歉抱歉，一直工作到现在……"，又绘声绘色地把静怡的话复述了一遍。

董晟几乎是秒回：既然客厅不舒服，那不如来咖啡馆办公？不仅饮料点心免费提供，店老板也可以任意差遣，绝无怨言。

梁韵怡哑然失笑：不用了吧，抱着笔记本电脑跑这么远的路，怪麻烦的。

董晟：我明白了。所以，我现在开车过去接你吧。

梁韵怡：哎，我不是这个意思！

董晟：梁老师，请你十分钟后下楼。我这就出发了。

可怜的咖啡馆老板，就差把"我想见你"这四个字刻在脑门上了。

半个小时后，梁韵怡坐在了咖啡馆的包厢里。

虽然董老板始终陪在她身边，但她却视若无睹，一双眼睛、一颗心，全然扑在电脑屏幕上，删了写、写了删，还时不时与冯老师通个电话，一旁的董老板俨然成了一个透明人。

但董晟也不恼，他反倒觉得梁韵怡专心工作的模样甚为可爱。

她时而蹙眉，时而叹气，时而完成一道题后大大地松口气，下一刻，却因电脑卡顿而惊慌失措地转头问董晟："啊呀呀！怎么死机了，我刚刚按保存了吗？你看见我保存了吗？"

终于不再是透明人的董晟忙安慰道:"保存了,我亲眼看着你保存的!"

"那就好。"梁韵怡拍拍胸口,等电脑缓过劲儿来,继续工作。

包厢里安静得只有她手指敲击键盘的声音。写着写着,她侧目瞄一眼董晟,讷讷道:"你……能不能别这么看着我工作。"

董晟微微一笑,说:"怎么,担心我看到题目,转而告诉子辰?不必担心,我保证只是看着你,绝不看题目。"

梁韵怡的声音更小了,缩了缩肩膀道:"我不是这个意思,正因为你盯着我看,我才觉得不自在……"

"那你什么时候能完工?"

"很快了,这是最后一稿。调整下格式就可以发给冯老师了。"

"那等你完工后,能让我好好地看一会儿吗?我可是专程开车把你接过来的。"

"董晟,你……"梁韵怡羞得满面通红。

他什么时候变得如此油嘴滑舌了?真让人,尤其是她这种没谈过恋爱的女孩子招架不住。她下意识地端着电脑往另一侧挪了挪,但董晟也默默地靠过来,她又挪,他又靠,竟不知不觉把梁韵怡"逼"到了墙边。

"你想干吗?"梁韵怡怯生生地看着他。

"我只想好好地看看你而已。"其实董晟也紧张,但眼前羞涩的韵怡是如此令人沉醉,让他不由得想再靠近一些,声音都沙哑了几分,"当然,能干点别的就更好了。"

为此,他甚至把包厢门都关上了。

两人四目相对,温度好像在不断攀升,暧昧的气氛弥漫在包厢这一角。

梁韵怡的脸红透了,眼睫微微眨动。而此刻小鹿乱撞的她并没察觉,一抹红霞也正悄悄染上董晟的耳朵。

董晟正想说什么,关着的包厢门却陡然被打开。

子辰蹦蹦跳跳地跑了进来:"叔叔,我和爸爸去游乐场玩好回来了,书包放在咖啡馆了,我回来拿包……啊呀呀!"

子辰乍一看迅速分开的董晟与梁韵怡,惊呼一声后,狠狠捂住眼睛,半摸黑地连连后退,还嘟囔着:"我什么都没看见,我什么都没看见。"

董晟和梁韵怡慌忙紧张道:"子辰,我们,我们……"

岂料,子辰退出包厢后,扬声道:"梁老师,你怎么会在这儿出题啊?我可一眼也没看你的电脑屏幕,我什么都没看到啊。我和静怡说好了要公平竞争的!"

约定好了要公平竞争的两大调皮王,在经历了紧张的期中考试后,很快就迎来了比赛结果——两人以三门均满分的优秀成绩,达成平局,顶峰相见。

其实这次的考卷出得很巧妙,题型是平时小练习的变形版,也就是说平时学习认真、刻苦做题的同学,这次就能获得好成绩。王壮壮的语文也拿到 98 的高分,笑说自己苦苦复习一周没白费。可惜徐晓慧的成绩不佳,具体几分,大家也不知道,反正徐晓慧一拿到卷子就往书包里一塞,板着脸不许任何人打听。

而紧接着的家长会,梁韵怡不仅准备了总结发言和 PPT,又临时被校长派了个任务。

"蒋老师病情加重,得了肺炎,需要再休息两天。小梁,二(1)

班的家长会，语文部分就由你去发言吧，让蒋老师把学生情况和你说一说。"

于是，在家长会当天，一脸稚嫩的梁韵怡便硬着头皮站上了二（1）班教室的讲台。

往台下望去时，一张张家长的面孔让她慌得有些脚软——要知道，上课时她面对的是一群天真烂漫的孩子，而此刻，台下的家长一个个年纪都比她大、阅历比她深，好些个还正用审视的目光默默打量她，她怎能不紧张？

所幸，一眼望去，人群中还有一个熟悉的身影。

董晟正看着她，微笑着用口型对她说："梁老师，加油。"

梁韵怡那颗纷乱的心渐渐沉静下来。

她深吸一口气，开口讲起早已准备好的发言内容："今天代替请病假的蒋老师，我想和家长们聊聊本班的语文学习情况，以及二年级学生常见的错题类型、进步方法……"

不得不说，梁韵怡准备的内容相当丰富，这是一份深入了解过二（1）班情况，以及研究过此年龄段学生特点的发言稿，再加上她对期中考试易错题的深入分析，让原本对实习老师持怀疑态度的家长们，纷纷竖起耳朵认真听讲。

一番侃侃而谈后，甚至有学生家长为她鼓掌。

梁韵怡这才彻底放松下来，还偷偷抿嘴一笑。台下那个带头鼓掌、鼓掌最猛的，不是咖啡馆董老板又是谁呢？

各科老师发言完毕，宣布今天的家长会正式结束之后，仍然有几个家长留了下来。

他们想和各科老师细聊，有去找数学老师的，也有奔着英语老师去的,而王壮壮的家长甚至带着孩子一起来了:"没人在家照看他,我只能带他一起来家长会。壮壮在隔壁空教室写作业呢,我等会儿就把他叫来,老师你好好训他几句,他在家就是不肯背单词,成绩怎么能上得去……"

梁韵怡静静地候在一旁,竟也有家长觉得她的教育理论有趣,上前来请教。

她耐心地聊完一个又一个,瞥见董晟还没走,心下不禁一甜。累了一天了,有人默默等着开车送她回家,真是一件美事。

岂料,下一个来找她的家长却来者不善。

梁韵怡一问才知,眼前的女人竟然是徐晓慧的妈妈。

她不由得一怔,想起之前为了一件校服外套,在电话里被徐妈妈痛骂一通的事儿,她脸上的笑容便僵硬了。

而徐妈妈也笑着,是皮笑肉不笑。她斜眼瞅着梁韵怡:"哟,是梁老师啊,幸会幸会。之前我们在电话里聊过的。"

她果然还记得,梁韵怡索性收起了礼节性的笑容:"徐晓慧妈妈,请问你有什么想问的?"

"我呢,就想问问,你是班上梁静怡的姐姐吧。你刚才自己也说了,你负责设计了这次期中考试的题目,还说得头头是道的……哼,我就想问你一个问题!亲姐姐出题,亲妹妹考一百分,你觉得合适吗?你们学校领导觉得合适吗?"

梁韵怡闻言,僵硬地握了握拳头。

这猝不及防的恶意让她的脑海一片空白,一时不知该如何回应。而徐妈妈的嚣张语气与梁韵怡的沉默,把周围未走的家长纷纷吸引过来了。

徐妈妈见状，更是得意，双手叉腰道："答不上来了？心虚了吧。"

梁韵怡稳了稳情绪，冷静地说："我的确参与了题目的设计，但我没有把题目泄露给任何学生，包括我的妹妹。家长如果对此有疑问，可以去找学校的任何一位领导投诉。"她强迫自己直视对方的眼睛，一字一顿道，"我，问心无愧。"

徐妈妈的眉头狠狠拧起，似没料到梁韵怡能回答得这么果断。她脸上的横肉颤了颤，又狰狞道："问心无愧，我信你个鬼哟！你妹妹怎么考的一百分，你自己心里清楚。梁静怡刚进这个班就是出了名的调皮捣蛋，班风都被她带歪了，就凭她，怎么可能考出一百分，她……"

"可事实却是，"董晟听不下去了，一个箭步冲上来，挡在她与梁韵怡之间，"事实却是，梁静怡这次期中考试，语、数、英三门学科都是一百分吧。难不成数学老师和英语老师也是她家亲戚？"

"什……什么？"徐妈妈一愣，她显然不知道，调皮的梁静怡学习竟然这么好。

"你好，我是董子辰的家长，我们曾经有过一面之缘的。"董子辰冷冷道，"子辰与梁静怡是同桌，所以我也挺了解梁静怡的情况。她以前的确很调皮，但一年级期末考试的时候成绩已经突飞猛进，那年期末考就是班上前三名的水平。而那时候，梁老师还没来苗苗小学实习。"

徐妈妈脸上的横肉继续抖动，她咬着牙不说话。

董晟继续道："其实梁老师参加出题也就是蒋老师病假后的事儿。在此之前，二（1）班的学习，无论是练习还是默写，都是蒋老师一手负责的，在那期间，梁静怡的成绩始终名列前茅。关于这点，你可以去问蒋老师，也可以询问家长们。"

周围的家长闻言，默默点头。

徐妈妈的脸面顿时挂不住了，哼道："你是那董……董啥啥的家长，又不是梁静怡的家长，你跳个什么劲儿，想出风头直说！"

董晟冷笑："我说这些不是为了出风头，只是实话实说罢了。关于这事儿，孩子们之间也有过一场风波，可能你还不知情。班上的孩子曾问过梁静怡，能不能从她姐姐那儿偷看到考试题目，但梁静怡拒绝了。为了避嫌，梁老师晚上出题，是特意抱着电脑外出办公的。"

徐妈妈听得难以置信："这是什么鬼话？你信？你亲眼看见了？"

董晟微微一笑。

他信，他也亲眼看见了，因为梁老师就是在他身边办公的。当然，这一段内幕，他自然是隐去不说。

他话锋一转："其实徐妈妈，你可以去详细了解下孩子们之间的那场风波，去问问，是谁第一个提出让梁静怡去她姐姐那儿偷看考试题目的。"

徐妈妈隐隐明白了，瞪大双眼，凶神恶煞："你，你是什么意思？"

"我没什么意思，我只是把自己知道的情况说出来罢了。"董晟淡淡道。

徐妈妈眼珠子一转，察觉情况不妙，终究闭嘴了，却还从鼻孔里冒着不服输的粗气，良久才道："不管怎么说，这事情都和你没关系吧，也不知道你次次多管闲事究竟能有什么好处！"

对董晟而言，这哪是多管闲事，维护韵怡才是正经事！

董晟扬眉："我觉得这不是多管闲事。我今天说出我所知道的，不仅仅是为了维护梁静怡，"说到这儿，他刻意顿了顿，在感受到身旁梁韵怡的紧张后，才恶作剧地笑了笑，继续道，"更是为了维护我

家董子辰的清白。他为了与梁静怡比赛,花了多少时间复习。如果梁静怡的成功被人随意污蔑,那我家子辰的辛苦又算什么呢?同时,我这也是为了维护班上所有努力进步的孩子。我不想看见任何一个孩子的辛苦付出,随随便便地被谣言抹杀。"

他目光平静地扫过徐晓慧妈妈难堪的表情:"好了,我要说的就到此为止。如果你没什么想问梁老师的话,麻烦让一让了,我对刚才梁老师分享的学习方法很感兴趣,想向她讨教讨教。"

说罢,他坚定地挡在梁韵怡面前,直视着她湿漉漉的眼睛:"梁老师,我们聊聊?"

梁韵怡吸了吸鼻子,笑道:"好,我们聊聊。"

围观的家长渐渐散开了,听一旁的数学老师与英语老师聊着:"梁静怡是调皮,但也很上进。她数学这次的确是满分。"

"英语也是满分,其实她经常拿满分的。"

"对对,数学也是,她如果考 99 分的话,我都要批评她粗心呢。"

徐妈妈默默站了会儿,转身准备走了。

路过王壮壮身边时,听他妈妈正严肃地询问儿子:"怎么,班上真有人让梁静怡去她姐姐那儿偷题?你这臭小子不会也参与了吧?老实交代,你这次的语文 98 分真的是靠自己考出来的?"

王壮壮才刚进教室,懵懂不知,被惊得全盘托出:"妈,我们就说说而已,梁静怡也没答应,她说要靠自己拿满分,从头到尾没答应过……是谁第一个提出的?是徐晓慧啊,她求了梁静怡好几次呢。妈,我就跟着问过一次,我就跟着徐晓慧瞎起哄而已。哎哟!妈,我再也不敢了。"随后又委屈道,"我冤枉啊,我冤死了,我这次真是靠自己考的 98 分啊……"

而徐妈妈则像没听见一般，转身离开了学校。

那之后，徐晓慧好似被妈妈狠狠教训了一顿。

家长会这天晚上，梁韵怡走得特别晚。

待到家长们纷纷散去，老师们也陆续离开，她关上了教室的灯和电脑后才慢慢走出校门。

夜风微凉，发梢被微微吹动，她还没走出几步，一辆熟悉的车就跟了上来。

她了然于心地坐上副驾驶座，一边系上安全带一边疲倦地打了个哈欠。

"累了？"董晟柔声道。

"嗯。"她点头，经历了刚刚家长会的那一幕，不累才怪呢。

"那你闭眼休息一会儿吧。放心，正如你说的，你问心无愧。"

"但徐妈妈的话也并非全无道理。"她半合着眼，声音恹恹的，"亲姐姐出题，亲妹妹考一百分，的确惹人非议。是我太想当然了，以为自己问心无愧就好，但是……"

这对她而言，也算是初入职场的宝贵一课吧。

董晟瞥见她面色凝重，不禁心疼，便换了个轻松的语气："话说，家长会结束了，是不是该兑现你的承诺了？"

梁韵怡瞄了他一眼，听出他语气中丝丝缕缕的期待，她的心情也跟着明媚起来，却故意装傻："什么承诺？"

董晟挑眉，单刀直入："我不得不提醒你——你说过忙完期中考试和家长会后，会考虑和我吃顿饭的。我可是眼巴巴等了许久呢。为人师表，你不会言而无信吧。"

梁韵怡哑然失笑,"为人师表"这顶大帽子扣了上来,让她简直无从抵赖。

其实,她也不想抵赖:"那,好吧。"

董晟舒心地笑了,声音更柔了几分:"时间定在周日吧。"

"好。"

"那有什么想吃的吗?"

"我都可以,你来选吧。"

"那等我计划好了告诉你。"董晟佯装从容地应声,实则心下悸动得只想大喊一句"终于!终于"。他不得不深呼吸一番,又摇下车窗,让夜风好好给自己降个温。

丝丝缕缕的风灌进来,梁韵怡也惬意地半闭上眼睛。

她下意识地伸手轻轻按着胸口——董晟不知道,这股恰到好处的晚风,也正平复了她那颗"怦怦"直跳的心。

车子到了梁韵怡家附近。

董晟停稳了才道:"韵怡,到了,周日见。"

梁韵怡点头,一边解安全带一边若有所思地看他。

董晟迎着她的目光,笑意更浓:"怎么,我不能叫你'韵怡'吗?"

梁韵怡羞怯地眨眨眼,犹然记得他曾说过的一句话——在能喊你"韵怡"之前,还是先喊你"梁小姐"吧。

所以现在,是到了该唤她"韵怡"的时候了?

在她思考的这几秒,董晟竟也松开了安全带,欺身一点点地靠近她。

他凝视着她盈盈秋水的眼睛和微微颤抖的睫毛,以一种诚恳得不容拒绝的语气问说:"喂,就凭我今晚的表现,难道还没资格喊你一声'韵怡'吗?"

他说话的热气轻轻扫过她的鼻尖，一阵酥麻直传入心脏，让她才刚刚平复的心跳瞬间就脱离了控制。

梁韵怡心慌意乱地后靠些许，又手忙脚乱地打开了车门，直愣愣地埋头就往外跑。

但没跑几步，她又硬生生地停下了，僵着身子回到车旁，红着脸拿上自己遗落在副驾驶位上的背包。

董晟依旧目不转睛地看着她，似是在等待一个回答。

梁韵怡于是别过头，趁着夜风轻轻说了一句。

董晟扬眉："你说什么，我没听清。"

梁韵怡咬着嘴唇，丢下一句："我刚才说——在实习结束前，我想保持低调，所以有其他人在场的时候，还是得喊我'梁小姐'或者'梁老师'，尤其是在孩子们面前！这回听清楚了吧！"

说罢，也不等董晟的回复，她闷头转身跑开了。

为了自己与韵怡的第一次单独"约会"，董晟可谓做足了功课。他计划着先看一场热门电影，再去附近的网红餐厅吃顿烛光晚餐。

可惜，天不遂人愿。

周六晚上，董家是这般情形——

董坤临时把带子辰的任务交给他。董晟愕然："不是说好了明天你带子辰去吃比萨的吗？子辰都期待好久了！"

董坤双手一摊："有一笔大生意。只要我能坐上明天的飞机赶到现场签字，基本十拿九稳。所以子辰就交给你了，你带他去吃，一切花费我报销。"

"这不是钱的事儿。"董晟皱眉。

"这就是钱的事儿。"董坤叹气,"我可不想再过那种省吃俭用、弟弟四处打工、儿子没钱上兴趣班的生活了,我……"絮絮叨叨一大堆。

董晟最终只有投降的份儿了。

目的达到,董坤这才笑道:"子辰就交给你了。再说了,你明天也没什么事儿吧。"

董晟无奈地点头。谁说没事儿?明天,他可是有大事儿要办的啊。

另一边,梁家的情形也是异曲同工——

梁韵怡一怔:"不是说好了,明天你们带静怡去游乐场的吗?静怡期待很久了。"

梁家父母齐声道:"没办法,我俩记错日期了。这会儿才想起来,明天是老同学聚会的日子,不得不去啊。韵怡,你就帮忙带妹妹出去玩吧。"

"爸、妈……"梁韵怡欲言又止。

"怎么,你明天有事儿?最近看你没那么忙了啊。"

"我……"

"哎哟,我们一把年纪的人了,老同学也都是老头儿老太太了,以后是聚一次少一次了。岁月不饶人啊,也不知道老同学里忽然就没了哪个……"

"行行行。"梁韵怡看父母开始卖惨,只得答应下来。

梁家父母这才笑道:"那静怡明天就交给你了啊,你俩好好玩。"

梁韵怡无奈地点头,想到自己为了明天的约会敷了好几天面膜,还一早就搭配好了衣裙,眼下也只得默默叹惋。

这天夜里,两人在电话里纷纷苦笑。

梁韵怡叹气:"那看来,我们只能改日再约了。"

  董晟却恋恋不舍,就如同子辰期待比萨,静怡期待游乐场一样,他每每想起明天的约会就忍不住嘴角上扬。

  当梁韵怡说"要不改下个周末吧"时,他不假思索道:"我想见你。我的意思是,明天我还是想见你……我们要不把子辰和静怡一起带出来吧?"

  "哎?"

  自此,周日的约会由双人浪漫之约变成了"庆祝子辰与静怡期中考试三门满分"的四人欢乐行。热门电影换成了热门卡通电影,烛光晚餐换成了带游乐场的亲子餐厅。

## 第五章

♡ 相亲

电影院里，子辰与静怡坐在一起，与周遭所有的孩子一样，目不转睛地盯着大银幕上"超级机械侠"与"邪恶博士"的战斗。

当"超级机械侠"落于下风时，全场孩子都屏息凝神，而当"超级机械侠"重燃斗志时，全场孩子都为之挥手加油！

梁韵怡与董晟并肩坐在一旁，显然他俩对机械侠与博士的战况并不感兴趣，尤其是董晟，他的心思全然放在了另一件事上。

在昏暗中，他默默地把手伸了过去，一点一点摸索着，渐渐挪到了她的身侧。

梁韵怡感觉到了，轻轻眨了眨眼睛。

银幕上的超级机械侠道："怎么办？对方就要攻来了！怎么办？"

而邪恶博士道："你逃不掉的，今天的这一切，我已经想很久了！"

在银幕刀光剑影的掩护下，董晟的手一点点触碰到了梁韵怡的手，先是轻轻地覆盖着，她微微颤了颤，却没有反抗。

超级机械侠道："我好像逃不掉了，怎么办？"

邪恶博士笑道："哈哈，当然，我不会让你逃掉的！"

伴随着全场孩子此起彼伏的欢呼声，在邪恶博士一击即中的瞬间，董晟也猛然发力，紧紧握住了梁韵怡的手，牢牢地攥在掌心里。

梁韵怡紧张地吸了一口气。

从电影院出来，静怡和子辰手拉着手走在前面，正义愤填膺地讨论着超级机械侠在下一部电影中要怎么才能反败为胜。

而在他们没有注意到的身后，董晟和梁韵怡也正手牵着手，董晟牵得很紧很紧，他莫名代入了邪恶博士的身份，得意地心想，他才不给她任何"反败为胜"的机会呢。

带游乐场的亲子餐厅是董晟认真挑选的。当孩子们吃了几口比萨就携手去玩滑滑梯时,他不禁又露出运筹帷幄的笑容。

梁韵怡哭笑不得,但迎着董晟目不转睛的目光,她又不好意思地别过头去:"你看着我干吗?"

"我在看,你穿这条裙子果然特别好看。"

梁韵怡今天穿着一条枣红色的连衣裙,就是开学第一天穿的那条,配了件毛茸茸的外套,显得颇为可爱。

她低头喝橙汁,佯装漫不经心道:"哦,我随便抓了一件穿的。"

董晟深深地笑了,道:"没关系。"

他看出了韵怡的紧张,不仅因为她绯红的脸庞,更因为她喝了半天的杯子里其实早就没有橙汁了。他起身说:"没关系,我们慢慢来。"

梁韵怡一愣,终于察觉自己在喝一个空杯子了,尴尬地放到一旁。

恰好孩子们回来要喝饮料,董晟便去帮大家拿果汁,往饮料柜的方向走去。

待董晟走远,梁韵怡不禁摸了摸自己的胸口,好让心跳别那么紊乱。她的确紧张,的确还没适应彼此之间身份的变化,电影院中的那紧紧一握让她连呼吸都为之一顿。

但不得不承认,这种感觉是心慌与甜蜜的交织。

应该说是铺天盖地的甜蜜中夹杂着丝丝缕缕的心慌意乱,这种感受对从未谈过恋爱的梁韵怡而言,实在是太陌生了。

董晟又去甜品区给大家夹蛋糕,孩子们在激情讨论着电影剧情,梁韵怡却意外收到了妈妈的电话。

"妈,怎么了……对,我带着静怡玩呢。"听见对面说的话,她眉头一皱,哭笑不得,"我不需要。妈,你们好好同学聚会吧,不用操心我,我真不需要相亲!先挂了啊!"

挂断之后,她下意识地瞥了一眼远处的董晟。

一旁的孩子们——子辰和静怡早就竖起耳朵听了。

子辰疑惑:"你姐姐说不需要相亲,相亲是什么意思呀?"

静怡一知半解:"相亲……哦,相亲是不是相亲相爱的意思?蒋老师经常说我们二(1)班是个相亲相爱、友善团结的大家庭。"

子辰:"哦,那你姐姐不想和你妈妈相亲相爱了?她们吵架了吗?"

闻言,静怡顿时有点儿担忧,毕竟姐姐一向是家里的乖乖女,从来不会对妈妈说个"不"字。于是她怀揣着疑惑,在这天回家后细细观察了……

第二天一大早,子辰刚走进教室,书包还没来得及放下,就被紧张兮兮的静怡一把抓住了。

"大事不妙!"静怡开口就说了个新学的成语,"我们可能都误会'相亲'的意思了。"

"啊?那相亲到底是什么意思?"

"相亲的意思就是——"静怡深吸一口气,揭晓谜底,"认识一个男人,然后和他结婚!"

"啊?"子辰大吃一惊,问静怡,"你是怎么知道的?"

"我昨晚偷偷听妈妈和姐姐聊天了。"静怡的眼睛瞪得圆溜溜的,"爸妈昨天去参加了同学聚会,想要把老同学的儿子介绍给姐姐认识。妈妈还说,那人长得不错,工作也好,让姐姐好好认识一下,可能是个不错的结婚对象。所以,我这才明白过来,相亲的意思原来就是——认识一个男人,然后结婚!"

"天哪!"子辰霎时也脸色凝重,"梁老师要结婚了吗?那,那

我怎么办？我叔叔怎么办？"

虽然两个孩子看不出叔叔与姐姐之间的微妙变化，但子辰着实喜欢梁老师，也真心盼望着梁老师能成为自己的婶婶。

他犹记得爸爸住院的那一晚，他问叔叔到底喜不喜欢漂亮的梁老师。当时叔叔的回答让他一知半解，但子辰的直觉告诉他：叔叔和梁老师超级般配！

"那你姐姐是怎么说的？她想和那个人相亲吗？我记得昨天打电话时，她说了不需要啊！"子辰急切地道。

静怡点点头："对，姐姐就是这么对我妈说的。但妈妈一个劲儿说有空见一见。哎……我姐姐可一直是个乖乖女，最听爸妈的话了。所以，如果我妈坚持要姐姐去相亲，姐姐很有可能会去！"

的确，不然哪会有当初梁韵怡灰头土脸地代替父母去参加妹妹家长会挨批评的事情。

说罢，两个孩子都忧心忡忡。

子辰愁眉苦脸："怎么办啊？我还是很想让梁老师做我婶婶的！"

"我也想啊！"静怡真心实意。若姐姐和董叔叔成了一对，那她和子辰就能成天玩在一起了，多美好呀。

"让我想想办法啊……其实我觉得，我叔叔应该是喜欢梁老师的。只是他俩待在一起的时间实在太少了。"子辰苦思冥想，深入剖析，"就比如我和你吧，我们从周一到周五天天待在一起，所以我特别喜欢你！"

子辰的话一派天真。

而静怡也真诚得毫不掩饰："我也特别喜欢和你一起玩，我们是最好最好的朋友！我觉得你说的话很有道理，我姐姐和你叔叔就是待在一起的时间太少了。如果能让他俩多多地待在一起，他俩一定可以相亲相爱,那我姐姐就有可能做你婶婶了!"

两个孩子聊着聊着,似重新燃起了希望。

但两人随之又陷入难题之中。

"可是,我叔叔成天在咖啡馆忙,你姐姐成天在学校里忙,要怎么做才能让他们多多接触呢?"子辰想得脑袋都要炸开了,这可比数学应用题难多了。

静怡也帮着一起头脑风暴。

于是,这天放学后,梁韵怡带着妹妹回家,一路见妹妹无精打采的,打趣道:"小丫头,你怎么啦?该不是又想偷吃零食了吧?看在你最近进步很大的份儿上,要不,姐姐买块巧克力给你?"

岂料静怡眨眨眼,一本正经地说:"姐,我不要吃巧克力。嗯……我想去喝杯咖啡!"

"哈?"

末了,梁韵怡哈哈一笑,以为静怡在学大人罢了,并没有往心里去,只带她去路边的奶茶店买了一杯热可可。

眼见这招不行,两个孩子第二天又是一阵叽里咕噜的讨论,最后竟真想到一个不错的办法——

"上周日为了庆祝我们期中考试拿满分,我们四个人就一起去看电影吃饭了,对吧!"静怡兴冲冲道,"那我们可以再来一次啊。只要下次考试我们还拿满分,就可以让他俩继续带着我们出去庆祝!"

"对。"子辰豁然开朗,一脸佩服地看着她,"到时候,我和你在一起玩,让叔叔和梁老师在一起玩。玩着玩着,他们的感情就会越来越好,梁老师成为我婶婶的机会就会越来越大!"

"说得对!"静怡频频点头,"一百分越多,机会越大!"

"我想起来了，这周五就有一场语文默写比赛！梁静怡！"

"董子辰！"

"我们一起，加油！"两个孩子雄心壮志地齐声道。

为了周五的比赛能拔得头筹，梁静怡和董子辰两个人可谓铆足了劲发奋复习，无论是下课还是午休，都端坐在书桌前奋笔疾书，对周遭的玩闹声充耳不闻。

从此再也没瞧见他俩调皮捣蛋的蒋老师不禁感叹："这二（1）班两大调皮王，就快变成两大学霸了啊，究竟是什么改变了他俩啊？"

蒋老师才不知道，他俩是为了"亲上加亲"而拼搏呢！

然而，天有不测风云，做足了准备工作的董子辰，最终在比赛时由于太过紧张而写错了一处笔画。这一粗心，名次就往后掉了不少。

于是这天中午，正在办公室批作业的梁韵怡诧异地从蒋老师那儿听说："小梁，今天可吓坏我了！董子辰那孩子平时看着挺坚强的，怎么今天默写比赛犯了一点儿小错误就哭了，我也没批评他啊。"

"子辰哭了？因为默写比赛？"梁韵怡愕然。

"兴许是因为梁静怡拿第一名，所以他觉得自己输了？但后来我听其他学生说，董子辰边哭边说了一句很奇怪的话。"

"他说了什么？"

"他说，他害了他叔叔的终身幸福……这句话是什么意思啊？"

梁韵怡一怔："我也不知道啊。"

梁韵怡忙不迭地去了二（1）班教室，见子辰已经停止了哭泣，但泪痕犹在，一张小脸儿憋得青青红红的，甚是可怜。她连忙宽慰他："难得一次失误，没有任何人会怪你的，你叔叔也不会的。"

她看着子辰的表情,隐隐觉得子辰的伤心似乎不单单是为了比赛失利,她这般的安慰也只是隔靴搔痒,并不能解开他的心结。

趁着子辰去厕所洗脸,她又叫住妹妹静怡问话:"子辰今天究竟是怎么了?他不像是为了一次失误就难过成这样的孩子啊。还有那句——害了叔叔的终身幸福,到底是什么意思啊?"

静怡下意识地咽了下口水:"我也不知道啊。"

静怡的脑子转得飞快,得出的结论是:这事儿可不能对姐姐说实话!

她总不能直接告诉姐姐"我和子辰打算考第一名,借口庆祝让你和董叔叔能多多相处,争取以后能做子辰的婶婶"吧。

梁韵怡皱皱眉头,将信将疑。

直到这天下午,子辰的心情才彻底好转。似乎是在听英语老师说,过两天会有英语默写比赛后,他的精神陡然为之一振,还与静怡精神满满地互道了一句"加油"。

孩子有斗志是好事儿,但梁韵怡总觉得他俩的斗志来得有些奇怪。

蒋老师也注意到了,担忧道:"要不要去董子辰家做一次家访?问问他爸爸,或者他叔叔,孩子最近有没有什么特殊情况?"

梁韵怡闻言,脱口而出:"那让我去家访吧。"随后她又补了一句,"啊,蒋老师你的病刚好,还有点儿咳嗽。而且董子辰的家长,我也挺熟的,好说话。"

"对哟。"蒋老师一拍大腿,勾起了回忆,"上学期为了合唱队奖牌的事儿,你和他家长还一起来找我呢。"

梁韵怡一怔,想起那时她与董晟还不过是统一战线的两位家长而已,如今却截然不同了。

"行啊，"蒋老师点了点头，"由你代劳也好。小梁，谢谢你啦。"

这天吃过晚饭，梁韵怡便收拾好东西准备出门。临走前，她又问了一声静怡："你和子辰，没在琢磨什么奇奇怪怪的事儿吧？"

静怡惶恐地频频摇头。梁韵怡皱着眉不解地笑了一声，出发去咖啡馆了。

十一月的夜风有些凉了，梁韵怡和董晟并肩走在林荫路上，董晟便理所当然地紧紧握着她的手："天冷。"

梁韵怡笑了："你握得我的手心都要出汗了。"

与他牵手散步何其甜蜜，掌心的温热源源不断地传过来，两个人的心跳声好像重合了。

月光在头顶闪烁着光芒，与城市的灯火辉映，晚风吹动着树叶摇摇晃晃。

梁韵怡走在他旁边，她可没忘记今晚的正经事儿，向董晟说起子辰的情况："关于子辰的反常，你也不知道原因？"

"我是真的不知道。我刚才给哥哥发了微信，哥哥说子辰一到家就开始复习英语，看着精神抖擞，甚至可以说是斗志昂扬的。"

"那……关于那句奇奇怪怪的话呢，你有什么线索吗？"

"那句害了我的终身幸福？我也想不明白。"董晟苦笑，比赛失利是怎么和他的终身幸福联系在一起的，他也想不明白。

他停下脚步，目光灼灼地看向梁韵怡，说："我的终身幸福，明明就在身边啊。"

梁韵怡一愣，随即羞道："啊呀，你这人，怎么以前没觉得这么油嘴滑舌的……"

"现在重新认识也不晚。"他举起与她相握的手,"当然,退货,那是万万不可能的了。"

"讨厌……"她才没想要退货呢。

这天晚上,他俩沿着咖啡馆附近的林荫路来来回回,走了一圈又一圈,由最初正儿八经讨论子辰的异常,渐渐演变成了——打情骂俏。

关于子辰,他们讨论来讨论去,始终没得出结论,只能约好继续观察。

反倒是她回家后那喜上眉梢、春风满面的神色让梁静怡忽然有了个新主意!

第二天早上,梁静怡对着子辰道:"我忽然想到了,原来让他们见面,不仅可以靠考满分,还可以靠不开心!"

子辰问:"什么意思?"

静怡道:"昨天见你心情不好,我姐姐就担心得去找你叔叔做家访了。姐姐很晚才回来,回家后一直笑眯眯的,对着镜子梳头还哼歌儿!果然,就应该让他们两个多多地待在一起!"

子辰醍醐灌顶:"哦,我明白了,明白了!"

那之后不久,子辰又因为一张数学卷子上的小错误而不开心了,哭得肩膀一颤一颤的。

这回静怡学聪明了,自告奋勇地把姐姐叫到子辰身边。

梁韵怡连忙安慰道:"没关系啊,错了一道口算题,你也有 99 分,子辰,你还是很棒的孩子!"

虽然是演的,甚至连那道口算题都是他故意写错的,但子辰演得颇为逼真,简直影帝上身。他吸吸鼻子,楚楚可怜地看着梁韵怡道:"梁老师,我心情很不好。"

"那，我有什么能帮到你的吗？"梁韵怡忙问。

子辰抽抽噎噎，又偷偷瞄她："嗯，我想……我可能需要一次家访。"

这阵子因着子辰的"种种反常行为"，梁韵怡多了不少与董晟单独相处的机会。一来二去，他俩也慢慢看透了孩子们心底的小算盘。

尤其是当妹妹静怡又一本正经地对她说："姐姐，子辰今天不开心，都哭鼻子了呢！你记得去找他叔叔做家访啊！"

梁韵怡简直哭笑不得，转头狠狠捏了把她的小圆脸，龇牙道："知道啦，知道啦！"

现在的小孩儿，鬼主意可真多啊！

夜晚的林荫路上，董晟牵着梁韵怡的手，慢慢地散着步。晚风吹过梁韵怡的发丝，路灯照亮她白皙的脸颊。

"也不知道是不是我误会了，但我怎么看都觉得子辰和静怡是故意的。"梁韵怡道，"他俩像是故意创造机会想撮合我们。只是，他们为什么会有这样的想法？"

"也不奇怪。"董晟笑着，默默地带着她往僻静的岔路上走，"还记得我哥住院的那晚吗？当时子辰就问过我，喜不喜欢漂亮的梁老师。他想要一个同样疼爱他的婶婶，所以静怡是在帮他呢。"

"真是人小鬼大。"梁韵怡晃了晃董晟的手臂，"他们这小脑瓜里都装着什么奇思妙想啊，不会影响学习吧？"

董晟想起什么，一时好笑。

"梁老师，他俩今天的小练习又都是一百分。子辰放学时就对我说了，这个周六，他想和静怡去游乐园庆功。"

梁韵怡仰头看他:"所以,他俩考试失利,就装难受让我上门家访;他俩考试顺利,就要求一起出来庆功。天哪,我真是服了他们!"

"那,周六要不要一起出来庆功呢?"董晟紧了紧握着她的手,眼眸深沉地看着她。

梁韵怡这才注意到他俩拐进了一条死胡同,周遭一个人都没有,影影绰绰的路灯下,只有他俩的影子绕在一起。

她的眼睛亮晶晶的,看他的眼神中带着俏皮:"我考虑考虑。"

说完,梁韵怡正想往外走,但董晟哪肯放过她,从牵着手变成揽住腰——董晟轻轻搂住她。

她因惊讶而微微张开了嘴,董晟俯下身捧着她的脸庞,随后不由分说地吻住了她的嘴唇。

梁韵怡下意识地缩了缩肩膀,她的紧张和无措一览无余,抱着他腰的手紧紧抓住了他的衣服,眼睫害羞地微微颤抖。她的笨拙和努力显得楚楚可爱。

当她被吻得几乎忘记如何呼吸、一张脸庞涨得通红时,董晟终于松开了她,却依旧恋恋不舍地把她搂在怀里。

"韵怡。"

"嗯?"

"我真是……何其幸运……"

"哼,你知道就好。"

董晟是真心觉得自己无比幸运,这么一个漂亮温柔、踏实努力、浑身都是闪闪发光优点的女孩儿,若非机缘巧合,才不会轻易地落到他怀里。

"喂喂,你在傻笑个什么呀?"在他开车送她回家的路上,梁韵

怡瞅着他上扬的嘴角，不解地问。

"我只是忽然想到一个人。"

"谁？"

"那个追着你要微信的男生，好像是叫张科吧。"

"你怎么会想到他？"

董晟看了她一眼，转而看向前方的道路："我只是在想，若非子辰和静怡做了同桌，成了（1）班两大调皮王，还齐心协力地闯祸，我们兴许就没有今天的缘分。设想，如果我们不是因家长会而认识，没有一起进会议室找奖牌，如果我只是对前来喝咖啡的你一见钟情，想尽方法问你要微信，你会答应吗？"

"不会。"梁韵怡摇头。

"所以，"董晟笑得更开心了，"我真得好好谢谢我的大侄子，让我避免成为另一个张科。"

这天晚上回到家，董晟见到正在偷偷玩平板电脑、听见开门声还来不及把平板电脑放回原位的子辰，难得一句话也没批评，甚至还怜爱地摸了摸他的小脑袋："说吧，想要叔叔奖励你什么？"

子辰眉头打结，云里雾里地想，哎，现在偷偷玩平板电脑还能有奖励？

但他还是壮着胆子问："那明天能带我和梁静怡一起庆祝吗？"

"没问题。"董晟得意满满，比了个"OK"的手势。


这个周六，董晟与梁韵怡约好下午带孩子们去游乐园庆祝。

周六上午，梁家父母带着姐妹俩去了一家新开的广式茶楼喝早茶。梁韵怡起初察觉不对劲是因为大堂里那么多圆桌，父母偏偏不坐，径直就往包厢里走。

之后听服务生说："是梁先生预订的大包间吗？请往这边走。"

梁韵怡更觉不妙。

果不其然，才落座没多久，又有两人推门进来。

其中一个中年女子刚进门就热络地和梁妈妈寒暄，眼神却频频偷瞄着梁韵怡："哎哟！老同学，真巧，我和儿子也过来喝早茶，才进来就瞧见你了。不如我们坐一起吃？这是我儿子秦铭……哎哟！这是韵怡和静怡吧，都漂亮都漂亮，尤其是韵怡，长成大姑娘啦，你小时候我还抱过你呢！"

于是秦妈妈亲亲热热地坐在梁妈妈身边，而秦铭则顺势坐在了梁韵怡身边的空座上。梁韵怡心头一惊，隐隐明白过来——这怕不是一场早有预谋的相亲吧！

难怪早上出门前，父母还特意让她选衣服化个淡妆，美其名曰"难得全家出门，都打扮漂亮点"。

身边的秦铭明显是知晓内情的，他身材高大、面貌俊秀，在他妈一声声的称赞下，从容地翻着菜单，又帮梁韵怡递餐具。

"我儿子今年二十八岁，名牌大学毕业，现在事业小成，月薪大概……车也买了，房子是现成的，有两套呢……"

以上这些，梁韵怡左耳朵进，右耳朵出。

倒是秦铭在她耳边说的一句"梁小姐，要帮你倒茶吗"，听得梁韵怡陡然打了个寒战。

她连忙礼貌性地笑了笑："不用，我自己来。"

说罢，梁韵怡便缩着肩膀往另一边的妹妹靠了靠，全程不是自己埋头吃，就是帮静怡夹菜擦嘴，还盯着静怡要荤素搭配。

瞥见妈妈用眼神暗示自己与秦铭多交流,梁韵怡愣是装瞎看不见,夹了几筷子芥蓝到静怡碗里,监督静怡皱着眉头吃光。

岂料备受冷落的秦铭也不生气,反而边喝茶边微笑道:"梁小姐看来很喜欢小孩子啊,这很好。"

那厢,城市另一端的相逢咖啡馆。

董晟注意到店里的一位女孩儿很眼熟,见她独自一人坐在角落里,面前摆着一台笔记本电脑,正愁眉不展地写了删、删了写。直到董晟上前把咖啡端给她,听见她边敲键盘边喃喃自语:"在苗苗小学实习的经历让我学会了很多,然后,哎……这实习总结究竟该怎么写啊……"

董晟便记起曾见过眼前的女孩儿,她应该就是韵怡的好朋友苏苏吧。

真巧。

董晟对她顿时多了几分亲切。虽然韵怡说过要在实习结束前保持低调,苏苏十有八九并不知道他的存在,但董晟还是取了份曲奇饼准备找个借口送给她。

他正端着曲奇上前,却听见苏苏打电话的声音:"喂,韵怡,救命,你实习总结写好了吗?我这儿憋了一上午,只写了一行字,还是一句废话……"

董晟笑了,果然是和韵怡一起实习的苏苏。

他走到她的桌子旁,见苏苏一手支着头,一手握着手机,声音却忽而高了八度:"什么?你去相亲了?"

董晟一怔。原本放下曲奇就想走的他,这下可走不掉了。

电话那头的梁韵怡唉声叹气:"我是被骗去相亲现场的好不好,

我早就说过我不需要。我真不明白了,当初的你也是,现在我爸妈也是,怎么你们都爱自作主张?"

苏苏哑然失笑:"因为我们了解你啊。你这人慢热又腼腆,要么老天爷创造机会,要么就得我们这些关心你的人替你张罗,不然你这棵铁树怕是一辈子都难开花。"

"那说起来,我倒是该谢谢你了?"

"当然,我的实习总结等你救命呢。这就是你谢我的大好机会。"

"好啦好啦,下周我会帮你琢磨的。"

"话说,今天相亲的对象怎么样?"苏苏八卦地问,压根儿没瞧见咖啡馆老板正默默无声地站在她身后。

"我没怎么在意。"梁韵怡道。

"家长介绍的,总不会差到哪儿去。那帅不帅,有照片吗?"苏苏更关心这个。

"当然没照片啦,我一回家就对我爸妈说了,我不需要。所以对方条件好不好、帅不帅都与我无关,"梁韵怡叹气,幽幽道,"我的情况你是知道的,我已经有了……"

苏苏大大咧咧:"我知道,你有一个正在搞暧昧的对象。"

于是,她身后的董老板越发竖起耳朵。

电话那头的梁韵怡微微脸红:"对。只是我暂时不想告诉爸妈……"初尝恋爱滋味的她,才不想被父母盘问个没完没了,"但我也明确和我爸妈说了,我不需要相亲。"

苏苏随手抓起一块曲奇,边吃边说:"韵怡,其实我觉得你可以择优选取,一边是暧昧对象,一边是相亲对象,你可以都考察考察,多考虑考虑,不用太快下决定,毕竟这是人生大事。"

梁韵怡"扑哧"一笑:"怎么,彭飞也是你择优选取的结果?"

苏苏道:"那当然。我大言不惭一句,当初的联谊会上,对我感兴趣的男生可不止彭飞一个,我也是经过考察才选中了他。"

"可我怎么记得,没几天你俩就打得火热了?这考察期也太短暂了吧。"梁韵怡打趣道。

"哎哟!"这回轮到苏苏害羞了,"总之这种终身大事,择优选取没什么不好。"

"谢啦,"梁韵怡莞尔,"但……还是算了吧。我这人一根筋,实在做不到同时考察两边。"光是董晟一边,就足够把她的心填得满满当当了。

"总之,你自己想清楚就行。那我的总结报告?"

"下周一定帮你。"

"韵怡,你简直是我的救命恩人!"苏苏就差三呼万岁了。

与苏苏的大好心情截然相反,她身后的董晟则一脸凝重。她们的对话落在董晟耳朵里是这样的——韵怡去相亲了,男方条件不错,苏苏劝她可以在暧昧对象和相亲对象中择优选取。

苏苏又吃了一块曲奇,觉得美味,一回头才注意到董晟:"老板,这曲奇是买咖啡附赠的吗?味道真好,有单买的吗?"

董晟这才回过神:"有的。"

他去吧台后包装曲奇,心里五味杂陈。

他虽气恼苏苏那番择优选取的言论,但又不得不承认,她的话也没错。

董晟心里明白,他兴许并不是追求韵怡的男人中最优秀的那一个。说到底,比起其他人,他多的仅仅是个自然而然认识她的机会罢了。

这天下午，董晟与梁韵怡带着孩子们在游乐园碰头。他俩把孩子们送到丛林探险馆的门口，叮嘱了几番注意事项后，约好一小时后门口见。

见子辰和静怡手牵手爬高高去了，董晟与梁韵怡便绕着游乐园闲闲地散起步来。

本该是最温馨的约会时刻，两人却都心事重重，可谓"各怀鬼胎"。

梁韵怡心有烦恼，明明她已经让爸妈去拒绝秦铭了，可秦铭居然对她印象甚好，还主动发来短信，邀她下次约会。

炽热的短信一条又一条，惹得她心烦意乱，她便趁着董晟去买饮料的间隙，斟酌用词，打了一长串文字婉拒秦铭的邀请。才刚按下发送键，董晟就举着奶茶过来了，梁韵怡慌忙把手机丢回包里，微笑着接过。

而她略显慌张的神色落在董晟眼里，又是另一番意思。

董晟看着她丢进包里的手机，竟有一种冲动想要抓过来一探究竟，但他终究忍住了。

他想清楚了，就当自己什么都不知道。他不想左右韵怡的想法，正如苏苏所言，他希望韵怡能在考虑清楚后，择优选择。

不过，如果自己不是最后的那个"优"，他大概会很难过吧。

此刻的董晟难免心情沉重，虽然佯装寻常，但还是让梁韵怡感觉到了不对劲儿。

解决了秦铭，梁韵怡本想专心享受约会，当两人牵手走到僻静处时，她不禁心有期待，心跳加速，脚步也徐徐放缓。

她矜持地等待着他，但今天的他心不在焉，只左右张望了下："这

儿都没人了，我们可能走错路了，往那边出去吧，应该能回到丛林探险馆的门口。"

"好……"梁韵怡愣愣地跟着他，心里涌起一股失落。

"怎么了？"董晟看着她。

"没什么。"梁韵怡勉强笑了笑，"走吧，我们去接子辰和静怡吧。"

在茶楼那天，梁静怡沉浸在满桌的美食中，并没有察觉席间的暗涌。但很快，伶俐的她发现了姐姐与董叔叔之间微妙的变化。

例如这天放学后，静怡理所当然地对姐姐说："子辰今天上课开小差被英语老师批评了，他很难过。姐姐，你放学后去找他叔叔家访一下吧。"

梁韵怡一阵好笑，捏了捏她的圆脸，却说："姐姐这几天很忙，就不去了。相信子辰睡一觉醒来后，心情就能变好的。"

静怡目瞪口呆，好半天都说不出话来，这怎么和之前的剧情不一样啦？

晚上，梁韵怡还和董晟通了个电话："虽然子辰今天又不开心了，但我就不过去家访了。"

董晟一愣，放学时子辰又在装委屈了，所以他以为今晚韵怡会过来。

"没办法，这几天太忙，我都晕头转向了。"梁韵怡苦笑，"我不仅要忙着做自己的实习总结，还得帮苏苏把关，不然她又想随便写个千把字就交上去。毕竟朋友一场，不能见死不救，所以我得抓紧研究下她五年级的实习内容，帮她想点素材。之后的家长开放日，蒋老师要上公开课，我还得帮忙录制素材。"

想起那天，苏苏的确在咖啡馆为了总结报告抓耳挠腮，董晟隐隐松了口气,柔声道:"别太累了,注意休息。那,等你忙完了,我们再继续'家访'?"

梁韵怡窃窃地笑了:"好呀。"

董晟不禁跟着笑,却在这时,他听见电话那头传来一个男人的声音:"梁小姐,给你。"

是谁?董晟一愣,但梁韵怡已然说了结束语:"我去忙啦,拜拜。"

"拜拜。"他如同失了魂般地听着电话被挂断了。

X大学图书馆里,梁韵怡挂断电话,正准备再翻几本参考书给苏苏补充资料,身后的彭飞见她专心,只好又喊一声:"梁小姐,给你!"说罢,他把一杯奶茶放在她面前。

"哦……谢谢。"梁韵怡这才注意到他,连忙致谢。

一旁的苏苏却道:"叫什么'梁小姐'啊?"

彭飞讪讪道:"那怎么叫?叫'小梁'?"

苏苏一脸孺子不可教也的表情,挽住梁韵怡的胳膊道:"韵怡是我的救命女神,你得叫'梁大仙女'!"

梁韵怡顿时笑出了声:"好啦好啦,你俩别拍我马屁了。"

"你是电,你是光,你就是我的女菩萨!"苏苏依旧吹着彩虹屁,她的实习总结多亏了韵怡提供思路,于是她又指挥男友,"彭飞,再去买些三明治和零食回来,千万别饿着我们的仙女!"

"得令!"彭飞敬了个礼,忙去采购了。

相逢咖啡馆里,董晟挂了电话后,始终若有所思。

子辰做完作业从包厢里跑出来玩,一脸期待地问:"叔叔,今天

梁老师什么时候过来家访啊？"

董晟回过神："这几天梁老师很忙，就不过来了。"

"哎？"子辰一愣。

他正想扮个委屈的表情说"可是我今天很难受啊"，董晟苦笑着扯了扯他的脸颊："小鬼头，老实交代，你这阵子时不时就闹情绪，是不是另有目的？"

子辰一惊，嘴上说着"没有没有"，实则慌张的表情已然出卖了自己。

"子辰。"他端出叔叔的威严，扬眉盯着子辰。

子辰小嘴一瘪，只得老实交代："我只是想让梁老师多多地来找叔叔做家访。"

"为什么？"

子辰眨巴着眼睛，小心翼翼地观察叔叔："因为我很喜欢梁老师，我想让梁老师……做我的婶婶。"

果然，董晟心想，他和韵怡之前的猜测是正确的。

"但这只是我一个人的主意，和静怡没有关系！"关键时刻，他竟还想着挡在梁静怡前面，看来两大调皮王的情谊不容小觑。

董晟哭笑不得，把子辰拉到自己身前，轻轻揽住："放心吧，叔叔没想责怪你，更加不会责怪静怡。"

"真的吗？"

"真的。"

子辰陡然松了口气，又壮着胆子想验证下自己的努力成果："那……叔叔，你喜欢梁老师吗？"

董晟心下一颤，本想随口敷衍过去，但面对孩子真诚得闪闪发亮的眼睛，他忽然就不想撒谎了："嗯，我喜欢。"

"啊呀，那太好啦！"子辰顿时眉开眼笑，"以前你还犹犹豫豫说不清楚，现在你能确定喜欢梁老师啦，那一定是因为最近和梁老师相处久了，知道梁老师既漂亮又温柔，超级超级好，对吧！"他傲然地挺了挺小胸膛，"你是不是得谢谢我啊，叔叔，你都不知道我和静怡付出了多少辛勤的汗水！"

董晟笑道："臭小子，刚才你还说和静怡没关系呢。"

"呃……"

"但是不管怎么说，叔叔谢谢你。"

"不客气！"子辰凑得更近，几乎要钻进他怀里，亲昵道，"谁让我们是一家人呢。"

然而董晟还来不及感动，子辰又冷不丁地抛出一个问题："那你和梁老师什么时候结婚啊？"

"结……"董晟差点儿被自己的口水呛到，他真是服了小孩子的脑回路了，"我们还没到结婚的程度。"

"为什么？叔叔你不是喜欢梁老师吗？"子辰不解地追问。在故事书里，公主和王子互相喜欢之后，下一页不就是婚礼现场了吗？

他思忖片刻，忽而眉头一拧："等等，难道是因为梁老师不喜欢你吗？"

"我不知道。"这个问题宛若一根针往董晟的心里刺了一下。

子辰急了，大有一种即将功亏一篑之感："怪不得她今天都不来家访了。梁老师真的不喜欢你吗？"

"我……"哦，刺得更深了。

"那你直接问她呀？"

"我，直接问她？"董晟一怔，折服于小孩子独有的直白坦诚。

"对啊!"子辰一派理所当然的态度,"想要知道答案的话,就勇敢地去问,你憋在心里不敢问的话,永远都不会知道答案。这是我们蒋老师说的。"

"是吗?"一瞬间,董晟似是受到了触动。

"对啊。"子辰点头,却又绘声绘色道,"不过有时候勇敢的代价也是挺大的。上次王壮壮上课开小差,不知道他们那一组该写什么作业,他就勇敢地去问了蒋老师,结果被蒋老师狠狠批评了一顿。王壮壮后来垂头丧气地说,早知道就不勇敢了。"

董晟闻言,哈哈大笑,但笑过之后又陷入了沉思。

带着子辰吃完晚饭后回家,董晟给他收拾好,哄着子辰蜷在小床上睡熟了,便从小卧室里蹑手蹑脚地退出来。

他关上门转身,正巧碰见喝多了的哥哥董坤开门回家。

董坤一身酒气,但心情甚好,嘴里不知唱着什么过气的老情歌,他晃晃悠悠地还想翻瓶酒出来继续喝,但被董晟拦住了。

"忘了你的胃病了?还想再住院吗?"董晟道,"我可不想再带着哭哭啼啼的子辰去医院看你了。"

"你不懂。"董坤满面通红地笑,"酒桌上喝酒,那是应酬;现在喝酒,那是庆祝。这笔生意成了,又有小半年不用操心资金了。以后多来几笔这种生意,兴许还能帮你开个咖啡馆分店。"

"不需要,一家小店对我来说足够了。"董晟说着,翻出材料煮醒酒汤。

"你不需要分店,以后总要结婚,做哥哥的得帮衬帮衬。还有子辰上学的钱,以后结婚的钱……"董坤说着,摇摇晃晃地进卧室去了。

董晟默默地立在厨房里,听卧室里的哥哥又在说胡话,隐隐约约提到一个女人的名字,但一闪而过。

董晟知道,那是哥哥的禁忌,清醒时他绝对不会提的名字——他前妻的名字。

灶台上的醒酒汤"咕噜咕噜"冒着泡泡,他小心翼翼地关火,倒出来。

父母离婚前夕,哥哥董坤才刚成年,而董晟还是个半大孩子。

他们能感受到家中山雨欲来风满楼的气息,冷冰冰的父母,面对他们兄弟俩总是欲言又止。哥哥选择视而不见,只默默承担了更多照顾弟弟的责任,而董晟受不了,他想知道父母究竟是怎么了!

于是他勇敢地问出了口,那一瞬间,他看见爸妈露出了如释重负的笑容。

"小晟,既然连你都看出来了,那爸妈也就不瞒着你们了。我们犹豫很久了,一直下不去决心,但今天既然你问了……我们就直说了吧,我们打算要离婚。"

父母的话,宛如给了董晟当头棒喝!他甚至觉得自己是个罪人,如果不是自己"勇敢"地去追问,兴许父母会浑浑噩噩地继续扮演着貌合神离的夫妻,他们兄弟俩起码不会"无父无母"。

父母离婚之后,很快各自组建了新的家庭,起初几年还会回来照顾,但这几年已经完全断了联系。

每每想起这件事,董晟总会为自己的"勇敢"而自责。但哥哥董坤告诉他,这不是他的错。

的确,董坤从未责怪过弟弟,因为几年后,面对几乎一样的情形,他的选择与弟弟无异。

董坤与妻子之间貌合神离时,董晟已经上大学。作为局外人的董

晟无能为力，只是更多地陪伴在哥哥和侄子身边。而这回忍不住的却是董坤了。

董坤想要一个明明白白的答案，于是他勇敢地问了妻子。当他问出口时，他看见妻子脸上如释重负的表情，和当年的父母简直一模一样。

"罢了。"离婚之后，董坤如是道，"当初，她能接受一穷二白还带着个弟弟的我，我已经很感恩了。我并不是她所有追求者中最好的那个，我只是比其他男人多了一个自然而然与她相识的机会罢了。所以现在，如果上天给了她更好的选择，我当然……"

说到这儿，他便说不下去了。

静谧的夜晚，董晟端着醒酒汤走进哥哥的卧室。哥哥已经呼呼入睡，他嘴巴抿得紧紧的，不知是不是为刚才自己说漏了那个女人的名字而懊恼。

董晟把醒酒汤放在桌边，若有所思。

他曾问过哥哥："哥，你后悔吗？"

当时，董坤愣了下，回答："不后悔。我想要知道答案，哪怕答案可能不是我想要的，但总好过两个人拖泥带水。无论是爱情还是生意，都是一个道理。"

若是想要知道答案的话，就勇敢地去问吧，虽然你可能会为这份勇敢付出代价。

此刻，董晟正想默默退出房间，却见床上的董坤忽然翻了个身，喃喃一句："我现在过得很好，那你呢……"

那个晚上，董晟做出了决定，他想要知道答案。

他趁着一股心火，第二天提前打烊，开车径直来到梁韵怡家附近。

重要的话，他想要当面对她说。

他静静地坐在车里，正准备给她打电话，却错愕地发现她从楼里跑了出来。

董晟还以为是自己思念过度而眼花，但他定定神，瞧见果然是她——毛茸茸的外套下依稀是那条衬得她很美的枣红色裙子，她在冷风中缩了缩肩膀，径直跑到前方的一辆宝蓝色宝马车前。

有个男人立在宝马车边，殷勤地替她拉开车门，她上车之后，车子便开走了。

而董晟在车里沉默许久，才默默开车离开了。短暂的勇气随风而散，那通电话也就没再拨过去了。

"今晚有点儿冷啊。"十二月的天气穿裙子，未免单薄了些，梁韵怡搓搓双手，"谢谢你开车过来接我。"

彭飞道："不客气。你毕竟是为了苏苏，我怎么能让你自己打车呢！苏苏不得把我的脑袋拧下来。我刚考的驾照，这是我爸的车，车技不好别嫌弃啊。"

梁韵怡指了指自己的帆布包："这是我以前写的教育心得，特意找出来给苏苏做补充。我帮她再调整一下顺序，明天她就可以上交了。"

"大晚上的，还让你跑大学宿舍一次。苏苏说了，搞定后必须请你吃顿好的……放心，就我们仨！"

"不用了，我等会儿还有事。"

"别客气！"

"真不用。弄完我就走了。"梁韵怡笑了，她心里打着小主意。

近来自己工作繁忙，不得已冷落了董晟，她也隐约察觉到了董晟低落的情绪。今晚想着从大学宿舍出来后直接去咖啡馆见他，她才特

意穿了这条让她变身"美丽冻人"的裙子,给他一个惊喜。

帮苏苏调整顺序时,她打字的手、上扬的眉梢,无一不泄露她心底里的小期待。

忙完之后,梁韵怡脚步轻快地从学校出来,只觉得自己是只轻盈的蝴蝶在树影下飞翔,直奔向她想去的那个地方。

"哎?"只是当她来到咖啡馆门口,却错愕地发现已经关门了,她讷讷着,"今天怎么比平时打烊得早?"

她迟疑着想给董晟打个电话,手机倒先响了起来。

是梁妈妈无可奈何的声音:"你什么时候回来啊?静怡的作业我实在看不懂,她非说这么写。"难得管一下女儿学习的梁妈妈,此刻正一个头两个大。

梁韵怡苦笑,转身拦车:"我这就回来了。"

# 第六章 择优选取

近来，关于让梁老师成为自己婶婶的事儿，董子辰是一筹莫展。

经过不懈努力，他终于知道叔叔是喜欢梁老师的，叔叔已经当着他的面亲口承认了，这让他成就感爆棚！只是，叔叔说不确定梁老师是不是喜欢他，而且叔叔居然是个胆小鬼，甚至不敢直接去问梁老师！

这可怎么办啊？

关键是叔叔还特意叮嘱他，不许他告诉别人，连静怡都不能说！

要知道，在子辰心目中，静怡是他最好最好的朋友，眼下居然要自己瞒着静怡，子辰真是一千个一万个不舒服。

所以，子辰只得独自怀揣着心事，时而叹息时而蹙眉，好似个独行侠般隐忍而孤独。

他听静怡说道："哎，我俩虽然又考了一百分，但是双休日不能一起庆祝了。下周一就是家长开放日，所以这个双休日，我姐姐要帮蒋老师录公开课的素材，还要帮忙布置场地，忙得很。"静怡觉得遗憾，嘟囔着，"最近他们相处的时间也太少了吧，我们的计划还能不能顺利实行下去啊……"

子辰的小脑瓜里已经被满满的焦虑霸占了。

一个温柔美丽，又关爱自己的好婶婶眼见就要飞走了，他能不着急吗！

于是，子辰也勇敢地对叔叔提出建议："下周一的家长开放日，你会碰到梁老师的吧。就那天，你直接问她，问她到底喜欢不喜欢你！"

但叔叔只是摸了摸他的小脑袋，浅浅笑了一下，并没有回答。

叔叔的笑容让子辰觉得惶恐，让他依稀想起了许久之前的某一幕。

爸妈离婚的时候，他还小，懵懂不知，只记得爸爸妈妈总是不在一起，然后，就彻底不在一起了。在妈妈提着大箱子离开家的那天，爸爸的脸上也是笑着的，但那绝不是一种开心的笑容。

很多年后，子辰才从书本上找到一个合适的形容词——落寞。

此刻的叔叔，竟也是这般的表情。

在各怀心事之间，周一的"家长开放日"开始了。

按着广播指挥，家长们鱼贯而入，跟随孩子们一起进入公开课教室，陆续在教室后方落座。孩子们则在教室前方的桌椅坐下，双手摆正，坐姿挺拔，准备上课。

董晟随着人流进教室时，见梁韵怡早早就在里面候着了。

与她目光交织的瞬间，她含笑如春水般的眉眼让董晟的心口为之一荡。来之前他人神交战许久，但只一眼，只轻轻的一眼，他便心无旁骛，依从本心走到她身边，而她则默默拿开了身旁椅子上用来占位的背包。

她与他并肩而坐，在熙熙攘攘的人群之中，依稀就像那次在电影院里一样。但贴得很近的两人，彼此的心情却南辕北辙。

许久未见，尤其是因为自己忙于工作而许久未见，梁韵怡心里既歉疚又期待。

人群涌动，陆续有家长来来回回地找座位，她侧身让过，一不小心整个人靠在他肩上。仰头对上他的目光，她不禁笑得有些脸红："啊，抱歉。"

"没事。"他下意识地扶住她的肩膀，才意识到周遭人多，又恋恋不舍地放开了，"韵……梁老师都忙完了？"

她点头浅笑："嗯，昨天布置到很晚。校门口那些气球呀，花环啊，展示牌啊，我都有帮忙布置。但都忙完了，今天结束，我的实习也就正式结束了。"

她说得婉转，但她想，他应该能听懂吧。她忙完了，他可以约她了，

他们的"家访"可以继续了!

董晟心神一动。他听懂了,却又不得不怀疑自己是否真的听懂了。

他正想接话,却听见周遭的家长们聊天道:"果然不该开车过来的,今天家长太多,校门口的停车位都满了。好不容易才停好车。"

"今天车位特别紧张。刚才进校门时,看见一辆蓝色的宝马车正被保安师傅劝退,车里的男人一开始说没带开放日邀请函,后来又改口说自己不是家长,是来等人下班的,搞得保安哭笑不得,要求他赶紧停去别处……"

这些话依稀钻入董晟耳朵里,他不由得心下一沉。想起那个夜风微凉的晚上,他开车停在韵怡家附近,瞧见身穿红裙的她一路小跑着坐进了一辆宝蓝色的宝马车里。

所以,那辆车今天也来了?是来等谁的?

董晟的心头蓦地生长出一大片荒草,身边美好的韵怡好似变得虚幻而遥远,他一伸手就会消散一般。

他很庆幸上课铃声适时响起,所有人的目光都转向孩子,他才得以深呼吸,让自己冷静下来。

令董晟没有想到的是,今天公开课的主题竟然是"勇敢"。

蒋老师声情并茂,循循善诱地教育孩子们,如何勇敢地说出自己的想法。

整堂课,董晟都心不在焉。他目光平静地望向子辰,脑海中的思绪却如脱缰野马一般横冲直撞,带着一股难以克制的冲动,挣扎着想寻个出口。

他忍不住一次次地瞥向身边的韵怡,但她听得认真。忽而,她抿嘴一笑,轻声对他耳语:"嘿,别眨眼,我就快闪亮出场了。"

课堂临近尾声，蒋老师在最后播放了一段视频，是几个孩子背对着镜头，纷纷诉说自己的烦恼。

一个胖胖的男孩儿说："我很想告诉妈妈，我真的很努力学习了，我的进步都是靠自己的！可她总是不相信我，总以为我抄别人答案了，她怎么总是小看我，我有这么差吗？"

一个娇小的女孩儿说："我很想对妈妈说，别总是骂我了。在学校丢东西了要骂我，考试没别人好也要骂我。我真的很害怕妈妈的骂声，我都愁得不想回家了。"

几个孩子轮番说完，最后是梁韵怡走入镜头，揽着孩子们的肩膀鼓励道："那今天，就趁着公开课的机会，勇敢地把自己想说的话，去对爸爸妈妈说吧！"

视频播完，蒋老师拍拍手，说道："好了，孩子们，趁现在，去教室的后面找到家长，把你们想说却不敢说的话，勇敢地告诉他们。去吧！"

话音落下，一些孩子尚且有所迟疑，但另一些孩子已经快步冲了过去。

蒋老师想要树立个榜样，便扬声道："啊呀，董子辰第一个勇敢地去找家长了，真棒……哎，等等，董子辰你是不是跑错人了啊？"

没错，第一个跑出去找家长的孩子的确是董子辰，但他却一溜烟儿跑到了梁韵怡的跟前，以一种视死如归般的壮烈眼神，踮起脚凑到她耳边说了一番悄悄话。

这一幕，不仅把董晟看呆了，还把静怡给看呆了。

静怡眼巴巴的："你把我的家长给找了，那我该找谁去说啊……"

热闹的互动环节结束，下课铃声响起，孩子们陆续回到蒋老师身边，准备集合去操场上做广播体操。

家长们又鱼贯而出,下楼去操场观摩。

王壮壮的家长哭笑不得,说:"这孩子,我没有不信他呀,我就是怕他作弊,诈诈他而已,他居然还记仇了……看来对孩子可不能乱说话。"

而徐晓慧的妈妈则一脸阴沉,独自埋头疾走,也不知在想些什么。

那厢,董晟与梁韵怡默契地越走越慢,渐渐落在所有人的身后。

课上那跑错家长的一幕,其他人只当是个有趣的插曲,笑一笑就过去了。只有当事人如同怀揣着秘密一般,彼此交换了一个试探的眼神。

直到其他家长都走了,四下无人的走廊,两个人站在一起,梁韵怡才悄声问他:"喂,你知道刚才子辰在我耳边说了什么吗?"

董晟摇头,但隐隐猜到些许。

梁韵怡仰头看着他:"他说——'梁老师,我叔叔真的很喜欢你,只是他不确定你喜不喜欢他,所以他每天都很烦恼。因为我也很想知道,所以我勇敢地来问你了,你愿意做我的婶婶吗?'"

董晟静静地听着,心跳都乱了节拍。

"他突然这么对我说,吓了我一大跳,好在他几乎贴在我耳朵上,其他人应该没听见吧。"梁韵怡摸摸胸口。

董晟沉默片刻,却忽然目光灼灼:"那……你的回答呢?"

梁韵怡一顿:"我……"

"你愿意做子辰的婶婶吗?"董晟脱口而出的瞬间,才发现自己竟真的说出了口。这股冲动盘踞在心底,升腾于咽喉深处,只一个晃神,它便挣扎而出。

话音落下,他宛如等待审判一般,静静凝视着她。

"这话,我应该去回答子辰吧。"梁韵怡羞道,"先不说了,我得去操场那儿帮忙……"

她转身正想走,却陡然被董晟一把捉住了手腕。

"韵怡,"他不依不饶,既然开了口,他便一定要知道答案,"那我换个问题。韵怡,你喜欢我吗,你会选我吗?"

"什……什么?"

"我的意思是,我很喜欢你,非常非常喜欢你!也许我并不是你所有追求者里最出色的那一个,理智上我也希望你能想清楚之后择优选取。但我今天忽然明白了……"他汹涌而无畏的眼睛里,满满的都是她,"我好像无法接受自己不是那个'优'。所以,如果你最后选的不是我的话,我可能也不会放开你。"

"什么意思?"她诧异地轻呼一声。

"字面意思。我不会轻易地放开你。韵怡,你可能得适应身边始终有一个死缠烂打,且绝不放弃的追求者。"他说完了,多日积蓄的阴霾一散而尽,还爽朗地长舒一口气,"好了,现在你该去操场了,因为蒋老师和冯老师都在朝你招手了。"

她不知所措,大为感动却又不明所以的感觉,真是太微妙了。

学校的老师们的确在朝自己打招呼,而自己的手腕居然还紧紧地被董晟握着。她脸颊绯红,看了他一眼,董晟才一点一点地松开她。

松手的瞬间,梁韵怡心慌意乱地朝操场跑去。


诡异,真是太诡异了。

董晟对自己说的那番话究竟是什么意思?

梁韵怡如同一只受惊的兔子般仓皇跑到操场旁,蒋老师还担忧地问她:"小梁,你没事儿吧?我刚才看董子辰的家长抓着你不放,你和他起矛盾了吗?"

"没,没有。他就是问了我一些董子辰在校的情况。"她强装镇定。

蒋老师将信将疑,看了眼她又抬头望向从教学楼过来的董子辰家长。见梁韵怡没什么异样,她也不好多问,转头盯着学生们做广播体操。

梁韵怡手忙脚乱地被叫去帮忙,把烦乱的思绪暂且抛到一边,四处巡视一番,直到广播体操展示环节结束,才松了口气。

家长开放日正式结束,学生们被家长一一领走,累了一天的老师们也纷纷回到办公室休息。

梁韵怡呆坐在座位上,脑子里"嗡嗡"作响,时不时闪过董晟那些莫名其妙的话。

她想发微信问他究竟是什么意思。什么叫"你喜欢我吗"?她都默认他抱她、吻她了,难道这还不算回答吗?

她撑着脑袋靠在桌子上,手指滑动着手机,心里有股憋闷的气涌上来。什么叫"择优选取"?她哪里来的第二选项啊?

等等!梁韵怡一愣,身体坐直,"择优选取"这个词儿,怎么听着有点儿耳熟?好像从谁的嘴里听到过。

恰逢这时,苏苏过来串门。

她知道梁韵怡刚忙完,便拿了一堆好吃的过来犒劳她的"梁大仙女"。

"这些零食都是我特意买的。这鱿鱼丝特别好吃,还有蛋黄卷和曲奇饼。"苏苏热情洋溢,她上交的总结报告通过了,评分还不错呢,"今晚要不要一起庆祝?彭飞今天休息,车就停在学校附近,等着接我们去吃顿好的。"

"我不去了,你们俩庆祝就好。"

"一起去吧,我总得谢谢你的'救命之恩'啊!"

"真不用……等等!"她猛地一个激灵,从塑料袋里拿出一罐曲奇饼,"这是,相逢咖啡馆的曲奇饼?"

"就是学校对面那家咖啡馆的。"苏苏道,"我上次在那儿写报告时吃过一次,特别香脆。就那次,我一个字也写不出来,打电话向你求救,你还告诉我,你去相亲了。"

"那时你在相逢咖啡馆?"梁韵怡一怔,好似在混沌中陡然抓住了一条线索。

"对啊,那天和你聊得兴奋,挂电话之后还以为自己吵到其他客人了,因为老板好像一直盯着我看。当然,老板人挺好的,随咖啡送了一碟曲奇饼,味道特别好,我就买了几罐……韵怡,你怎么啦?"

梁韵怡哭笑不得,忙不迭起身,抓起背包就想走。

"你要去哪儿?还有半小时才下班呢!"苏苏喊道。

素来兢兢业业的韵怡居然要早退?

"我等会儿会留言给冯老师请假的。我先走了,有急事儿,是特别特别急的急事儿!"说罢,她大步流星地往外跑去,下一瞬就跑得无影无踪了。

相逢咖啡馆里,董晟正在吧台前默默做咖啡。蓦地,响起推门而入的风铃声,接着一阵轻盈的脚步声由远及近,最后静静地停在了自己面前。

他微微抬眼,便知是她。

梁韵怡径直坐在他面前,双手托腮,凝望着他。

他把刚做完的咖啡放在她面前,直视她的眼眸:"我想过你会过来,但没想到,你会来得这么早。"

"我翘班了。"梁韵怡噘嘴,抿一口咖啡,很香很香,"因为,我受到了某人的威胁。"

"哦?"

"某人说，要对我死缠烂打、绝不放弃，对此我深感惶恐。所以特意翘班过来问一句，董先生，请问你打算怎么对我死缠烂打？"

董晟苦笑一声："其实从学校回来之后，我也一直在思考这个问题。我承认那番话是一时冲动，但它确实是我心底深处最真实的想法。"他顿了顿，"以前，我也有遇到过喜欢的女孩，两人走到分岔路时我也会感到难过，但从来不会觉得无法忍受。"

"你的意思是……"

"今天坐在教室里，我看着你，心里默默假设，如果最后你选的不是我……我第一次觉得，放弃竟然是一件如此令人窒息的事情。"董晟说着，把自己的手机屏幕移到她面前，"其实，刚才我就一直在网上搜索……"

他屏幕上正在浏览的内容是——对女孩儿死缠烂打的一百种方法。

梁韵怡不禁捂嘴笑了："所以，你看完了吗？能告诉我，都有哪些方法吗？"

"看完了。这居然还是收费内容，我还充值了。"董晟叹气，"可惜都不是什么好方法。不是不礼貌，就是不合法。所以，我可能还是得自己想办法。"

梁韵怡觉得有趣。

她已然知道彼此的这番对话，是基于董晟的一场误会。但她并不急于解开误会，甚至可以说，她从未如此直观地感受到董晟对自己的在意。

他此刻正用一种无比执着的眼神凝视自己，好像要用这种眼神牢牢地绑住自己一般——这感觉比林荫路上的吻更让她不可自拔。

于是，她刻意逗他："那，如果我无法选择呢？"

"怎么，你是打算一脚踏两船吗？"董晟挑眉。

"你吃醋了？"她眨眨眼。

董晟下意识地咬牙："很惊讶吗？我一直在吃醋，从我知道你瞒着我去相亲开始，就一直在吃醋。"

他说得如此坦诚，她反而有些难以置信："董晟，你……你真的有这么喜欢我吗？"

"我也这么问过我自己。只可惜，答案是的确如此，我真的很喜欢很喜欢你。"连他自己都难以置信，从小到大，无论是父母还是哥哥，从未有人给他做过一个感情上的好榜样。兴许他潜意识里也曾觉得，感情不过是瞬间烟云，有心动，有相聚，最终也不过都是离散罢了。抱着这种想法，他也从未对某个人倾心到如此程度，从未有过。

董晟说不清梁韵怡是如何一步步走进他心里的，只是等他察觉时，他好像已经无法自拔了。

"那你为什么不直接问问我的想法呢？"

"因为，我不想干涉你，想让你自由地做决定。"

"那为什么今天又说出口了呢？"

"是因为子辰。我总不见得还比不过一个孩子的勇气吧。"董晟沉声道，"其实，我曾让子辰别把我的心事告诉别人，所以今天我问他，为什么要这么做。"

"子辰是怎么回答的？"

"他说——'叔叔，你让我别告诉别人，但如果梁老师答应做我婶婶了，她就不是别人，而是我的家人了。'"

"天哪，这算是一种'强词夺理'吗？"梁韵怡不禁笑了。

董晟温柔地看着她，继续道："于是我又问他，如果梁老师不答应呢？他回答我说，如果梁老师不答应，那他就是违背了和我的约定，让我惩罚他。他跟我说了一句话——"他顿了顿，模仿着子辰的语气，

"我不后悔，我就是想知道。"

他就是想知道，亦如当年的董晟，当年的董坤一样。

"所以，"董晟挑眉道，"我不得不提醒一句，梁老师今天给出的答复，直接关乎我是不是要狠狠地揍一顿子辰的屁股。"

"喂，你这是拿孩子在威胁我呀。"梁韵怡噘嘴，"我必须现在就给出答复吗？"

"你可以考虑一下。冒昧地问一句，你打算多久做决定？"

"非要一个时限吗？"

"不，我能等。"他说最后三个字的时候，简直咬牙切齿，"你今天没坐那辆宝马车去约会，而是特意跑来咖啡馆看我吃醋的窘态，如此看来，我还是有一点儿胜算的吧。"

"宝马车又是什么啊？"梁韵怡歪头苦笑，看来他俩的误会还真不小。

她决定不再逗他了，不然他的后槽牙都快咬碎了："董先生，所谓'择优选取'，我总得有个第二选项吧。"

"哦，难道你没有吗？"

梁韵怡从背包里取出一罐曲奇饼，摆出一副讲课般的认真劲儿。

"我们还是从头开始慢慢说吧，事情大概得从苏苏在相逢咖啡馆写报告的那天开始……"

十多分钟之后，董晟目瞪口呆、面红耳赤。

他愕然地张大了嘴巴，好半天又闭上，许久才别过脸去，蹙眉道："所以，今天从你踏出学校的那一刻起，就已经知道这是一场误会了。刚才你还听我说了那么多因为我胡思乱想而蹦出来的，有点矫情又无用的话。"

"怎么无用了？我很受用。"梁韵怡乐不可支，一脸享受，"董先生，能谈谈你现在有什么感受吗?"

"我……真的很想为苗苗小学的蒋老师点个赞。"

"为什么?"

"如果我早点听了她的课,选择在第一时间勇敢地问出口的话,也就没有现在尴尬得脚趾抠地的我了。"

梁韵怡眼睛弯起,笑意快要溢出来了。

两人打情骂俏,不可避免地越挨越近,近得旁边的孙玲玲都自觉地隐身而去,近得彼此的眼眸里只能容得下对方一个人。

咖啡馆轻轻响起纯音乐,两人的眼中,彼此的轮廓越发模糊,仿佛一个踮脚就可以咬住对方的嘴唇。

此刻风铃响动,去旁边超市买巧克力回来的子辰风风火火地跑进来。

"叔叔,我买了好几块巧克力,明天可以带给静怡吗……啊,是梁老师!"

随着子辰的一声惊呼,董晟和梁韵怡瞬间分开。

子辰蹦蹦跳跳地抱住梁韵怡的胳膊:"梁老师,你怎么过来了呀?"

梁韵怡笑了笑,还没来得及回答,子辰就恍然大悟道:"我知道了!你是答应做我婶婶了,所以特意过来告诉我的,对不对?对不对?"

梁韵怡顿时被闹了个大红脸。

一旁的董晟还笑着煽风点火:"子辰,还不赶紧叫婶婶?"

"婶婶!"子辰叫得响亮亮、脆生生的。

"哎!不是不是,我的意思是,还没到这个份儿上。"

比起脸上洋溢着笑容的董晟和脸颊绯红的梁韵怡,子辰的高兴有过之而无不及,他开心得几乎要跳起来。

梁韵怡看着他激动的样子,却忽然想起了什么,猛地一拍吧台:"天

啊，我就这么突然跑出来，把静怡忘在学校里了！她还等着我下班后带她一起回家呢！"

苗苗小学二（1）班的教室门口，静怡一脸黑线，不敢相信地看着蒋老师："什么？我姐姐请假走了？她丢下我，一个人走了？"

十多分钟后，梁韵怡坐着董晟的车风驰电掣地回到苗苗小学，她刚下车就瞧见静怡不知所措地等在校门口。

梁韵怡忙不迭跑到她身边，连声道："抱歉抱歉，姐姐把你给忘了。"

静怡呆若木鸡："姐姐，你在忙什么呢？居然把我给忘了！我可是你的亲妹妹呀！"

梁韵怡脸一红，今天的事情哪能实话实说啊。

倒是跟着一起来的子辰跳下车，跑过来欢天喜地抓着静怡的胳膊。他喜气洋洋道："大获全胜啊，静怡，我们大获全胜！梁老师答应做我婶婶了，我们的努力没白费，我们终于成功了！"

于是，静怡的表情由错愕渐渐变为笑得合不拢嘴。

两个孩子手拉着手又蹦又跳，一副准备放鞭炮庆祝的模样。一旁的梁韵怡已经羞得要捂脸了："我都说了，还没到这份儿上……"

两人把小孩照顾好送回家后，私下出来约会。坐在相逢咖啡馆的包厢里，梁韵怡静静看书，董晟忙完店里的事情就进来陪她。

独处时，董晟忍不住又想打探那位"祸起"的相亲对象："对了，你婉拒那个男人之后，他就没再找过你？你父母也不再游说你了？"

"那个秦铭啊，他倒联系过我几回，但……"梁韵怡想起那几条短信，顿了顿，依稀从董晟脸上看出一星半点儿的醋意，这才心满意足道，"当他坦诚地告诉我，其实他离过婚，还带了个一岁多的儿子时，我简直如释重负。"

从那之后,她父母的态度也急转直下,恨不得把隐瞒这件事的老同学臭骂一顿。

"他还说,看得出来我很喜欢小孩子,把妹妹照顾得很好,所以他认为我一定能成为一个有爱心的后妈。天啊,我可没打算年纪轻轻就当妈,做婶婶就算了,当妈我可无福消受。"她说着说着,顿觉不对,立马闭了嘴。

董晟已然笑得春风拂面:"的确,你还是先做婶婶就好。至于当妈,不急,我们慢慢来。"

"喂喂喂,谁急了,谁急了呀……"

那之后,梁韵怡的实习要彻底结束了。

最后一天,她准备了咖啡和蛋糕在办公室分享,感谢诸位老师对她的照顾。

蒋老师却神神秘秘地把她拉到一边:"告诉你一个好消息,你很有可能要留校了。"

"真的吗?"梁韵怡难以置信。每年都有不少来自X大学的毕业生来苗苗小学实习,能留校的简直凤毛麟角。

"是真的。你运气好,正好有老教师要退休,学校需要新人。当然,你踏实肯干,带你的冯老师可在校长面前夸你好几次了。估计校长很快就会找你谈留校的事儿了。"

梁韵怡欣喜不已。原本她下学期还要跑招聘会,这下子竟然提前尘埃落定了。

蒋老师继而又说:"但是小梁,下学期留校工作的话,我不得不提醒你几句。"

"蒋老师，你说！"梁韵怡不知她要说什么，见她神色严肃，自己也跟着态度端正起来。

蒋老师清清嗓子："其实我不比你大几岁，也不好意思端着个前辈的姿态教育你。但有一点，我不得不提醒一下你，就是……"她还特意压低声音，"你和家长之间的关系，一定要把握好分寸，不能太疏远，更不能太亲近！万一家长对你产生一些，嗯……产生一些不必要的遐想，最后倒霉的是你。小梁，你明白我的意思吗？"

蒋老师一番肺腑之言，惹得梁韵怡既害羞又感动。

她恍然大悟，一定是开放日那天董晟的行为，让蒋老师警觉了。

果然，蒋老师见她双颊一红，还以为她是受了欺负不好意思说，越发义愤填膺："哎哟，我就直说了吧，家长开放日那天，我都看到了，看得清清楚楚的——董子辰的叔叔拉着你的手不放，那眼神像是要吃掉你一样，怪吓人的。

"当然，小梁，你是个好姑娘，我们办公室都知道的。我琢磨着，兴许是前一阵子你替我跑腿，去找他做家访了解董子辰的情绪问题，让那个色狼想入非非了？真是的，连孩子的老师都不放过，这什么人呀！你别害怕，如果以后他再敢骚扰你，你就放心大胆地告诉我！我好歹也是董子辰的班主任老师，再不济就让董子辰回家教育他叔叔，让他叔叔好好地学一学什么叫'尊师重道'！"

此刻，梁韵怡的心情可谓五味杂陈。

她看着桌上的咖啡和蛋糕哭笑不得——天哪，蒋老师如果知道这些东西都是由她口中的那位"色狼"精心准备的，不知会惊讶成什么样呢。

思来想去，面对如此为自己撑腰的蒋老师，梁韵怡并不想撒谎。

于是，她掩嘴悄声道："蒋老师，很谢谢你对我的关照。但其实，事情是这样的……"

她叽里咕噜一番说，蒋老师的嘴巴渐渐惊讶地张成了"O"形。

"所以，你和董子辰的叔叔……天哪，怪不得我听说在之前的家长会上，徐晓慧的妈妈呛你，董子辰的叔叔还站出来维护你，原来你俩早就已经在一起了啊。"

"那时候还没有。"梁韵怡摆摆手，"是后来，自然而然就……啊呀，蒋老师，你喝咖啡，你吃蛋糕呀。嗯……话说回来，这些都是子辰叔叔准备的。"

果然，蒋老师的嘴巴张得更圆了。

下班后，梁韵怡还把董晟介绍给了苏苏与彭飞，四人在咖啡馆对面的火锅店聚餐。她这才发现，原来身边换了个人，这家火锅的味道还挺不错的。

席间，她是这么介绍彭飞的："来认识一下，他是苏苏的男朋友彭飞，也就是那辆宝蓝色宝马车的车主。"

彭飞不明所以，董晟则尴尬地笑笑，举杯道："幸会，幸会。"

这边的"火锅局"发展顺利，只不过，令梁韵怡没想到的是，当天晚上，她就被迫在爸妈面前曝光了恋情。

吃完火锅，到家时间算早，梁韵怡给妹妹辅导功课。最近学了不少家庭成员的称呼，妹妹静怡忽然若有所思地摇着铅笔说："姐姐，我想到一个事情……"

"什么？"

"等到以后，你和董子辰的叔叔结婚，那我和子辰就成一家人了啊，他就成了我姐姐的老公的侄子了。那我是不是也应该喊子辰一声'侄儿'？他是不是得喊我一声'小姨'？"

说罢，姐妹俩均是一愣。

脑海中想象到的画面实在太有趣，姐妹俩不禁哈哈大笑起来。

梁韵怡笑得眼泪都要飘出来了,这才发现妈妈正端着水果,一脸错愕地站在房门口,讷讷地问:"韵怡,你要和谁结婚了呀?"

好吧,初尝恋爱,原本还想偷着乐一阵的梁韵怡,这天晚上被爸妈盘问了个彻底。

这一学期临近期末,因为被选中留校了,梁韵怡纵然实习结束,仍然得去苗苗小学工作。

这天中午,她正埋头帮冯老师批改作业,听见蒋老师接了个内线电话,是门口保安室打来的。

"嗯,我是二(1)班的蒋老师……有家长要来看孩子?是谁?董子辰?"

蒋老师一愣,大中午的,谁特意过来看孩子呀?再说了,她也没收到董家人要来的消息。

恰好董子辰进来交作业,蒋老师一手握着电话,一手拍拍他的肩膀,问:"董子辰,你的家长今天中午来学校吗?是你叔叔还是你爸爸?"

这一问,倒把梁韵怡的注意力也吸引过来了。

子辰也是一怔:"没有啊,爸爸和叔叔都没说过中午要来。"

蒋老师于是在电话里追问,随即错愕地脱口而出:"什么?是他妈妈来了?"

"啪嗒"一声,子辰手里的作业本掉在了地板上。

蒋老师有点儿茫然,又有点儿焦虑。经验老到的冯老师让子辰先回教室,才特意叮嘱她:"这孩子是离异家庭吧。我们学校以前发生过类似的情况,父母离婚后,没争取到抚养权的爸爸突然跑来学校,找了个借口让班主任老师把孩子带出来,然后他就带着孩子跑了,躲起来了!小孩妈妈又急又气,四处找也找不到,最后又是报警又是找班主任讨说法。所以遇到这种事儿,你千万得小心!"

蒋老师被吓得不轻,眉头皱得能夹死苍蝇,最后还是梁韵怡自告奋勇,陪她一起去见子辰的妈妈。

远远地,梁韵怡便瞧见候在校门口的女子,她回眸,依稀是三十多岁的模样,身形纤细,衣着素雅,手里提着一个大袋子,柔和的眉眼与子辰有四五分相似。

她朝两位老师看过来,礼貌地点头示意。

蒋老师便先开了口:"你好,我是董子辰的班主任老师。"

"子辰,他……"女子望了望教学楼出口,并没有看见儿子的身影。

"抱歉,没有得到董子辰爸爸的首肯,我不方便把孩子带过来。"

"哦。"女子的脸上掠过一丝失望,但很快她就扬起礼节性的微笑,"没关系。其实我也料到了,这么突然过来,见不到孩子也很正常。老师,你不必紧张,我没有别的意思,只是……只是路过学校,想了解下孩子的近况。不方便就算了。"

蒋老师见她这般客气,这才松了一口气。

"孩子的近况,我可以和你聊一聊。董子辰一年级刚入校时特别淘气,但之后越来越上进,现在可以算是班上的小学霸了。他这个孩子呀……"

蒋老师侃侃而谈,那女人听得认真,时而露出一抹欣慰之色,听见孩子又考了全班第一名,她的眼眶竟隐隐泛红。

"好的,谢谢老师。原本我还有些不放心,现在安心多了。"她笑得更灿烂了,"哦,对了,我今天买了一套玩具,麻烦老师帮忙带上去给他吧。"

说罢,她递上那个透明大袋子。

蒋老师迟疑片刻,一旁的梁韵怡见了,下意识地道:"这套机器

人玩具，子辰已经有了。"

"哎？"女人一愣，"是吗？"

"是的，好像是他爸爸圣诞节买给他的，一模一样。"梁韵怡道。

女人的手缩了回来，目光停留在梁韵怡身上："请问，你是？"

"我是……"梁韵怡犹豫片刻，还是决定实话实说，"我是学校新来的老师。同时，也是董子辰叔叔的女朋友。"

"你是小晟的女朋友？"女人一脸惊讶。

蒋老师回办公室去了，梁韵怡坐在校门口的雨廊下与董子辰妈妈多聊了几句。

女人似是感慨万千："我离开的时候，小晟还在读大学，还是个大男孩儿的模样。天啊，他已经交了女朋友。他现在怎么样？"

"挺好的。他现在经营一家咖啡馆，虽然不大，但是生意不错。"

"他上大学时就很勤勉，四处打工，自己努力赚学费和生活费。"女人顿了顿，"那……他哥现在怎么样？"

"他哥也挺好的，生意很顺利，每天都充实而忙碌。"

"那就好，那就好。"女人喃喃着，低头看着那套送不出去的玩具发呆。

梁韵怡隐隐叹气，觉得似乎该结束这场尴尬的对话了。

她正想起身，却听女人幽幽道："其实我心里明白，我根本没资格过来看子辰。可今天在玩具城给我丈夫的儿子买新年礼物时，突然一下子，非常非常想念我自己的儿子……我看着那些机器人、模型、积木，我克制不住地想，不知道子辰会喜欢玩什么，于是，我鬼使神差地就过来了。"

梁韵怡静静地听着。

女人继续道:"当然,你别误会,董坤从来没有禁止我看儿子,是我这边的原因。我现在的丈夫不允许我联系以前的家庭,所以今天我也是偷偷过来的。董坤,还有他弟弟董晟,都是很好很好的人。"她深呼吸一番,才将前尘往事徐徐吐露,"当年我和董坤离婚,其实是他主动提出的。"

"是吗?"

"他兴许是看出了我的纠结和挣扎,于是主动问了我,我便如实回答了。当时我不知道该如何选择,在最迷茫的时候,其实我也曾期待他会挽留我……但他没有。他说希望我能自己想清楚,而他不会干涉我,让我自由地做决定。"

"你后悔吗?"梁韵怡冷不丁地问她。

女人好似受到了惊吓一般,嘴巴颤了颤,却半天说不出一个"不"字。

梁韵怡叹了口气,她想说些什么,却又觉得自己并没有资格。

她站起身,准备向对方道别,却听女人又开口了,声音带着淡淡的哭腔,她说:"梁小姐,如果以后,我是说以后,如果有那么一天,小晟也对你说出了类似的话,你……你一定要想清楚。"

"不会的,"梁韵怡淡淡道,"董晟不会的。这一点他和他哥不太一样。如果发生了类似的事情,他可能不会轻易地放开我。"

"什么意思?"女人愕然。

"字面意思。"

梁韵怡看着面前的女人,她的眼眶氤氲着。她哪里是在给她忠告呀,那分明是她在泪眼蒙眬中,对过去的自己的一次呐喊罢了。

只可惜,往事不可追,人世间从来没有后悔药。

梁韵怡向她道别,却见女人的目光被另一处吸引。她顺着望过去,诧异地发现不知道什么时候,妹妹静怡竟悄悄地躲在校门口的一角,

正"鬼鬼祟祟"地朝她俩张望。

梁韵怡苦笑一声，朝静怡招招手："别躲了，我都看见你了。过来吧！"

静怡见自己暴露了，吐了吐舌头，跑到了姐姐跟前。她的目光依旧牢牢地粘在女人的身上。

梁韵怡问她："你出来干吗？"

"嗯，我……"

梁韵怡见她的大眼睛溜溜地转，便扬眉道："梁静怡，老实交代，别想编瞎话。"

"好吧。"静怡撇撇嘴，小声道，"是董子辰啦，他回教室后一直心慌慌的，坐立不安。"说着，她又偷瞄了一眼女人，"他说，他很久没看到过妈妈了，都快忘记妈妈长什么模样了。所以我就自告奋勇跑出来替他看一看，等会儿再说给他听。"

梁韵怡哭笑不得。

而女人看出了静怡和子辰的关系，她凑近了些，亲切地问静怡："小朋友，你好像很关心董子辰，你是他的好朋友吗？"

"她是子辰的同桌。"

"我是子辰的小姨。"

梁家姐妹几乎同时回答，着实把女人闹了个目瞪口呆。

梁韵怡只得解释："她的确是子辰的同桌，同时也是我的亲妹妹，所以她……她最近以子辰小姨的身份自居。"

静怡闻言，傲然地抬了抬下巴："对啊，我已经从董子辰的同桌升级成他的小姨了，所以我当然关心他啦！"

静怡一派天真烂漫的模样，让女人第一次露出了真心实意的笑容。

她笑着擦了擦眼角的泪光，感慨道："看来子辰被很多人关心着啊，真好,真好,也的确用不着我来关心他了……"

女人走了,带走了那套玩具,自此再也没有来过学校。

梁韵怡把她的到访告诉了董晟,又问:"要不要把这事儿和你哥哥说一下?"

董晟沉默片刻,才道:"我哥最近在出差,还得半个多月才回来。就,不用特意告诉他了。倒是子辰,我最近得多留心他的情绪变化。"

他生怕子辰平静而快乐的生活被搅乱。

这段时间,董晟时刻留神,还真让他察觉到子辰心情低落,总是一副郁郁寡欢的模样。

董晟有些着急,时不时找机会和他谈心。

终于,在某天放学之后,在麦当劳餐厅里,董晟用炸鸡汉堡和薯条可乐打开了子辰的心扉,让他说出了内心的忧愁。

出乎意料,他的郁闷竟然并非源自突然到访的亲生母亲。

子辰怏怏道:"上次静怡帮我去校门口观察我妈妈现在长什么模样,她回来之后和我描述了很多。我很谢谢她,她就拍着我的肩膀说'不客气,我现在可是你的小姨,我不帮你谁帮你呀'。"他撇着嘴,"我,我才反应过来……叔叔,怎么会这样?我和静怡怎么就变成侄子和小姨了呢?"

董晟似懂非懂:"你和静怡成一家人了,这样不好吗?"

"嗯……"子辰忽然就脸红了,红得好似薯条上的番茄酱一般,他举着汉堡挡住自己的脸,"那么侄子和小姨,以后长大还能不能……"

"能什么?"董晟不明所以。

"能不能像故事书里的王子和公主一样?"

"哈?"

"果然是不能的吧!哎,叔叔,我真是……我我……我这是为了

你的幸福做出的牺牲啊！不行，我还要再吃一个甜筒冰激凌！"

于是，化悲愤为食欲的子辰，这天吃多了冰激凌，回家边哭边闹了肚子呢。

# 第七章
♡ 愿赌服输

自从梁韵怡和董晟的关系公开,这个学期结束,寒假期间,梁韵怡便开始光明正大地与男友约会了。

梁家父母颇为开明,他们经过旁敲侧击,初步认为董晟是个靠谱的对象,便让梁韵怡自由地与之发展。

出乎意料的是,静怡对姐姐的热恋状态颇有微词。

终于,在某次梁韵怡如沐春风地准备出门约会时,小丫头拦住了她,直言不讳道:"姐姐,你们这样不对啊。"

"怎么了?"梁韵怡一愣,不明白妹妹的小嘴为啥噘得这么高。

"你和董叔叔隔三岔五就出去约会,这样不对!"

梁韵怡被她的话闹得脸色微红:"呃,静怡,你不懂,我和董叔叔是在……嗯……"

她正斟酌措辞,人小鬼大的静怡反而爽快道:"我知道,你们俩是在谈恋爱,所以经常出去约会!"

梁韵怡捂脸:"既然你懂,那你到底在说什么不对?"

"你和董叔叔就只顾着自己逍遥快活,那我和董子辰呢?"静怡气呼呼地双手叉腰道,"你俩把我俩给忘了?"

这回,梁韵怡的脑袋在高速运转了足足十秒钟之后,终于后知后觉地跟上了小孩子的脑回路——如此说来,他俩还真有点儿过河拆桥的味道!

之前她与董晟的关系"犹抱琵琶半遮面"时,总是打着"家访"或者"庆祝"的名义,带着子辰和静怡一起约会。而且静怡当初努力撮合他们俩,也是为了能常常和子辰玩在一起。眼下,她和董晟正式在一起了,反倒把两个孩子抛在脑后了。

这么一想,梁韵怡顿时理解了妹妹的委屈。

心怀愧疚的她当即联系董晟，组织了一场四人约会。

他们把孩子们送到游乐场门口，约定一个小时之后再来接他们。

静怡与子辰也许久没碰头了，一见面就来了个热情洋溢的拥抱，随即手拉手地进去玩了。

"静怡，放假这么多天，我可想你了！"子辰道。

"我也想你啊。要不是我对姐姐讲道理，我们才没机会一起玩呢。"静怡道。

"那下次，由我负责对叔叔说，我们再一起出来玩！"

"好呀，以后一人负责说一次，可不能让他俩忘了我们！"

游乐场里各种设施齐全，两个孩子携手玩了个尽兴。一个小时后，董子辰看看挂钟，对静怡说："差不多该去门口找叔叔他们了。"

静怡却拦住他，一派认真道："哎呀，你叔叔和我姐姐是在约会，他俩是在谈恋爱呢，巴不得我们别去打扰。所以我们再多玩一会儿，让他们也多约会一会儿呗！"

"可是，我们晚过去，他们不会生气吗？"

"绝对不会！"静怡一脸笃定，"你想想啊，谈恋爱是需要亲亲和抱抱的，故事书里的王子和公主都是这样的，电视剧里的男主角和女主角也是这么演的！而亲亲和抱抱都需要时间，只有他们俩今天亲够了、抱够了，我们俩才会有下一次出来玩的机会！"

静怡努力表达，子辰秒懂，不禁心服口服道："我明白了。静怡，还是你聪明啊。那我们晚一点儿再出去吧！"

他俩彼此对视，郑重地点了点头，却不知这番话全被身后的董晟和梁韵怡隔着栅栏听见了。

梁韵怡扶额，喃喃道："现在的孩子脑袋瓜里都在想什么啊？他们都是从哪儿看的奇奇怪怪的故事书和电视剧啊？"

"这个问题我也思考过。"董晟笑得合不拢嘴，一把揽住女朋友的肩膀，"但他们也没说错，我巴不得没人来打扰。走吧走吧，我们再去附近转一圈。"

"哼，专往人少的地方转悠。"她轻声吐槽。

"你说什么？"

"没什么……"

董晟扬眉，又笑了："你说得对。毕竟就像孩子们说的，"他压低声音道，"我们总得找个地方，亲个够抱个够啊。"

这一年寒假的尾声，学校组织了一场以小组为单位的志愿者活动。

子辰和静怡自然是一组，还有王壮壮和其他几个孩子，一起在工作人员的指导下去公园清理垃圾。

这天，他们小组还来了一位特别引人注目的转学生。

她皮肤白皙，长发及肩，眼睛圆而明亮，颇有洋娃娃的模样，而且她的名字也很好听——夏晓雪。

"蒋老师说过，你是下学期要和我们一起读书的新同学，所以这次我们一起活动。你有什么需要帮助的，尽管问我！"作为组长，子辰绅士气度十足。

夏晓雪初来乍到，有些害羞，便腼腆地跟在他身后。

子辰热心地把其他同学一一介绍给她，多少让她放松了下来，于是整个过程，无论是听讲解、领工具，还是出发前去公园，她都是寸步不离地跟着子辰。

城市公园里，学生们凑在一堆说话，子辰像是在寻找着什么，左看看右看看。

管理员拍拍手："好了，接下来两人一组，开始劳动吧！"

夏晓雪自然而然地凑上前，眨着晶亮的大眼睛道："董子辰，我和你一组吧！"

岂料，子辰摆摆手："不好意思啊，我有搭档了。"他还贴心地喊来王壮壮与她配对。

夏晓雪弯眉微蹙，目光望向扛着扫帚胖乎乎的王壮壮，身体反而往子辰身边更靠了靠，娇声道："可我更想和你一组。你是我在这儿认识的第一个朋友。我们一组，好不好呀？"

子辰为难地犹豫片刻，但见一个女孩儿的身影从大门处"啪嗒啪嗒"地跑过来，气喘吁吁地停在自己面前。

子辰便不再迟疑："我的搭档来了，她叫梁静怡，是我同桌。我必须得和她一组。"说罢，他还小小地责怪起静怡来，"你怎么迟到了呀？我都等你好半天了。"

静怡拍了拍胸口，顺手从子辰书包的侧袋拿出一瓶矿泉水，拧开就喝："堵车，实在是太堵了。我也不想迟到的。"

"那你应该早点儿出门。这次活动要写作业卡的，你要是错过了，蒋老师会生气的！"

"不怕不怕，你借我抄一下就好。"

两人有说有笑的，扛起工具就往公园里走去了。

谁也没注意身后的夏晓雪讷讷地问了一句："为什么你必须和她一组？"

一转眼就到了正式开学的日子。孩子们高兴地聚在一起谈天说地，一个假期未见，蒋老师乍一见到大家，也是笑得合不拢嘴。

"王壮壮，你春节时一定吃了不少汤圆吧。你呀你，本学期一定要多多运动了。"

"梁静怡,你的字越写越漂亮了,本学期要继续加油!"

"董子辰,你长高了不少呀,越来越帅气了!"

"哦,对了,"瞧见一脸乖巧地候在教室门口的夏晓雪,她连忙迎进来,拍拍手对全班同学道,"这是新来的同学——夏晓雪。从今天起,她将和大家共同学习。"

在全场欢迎的鼓掌声中,蒋老师的目光扫向全班各处,寻找着合适她的座位:"她的身高,坐二三排都合适,我来看看……"

见王壮壮已然激动地举起了手,夏晓雪的目光幽幽转过,定格在某个座位上。

她随即仰头,怯生生地对蒋老师说:"老师,我能不能和董子辰坐在一起呀?因为寒假时参加小组活动,他是我认识的第一个朋友。"

夏晓雪一脸诚恳,说得合情合理。

而蒋老师灵光一现,也有了自己的想法。

"姐姐,你得帮我想想办法啊!"这天,在回家的路上,静怡始终耷拉着小脸,委委屈屈地恳求姐姐,拉着她的衣袖拽啊拽,都快拽破了,"你帮我跟蒋老师说说,能不能把我换回董子辰身边啊!"

梁韵怡牵着妹妹的小手,一阵苦笑:"只不过是换个座位而已,你和子辰还是在同一个班级。再说了,你们周末也能约着见面呀。姐姐保证,一定带着你俩一起玩!"

静怡的大眼睛里弥漫上雾气,喃喃低语:"可是我喜欢和子辰坐在一起啊。"

梁韵怡叹口气,她紧了紧妹妹的手,决定像对待大人一般和她讲道理。

因为确定下学期她要接棒三年级的课程,梁韵怡近来一直驻扎在三年级办公室,但偶尔她也会回二年级办公室喝咖啡闲聊。

恰好今天,蒋老师就把换座位的事儿说给她听了,也讲了个中缘由。

蒋老师是这么说的:"以前董子辰和梁静怡是班上两大调皮王,说实在的,我让他俩坐在一起,就是怕他们祸害别人。但现在情况不一样了,他俩都成了学霸,坐在一起就太可惜了,也得承担一些'先进带后进'的使命了。"她无奈地叹了口气,"夏晓雪的成绩册,我看过,小姑娘的学习状况不容乐观啊。让她和董子辰坐在一起,也是希望董子辰能带着她进步。而梁静怡去帮帮王壮壮也很合适,我经常看见王壮壮拿着数学题去请教她,那态度,比请教老师还要诚恳。她给王壮壮讲题时,王壮壮听得也分外认真。"

旁边的其他老师频频点头,梁韵怡也很理解她的安排。

她把蒋老师这番话一五一十地告诉了妹妹,又说:"另外,还有一点,蒋老师说,按照成绩,她在每个组都选了一位组长,组长需要帮老师处理事务,是老师的好帮手。之后,还会在所有组长里评选出最优秀的一位,获得'优秀组长'的称号。"

"嗯?"静怡已然像个受了委屈却还要佯装坚强的大人般,硬生生止住了眼泪。她眨巴着眼睛,似乎是听明白了。

"蒋老师说,你们小组的组长是董子辰,但其实你也很优秀,如果被换去另一组的话,按你的成绩也能担任组长。"

静怡讷讷道:"我今天被换去另一个小组后,已经做组长了。"

"静怡,所以你明白了吗?"

"嗯,我明白了。"她虽然听懂了,但依旧闷闷不乐。

那厢,几乎同样的一幕也发生在董子辰与董晟之间。子辰带着哭腔地恳请叔叔去问梁老师,能不能让蒋老师把静怡换回来。

他泪眼蒙眬地说:"叔叔,你就帮我问问吧。我是真的真的很不

习惯和夏晓雪坐在一起！不是夏晓雪不好，是我真的不习惯！每次一抬头看见是她，我心里都觉得怪怪的……叔叔，我求你了，梁老师是你女朋友，你就和她说说吧！"

后来，董晟把其中的利弊告诉他。

尤其是他说："静怡和你坐在一起，就做不了组长。但她去了另一组的话，她就也能成为老师的小助手，有更多锻炼的机会。兴许以后还能竞选优秀组长，成为小队长、中队长，甚至大队长。"

子辰的眼泪这才慢慢止住了。他错愕地张了张嘴，但又恢恢地闭上了。

像个大人一般权衡利弊之后，他重重地叹了一口气："叔叔，我听明白了……也许分开，对我和她都好。"

这句宛如电视剧中的台词，一时让董晟很想笑，但看着子辰的表情，又笑不出来。

所幸，两个孩子虽然分开坐，但他们的关系没有受到任何影响。

他俩分别做了组长之后，各自管理组员，收齐作业，做老师的小助手，竟也渐渐起了竞争之心，很快消化了心中的念念不舍。

"嗨，董子辰！"课间十分钟，静怡总会跑来找子辰，"你听说了吗？下周竞选优秀组长，获胜的人可以站在升旗仪式的领操台上，由校长亲自颁奖！"

说起校长，子辰不禁想起一年级时，他俩一起在会议室捉迷藏的往事。

他和静怡相视而笑，都觉得当初的自己真是初生牛犊不怕虎。

"哈哈哈哈，校长如果知道他颁奖的对象，是当初在会议室吓得他一屁股坐在地上，屁股疼了好久的人，也不知道会是什么表情！"

子辰咯咯笑个不停。

"想想就有意思。那我们可得努力获胜啊。"

"可惜,每班只有一个人能被选上。"

"我会加油的。董子辰,论成绩论表现,这学期我可一点儿也不比你差!我才不会输给你!"静怡展眉道。

"你不比我差,但也不比我好多少。我也一定不会输给你的,等着瞧吧!"子辰道。

他俩说得雄心壮志,谁也没留心一旁的夏晓雪。拿着作业本想问董子辰问题的她已经默默等待许久了。

好不容易等到静怡离开,她连忙上前问作业题。

子辰虽然很有耐心,但连说了三遍,她依旧似懂非懂,子辰也不由得烦躁起来。

子辰抓抓头发:"这道题明明很简单,你为什么做不来啊?"他又叹气,"静怡就从来不会问我这种题。"

他是真的不明白,分明是一眼就能得出答案的题目,他也细心讲解了,夏晓雪为什么就是听不懂?

但见夏晓雪的大眼睛眨呀眨,一副欲哭无泪的模样,子辰顿时又慌了,忙不迭道:"没事儿没事儿,我再说一次,你仔细听啊!来,这一遍,我从头和你说……"

夏晓雪这才破涕为笑。

这回,她总算听懂了,也终于答对了。

子辰如释重负,他想再去找静怡聊聊天,却听见夏晓雪似乎说了什么。

"你说什么?"他没听见,却也没怎么在意。

而夏晓雪悄悄说的那句话是:"董子辰,谢谢你。我会报答你的。"

距离竞选日越来越近，在竞选的前一天，却发生了一件令人意外的事情。

中午时分，也不知道夏晓雪对子辰说了什么，子辰愤怒得腾地站起身，动作大到连桌椅都为之摇晃。

他凶巴巴的表情和摇晃的桌椅吓到了身边的夏晓雪，只见她一屁股跌坐在地，脑袋还撞在了地上。

这是第一次，董晟和董坤一起匆匆赶到学校，处理由子辰引起的伤害事故。

医务室里，夏晓雪的妈妈厉声道："我女儿脑袋这儿都肿起来了！不行，光靠冰敷怎么行，万一有内伤怎么办？我们要去医院拍片子，做全面检查！你们得全权负责！"

家长如此态度，医务室老师自然不敢说什么。

蒋老师帮忙打圆场："董子辰的家长也快到了。夏妈妈如果需要带晓雪去医院拍片，那就让董子辰的家人跟着一起去。"

"那当然啦！"夏妈妈横眉冷对，"是董子辰把我家孩子推倒在地的吧，他们当然要负责到底！"

蒋老师吞了下口水："也不能说是推，当时董子辰很生气地站起来，动作幅度太大，桌子就晃了晃，所以夏晓雪被吓到，就摔地上了——孩子们都是这么说的。"

"那也就是，董子辰推倒桌子，桌子推倒我女儿。"夏妈妈尖声道，"不就等于是董子辰推了我女儿吗？"

"也不能这么说……"蒋老师虽然害怕这样音量高八度的家长，但还是硬着头皮道，"桌子就晃了晃，没倒。连夏晓雪自己也说，是她吓了一跳，自己摔地上的。"

夏妈妈如牛魔王般喘着粗气，转头问女儿："是吗？是你自己摔的？"

夏晓雪迟疑片刻，点了点头。

夏妈妈顿时有点儿吃瘪——这傻女儿竟一点儿也不配合她！

她无可奈何，却还不甘心道："不管怎么说，那个男孩儿这么粗暴地吓唬我女儿，他就没错吗？我家晓雪从小胆子就小，一点儿错都不敢犯的！这次居然被吓得摔地上了！"

董坤赶到时正好听见她这段话，好声好气道："我儿子有什么粗鲁无礼的地方，我回家后一定教育。"他从蒋老师那儿得知夏妈妈的要求，"你们要去医院拍片检查，费用我可以全部报销，真心抱歉。只是……"

他顿了顿，一旁的董晟就接着道："蒋老师，我们能问问，子辰究竟是为了什么事情这么生气吗？我们家子辰平时并不是个脾气粗暴的孩子。"

"哦，事情是这样的……"

蒋老师正想开口，夏妈妈却厉声打断："不管是为什么，那个董子辰这么吓唬人，就是不对的吧！"

蒋老师没有干涉她的情绪表达，只是陈述事实道："这事儿我也是刚刚才问清楚的——明天是竞选优秀组长的日子，夏晓雪对董子辰说，她已经给班上的女孩儿都送了公主贴纸和水果糖，让她们务必投票给董子辰。董子辰一听，非常生气，就发生了这一幕。"

原来如此。

夏妈妈的脸顿时涨得红如猪肝，方才听夏晓雪怯生生地承认时，她就已经觉得丢人了。

她拉不下面子，嘴硬道："哼，我家孩子还是太单纯，这竞选关

她什么事儿,她是纯好心而已,千不该万不该,她同桌就不该这么吓唬她……"

末了,夏妈妈唠叨够了,就带着女儿回家了,没再提去医院做检查的事儿。

董坤和董晟向蒋老师告别后,领着子辰回家,在校门口遇到了闻讯赶来的梁韵怡。

梁韵怡一个箭步跑到子辰面前,半蹲下身地看着他。她温柔又关切的眼神让孩子顿时绷不住了,小嘴一瘪,"哇——"的一声哭了出来。

"梁老师,我不是故意的,我没想到她会摔倒,还撞到头……"子辰抽抽噎噎,"我只是很生气很生气。我努力了很久,我好好学习、好好考试、好好管理组员,我就是想和静怡公平竞争的。谁站上领奖台都没关系,我只希望和静怡公平竞争!但是夏晓雪却告诉我,她帮我作弊了,我、我的努力都白费了啊!我就算选上了也是假的!我心里好难过啊……"

"我明白,我明白的!"

子辰哭得撕心裂肺,哭得三个大人围着他都不知所措。梁韵怡一个劲儿把他往怀里搂,轻拍着他的背,但依旧止不住他的号哭。

直到,一个小小的身影从教学楼里窜出来,跌跌撞撞地径直向他们跑过来。

梁韵怡一见她,便徐徐松开了子辰。

她知道,真正能安慰子辰的那个人来了。

静怡喘着粗气。她是见到蒋老师回教室,知道子辰被家长带走了,才一路从教室飞奔过来,连辫子都快散开了。

她有重要的话要对子辰说。

她顾不上额前的碎发,上前拉住子辰的手,一双清澈如水的眼睛凝望着他,说:"喂,董子辰,我已经对蒋老师说了,我退出明天的竞选。"

"为什么?"董子辰错愕地看着她。

"为了能和你公平竞争啊。我可是你的小姨,我怎么能在竞选上占你便宜!"静怡说得信誓旦旦,"放心,我问过了,每个学期都会有竞选的。这次不行,就等下次呗。我才不怕呢,反正我每个学期的成绩都会这么好的。"

"可是……"

"难道,你怕了吗?"

"不,当然不是……你不怕,我就更不怕了,我的成绩怎么可能比你差!"

"那你还哭什么呀?"静怡灿烂一笑,如阳光拨开云雾般明媚,"我们下个学期见分晓。"

子辰就这么止住了哭泣,只有泛红的眼眶和脸颊上的泪痕展示他此前的难过。他的手与静怡紧紧相握:"好,我们下个学期,见分晓!"

第二天,董子辰和梁静怡双双缺席竞选,让另一位原本没什么胜算的同学意外拔得头筹。

董晟起初还担心孩子们的情绪,让梁韵怡在校时多观察一下。

但从梁韵怡那儿得来的反馈却是:"你想多了,子辰和静怡都高兴得很呢。"

"哦?"

"蒋老师刚来告诉我,说夏晓雪的妈妈气消了,也没再提去医院检查的事儿了。侙是她强烈要求换座位,于是蒋老师便安排夏晓雪和王壮壮做同桌了。"

"也就是说,静怡又回到子辰身边了?"董晟惊喜道。

"对呀。"

其实蒋老师也很担心子辰的情绪,而她也明白,能治子辰心病的良药就是静怡,所以什么"先进带后进"之类的,就被抛之脑后了。

"所以今天,子辰和静怡简直喜上眉梢,像两只画眉鸟似的叽叽喳喳个不停。静怡的组长被换了,子辰就说他的组长可以让给静怡做,但静怡似乎并不怎么感兴趣。确切地说,我觉得他俩对当组长都不是很在意。"

董晟了然,可能对子辰和静怡来说,能做同桌比做优秀组长的荣誉,要重要得多啊。

自从夏晓雪受伤事件之后,董坤忽然察觉,自己长久以来忙于做生意,疏忽了对儿子董子辰的陪伴。

于是,他忽然奋起想要做个好爸爸,周末推辞了应酬,准备带儿子出去玩,却意外地惨遭儿子拒绝:"爸爸,你说你要带我去游乐场?嗯……还是算了吧,让叔叔带着我玩,挺好的。"

子辰这么说。他心里打着小算盘呢,只有跟着叔叔出去玩,他才能和静怡碰面啊。

然后董坤又雄心壮志地想要管管儿子的功课,他特意取消了视频会议,端坐在儿子的小书桌前翻开儿子的作业本,却只看了几行字就觉得犹如看天书。

子辰说:"爸爸,你不用管我的功课。数学题有规定格式的,你又不懂,我自己可以完成的。"

的确,就凭他的聪明劲儿,哪还需要爸爸操心啊。

然而董坤不甘放弃,又激情昂扬地想要参加儿子的家长会,却依旧惨遭拒绝。

只是,这回拒绝他的人竟是董晟:"哥,你说你要去参加孩子的家长会?不用了吧,你大概连子辰的教室在哪儿都搞不清楚呢。让我去就行。"

董坤还想燃烧一把父爱:"我的确搞不清楚,但问一下就知道了啊。我毕竟是子辰的爸爸,总该和老师多多沟通孩子的情况。"

董晟哭笑不得:"哥,真的不用。班主任蒋老师早就习惯了有事儿联系我。让我去就行。"

董坤见状,这才后知后觉地回味过来:"哦……哦,我明白了。"

董晟嘿嘿一笑:"明白就行。看破不说破。"

家长会对董晟而言,意义重大,他和梁韵怡就是由此认识的。况且,关于这次的家长会,他和梁韵怡早早地就打了个赌。

这学期,苗苗小学要参加全市统一测试,包含语文、数学、英语和体育学科。

对此,老师们纷纷如临大敌,近来已经带着学生进入全面复习状态,往年惯例的期中家长会也延期到了测试之后。

为了鼓舞士气,蒋老师一早就宣布,四门学科全部拿到"A"的学生可以获得"学习之星"的荣誉称号。蒋老师连奖牌都买好了,好大一块奖牌,金光灿灿。如同向日葵一般的奖牌,一拿出来就引得学生们赞叹一片。

梁韵怡和董晟约会时,提到了这个事情。

董晟正开车载着梁韵怡兜风,把车停在了僻静处,两人索性就坐在后车座上闲聊。

"今天蒋老师遇到我,让我给静怡多多复习,她很看好静怡能拿到'学习之星'。"韵怡靠着他的肩膀道,"但是蒋老师提醒我,静

怡的语、数、英三门不在话下,可体育稍稍弱了一些,尤其是跳绳这一项,成绩总是介于'A'和'A-'之间。"

董晟揽过她的肩膀,在她额头上轻轻一吻:"子辰的体育倒是稳扎稳打,但近来数学有些飘了,时不时犯点粗心的错误。"他问,"你觉得,子辰和静怡,谁能获得'学习之星'?"

梁韵怡被他圈在怀里,骄傲地仰头:"我可是梁静怡的姐姐,我当然信静怡!"

他低头碰了碰她的嘴唇,好笑道:"那我是董子辰的叔叔,我也信他!"

四下昏暗,嘴上的触觉神经越发敏感,那湿润而柔软的相碰简直令他沉醉不已。他恋恋不舍,吻过又吻,意乱情迷之间,他忽而心生一个主意。

"不如,我们打个赌?"

"什么赌?"她的双手轻轻撑在他胸前,红着脸问。

"如果子辰拿到'学习之星',就是我赢了;如果静怡拿到,就是你赢了。如果他们谁都没拿到,我们也就不分输赢。"

"那赌注是什么?"她轻轻喘息着问。

"赢家可以提一个要求,而输家就得愿赌服输。"

梁韵怡眨了眨眼:"我怎么觉得,你没安好心?"

董晟哈哈大笑,捧着她的脸庞又是一阵亲昵。

为了这个赌约,董晟这个叔叔越俎代庖,完全取代了子辰老爸的位置,全方位带领他复习迎考。

对子辰的每份作业和习题,他都亲自过目,还额外买试卷为子辰查漏补缺,谆谆叮嘱子辰改掉粗心的陋习,连体育也毫不放松,无论是跑步还是跳绳,每天都得盯着子辰扎扎实实地练上一轮,直练得子辰大汗淋漓。

子辰本就优秀,经过一周的特训,更是胸有成竹——好吧,胸有成竹的其实是董晟,自信满满的他已然开始幻想赢下赌约之后的种种了。

然而,等测试结束,坐在家长会上的董晟却错愕地听见蒋老师宣布,获得"学习之星"称号的同学是:"梁静怡同学!她是本班唯一一位四门学科全部得'A'的同学,恭喜恭喜。"

梁静怡显然愣了一下,之后才微笑着在一片雷动的掌声中起身致意。


这天回到家后,董晟一把拉住想往卧室里钻的子辰。

他看着子辰的眼睛滴溜溜一转,顿时心下明白了三分。董晟语气严肃:"董子辰,老实交代,你的体育只拿了'A-',是怎么回事?"

要知道,从一年级开始,子辰的体育就没下过"A"。

"呃……测试跳绳的那天,我一不小心被绳子绊到,就摔了一下,没能发挥好!"子辰说得极为诚恳,简直字正腔圆,却反而显得心虚。

董晟狠狠捏了把他的小脸蛋:"说实话。"

脸快被捏成"饺子皮"了,子辰这才求饶地坦白从宽:"叔叔,我说我说!我是故意摔一下的。"

"为什么?"董晟笑道,"是为了静怡?"

"你怎么知道的?"

"你还能为了谁!"

"那你都知道了,还问我干吗呀。"子辰讪讪一笑,"上次竞选优秀组长的事儿,是我连累了静怡。所以我心里一直很愧疚。这次我看出来了,静怡很想拿到'学习之星',她说那个奖牌特别漂亮,她

超喜欢。所以我就稍稍，让了她一下……但你别告诉她啊，千万千万别告诉她！她要是知道我是故意让她的，肯定得生气！"

"你小子可真伟大啊。"董晟无奈地笑了，"只是叔叔我被你害惨了。"

"为什么？"子辰问。

董晟便把赌约的事儿告诉了子辰。子辰错愕地张了张嘴，又问："那叔叔，如果你赢了梁老师，你想提什么她不能拒绝的要求呢？"

董晟一怔，轻轻咳嗽一声："我其实也没想好，就想着先赢了再说，哪知道你这小子给我掉链子！"

子辰看着叔叔的脸居然微微红了，忽而露出一副恍然大悟的表情："哦，哦！我知道了，叔叔，你！"他激动得一拍大腿："你是不是想趁机向梁老师求婚？让她不能够拒绝你！"

董晟一愣，随即哭笑不得地捂住了脸。

其实，他并不是没想过"求婚"，确切地说，和梁韵怡在一起的每一个温馨的时刻，他都会自然而然地想要永永远远地拥有她。

"叔叔，"子辰顿时紧张起来，"我是不是做错了？我破坏了你的求婚计划？"

"不，不是的。"董晟回过神来，连忙宽慰道，"梁老师大学都没正式毕业呢，求婚还太早了。"

子辰好似松了口气："那叔叔，等你要求婚的时候我再发力，好不好？到那时候，我一定会全力以赴的！"

"好呀，一言为定。"董晟笑着，摸了摸侄子的脑袋。


于是乎，情况逆转。信心满满地制定了赌约的董晟，眼下却成了输家，得听从梁韵怡提出的要求，不容拒绝。

他其实很好奇梁韵怡会提什么要求。

千想万想，没想到这天晚上，梁韵怡带着一只大袋子，拉着他进了咖啡馆的包厢。她从袋子里面拿出几个小饭盒，笑吟吟道："愿赌服输，现在就请你把这些我做的菜，统统吃光光吧！"

董晟诧异："这几个菜，都是你做的？"

"嗯。"梁韵怡含笑点头，"彭飞近来实习很忙，日夜颠倒还总是吃外卖，苏苏就学着做家常菜给他吃，于是我也一时兴起跟着她一块儿练练手，还挺有趣的。你尝尝？"

董晟不禁心下感动，忙不迭打开饭盒盖子。可看到里面奇奇怪怪的食物时，他却面露难色："韵怡，这是什么？"

"这是鱼香茄子啊。"

"哦，那这盒是？"

"麻婆豆腐，很开胃的。"

"嗯……那么这个是？"

"这你都不认识了？这是番茄炒蛋啊！"

"是，是吗？"

"别愣着，快尝尝啊。"梁韵怡催促，殷勤地递筷子给他。

盛情难却，尤其是心爱女友的盛情，便是上刀山下火海也不能辜负的。

董晟小心地夹了几筷子，一一送入口中，随即硬生生地吞下，喃喃叹道："果然是，愿赌服输。"

梁韵怡一怔："怎么，很难吃吗？其实我做完之后还没尝过，因为苏苏说……"

"她说什么？"董晟还在不停地吞口水，指望口水能冲淡嘴里那奇奇怪怪、不辨咸甜的味道。

梁韵怡忽而狡黠地笑了，秋水盈盈的眼睛眨呀眨："苏苏，她让我千万别尝，因为万一很难吃的话，我说不定就一时心软不拿给你吃了。而她做完之后也一口没尝，当场就全部端给彭飞了。"

"请问，彭飞现在还活着吗？"

"当然！"她伸手捶他，"彭飞虽然吃得很勉强，但活得好好的。彭飞说了，不管做得好不好吃，只要是苏苏做的，他都要吃光。"

董晟醍醐灌顶："哦，我听懂了。这就是你一口不尝，拿来给我吃的原因。女人之间可怕的攀比心哟。"

"那你吃吗？吃吗？"梁韵怡嗔道。

她难得露出娇蛮的一面，让董晟把桌子吃下去，他都心甘情愿。

"你先给我倒杯水，多倒点儿，我一定能吃完。我可不能输给彭飞，也不能让你输给苏苏！"董晟甚至悲壮地挽起了袖子。

梁韵怡喜笑颜开，她伸手勾住了董晟的脖子，凑上去吻住了他的嘴唇。

"够了够了，我可不想看着你把自己吃进急诊室。"

她羞涩地轻轻啄他，换来了董晟肆无忌惮的热吻、深吻。

他搂着她，紧紧按在沙发上，陷入沙发内。唇齿摩挲之间，梁韵怡好不容易仰头喘口气，轻叹一声："天哪，这味道好像真的很难吃，我是不是放错了调料……"

董晟又执着地欺身上去，咬在她耳边低语道："真的很难吃，太难吃了，所以，乖，让我多吻你一会儿。"

梁韵怡被吻到浑身酥软，大脑缺氧之际，她如同踩在云端，不假思索道："那以后可怎么办呀？"

"什么？"

温热的吐息沾染上脖颈，梁韵怡怕痒地缩了缩脖子，半闭着眼脱口而出道:"那以后结了婚,天天得吃这么难吃的菜,你可怎么办呀?"

霎时间,董晟的动作停了。

而梁韵怡理智回归,也瞬间尴尬地坐起身,脸颊通红,说话结巴:"我,我的意思是……"

"你的意思是?"他低头凝视着她。

"啊呀,我……还不是因为苏苏,她成天念叨着和彭飞结婚的事儿,所以我也耳濡目染跟着想了想。"

"所以,你也想过?"他问她。

她咬着嘴唇不说话。她当然想过,每个陷入热恋的女孩儿,婚姻自然是遐想中必不可少的一环,只是她才不好意思明说呢。

等等!他刚才说什么?他说,你"也"想过?

梁韵怡仰头望着他:"你,也,想过?"

董晟握住她的手:"当然。不止一次。"

他们彼此凝望,气氛竟比方才热吻时更加浓烈。梁韵怡心跳如鼓,简直呼之欲出,她慌忙侧过身子:"啊呀,时间差不多了,我该回家了。"

"韵怡,"董晟却捉着她的手不放,冷不丁道,"你嫁给我吧。"

当然,这场突如其来的求婚,并没有得到回应。

梁韵怡如同一个大番茄般站起身:"喂喂,明明是我赢了赌约,怎么变成你提要求了?"

董晟这才冷静下来,他当然明白眼下并不是求婚的好时机,韵怡甚至还没毕业呢。他轻笑一声:"好。那下一次的赌约,我势在必得。"

"哼,那就下次再说。"说罢,她背起包一溜烟儿逃回家去了。

这一年六月,阳光灿烂的日子,梁韵怡终于正式从 X 大学毕业了。

她兴致勃勃地与朋友们在草坪上合影留念,而梁家父母则等候在草坪的另一边,身旁还站着身为男朋友的董晟。

董晟颇为紧张,这是他第一次正式见未来的岳父岳母。

然而,紧张的可不单单只有他,梁韵怡一边拍照一边也牵挂着那边的情况。

待到所有纪念照拍摄完成,她忙不迭地回来,趁着父母与苏苏的家人寒暄之际,她默默挪到董晟身边,问他:"我刚才看见,你和我爸妈聊了很久啊。你们都聊了什么?"

"你爸妈问了我一些常规问题,例如年龄、学历、工作、家庭情况等等。"董晟低头看着女友穿学士服的模样,真是可爱极了。

"没别的了?"她扬眉,"你没对我爸妈乱说话吧?"

"我能乱说什么呀。"董晟笑了,决定逗逗她,"哦,对了。我和你父母还聊了聊,关于我们上次的赌约。"

"什么?"梁韵怡大惊失色,"你聊这个干吗呀?"

"只是自然而然聊起的。"

"那,你们具体聊了什么?"梁韵怡急得龇牙,她可不想一回家就被盘问个不停。

"就聊了赌约啊。"偏偏董晟还装傻充愣。

"不行,你得老实交代,一字一句地交代,连标点符号都不能漏!"

董晟这才笑了,轻轻揽住她的肩膀道:"怕什么,我有分寸。我只聊了赌约里能告诉你父母的内容——我说,我和你打赌,子辰和静怡谁能获得'学习之星',最后还是静怡争气,让你赢了。"

梁韵怡眨眨眼:"没别的了?"

"没了。"他俯下身,凑在她耳边,呢喃道,"毕竟赌约的其他部分——例如那天在包厢沙发上的种种,又例如他们女儿幻想着嫁给我之后天天给我做难吃的饭菜,我觉得还是不告诉他们为好。"

"哼,算你识相。"梁韵怡耳根子一酥,却还嘴硬道,"明明你也想过要和我结婚的事儿。而且那天你还主动向我求婚了,是我没有答应好不好!"

"哦,的确!"董晟扬眉,"我现在想来仍然觉得很伤心,那我得和你父母好好聊一聊赌约的延伸部分了。"

"啊呀,我不是这个意思,你快回来!"

第八章 我势在必得

半年之后,梁韵怡留在苗苗小学正式任职。

她接替一位退休教师的班级,刚上任时遭到不少家长的质疑——班主任由一位资深老教师换成一名应届毕业生,家长们自然会有微词。所幸,梁韵怡虽经验不足,但勤能补拙,在兢兢业业了大半个学期后,总算获得了大家的认可。

而董子辰和梁静怡升入三年级之后,依旧"蒸蒸日上",眼下已经成了三(1)班的两位大队长候选人,即将参加最后的竞选。

"你等等,我马上就好。"梁韵怡一手调试电脑,一手握着正与董晟视频通话的手机,"子辰和静怡刚进演播大厅,还没轮到他们上台呢……哦,我调到直播频道了,能看见了!"

她把手机架在电脑屏幕前。

屏幕里,两个孩子正静静地在候场区坐着。

"静怡看着有点儿紧张啊。"梁韵怡微微蹙眉,"她准备了整整一个星期,都不肯让我帮她看看稿子。她说要靠自己,要和子辰公平竞争。"

"子辰也是,"董晟道,"说要和静怡公平竞争。你觉得他俩谁能选上?"

"我是梁静怡的姐姐,我当然信她!"

"那我是董子辰的叔叔,我当然信他!"

两人如是说着,竟觉得眼前的这一幕似曾相识,便默契地笑了起来。

"啊呀,子辰上场了!"梁韵怡道。

今天的董子辰格外朝气蓬勃,校服是昨晚刚熨烫过的,上衣挺括,裤线笔直,头发上还偷偷抹了点儿定型水。他站姿挺拔,如同一株朝

阳下的小树苗，刚站定就敬了个标准的队礼，朗声道："大家好，我是三（1）班的董子辰……"

准备充分的他如行云流水，侃侃而谈，在罗列了自己的各项优势之后，还不乏幽默地自我调侃了一句。

"在座的诸位老师，很多都是教过我的。想必你们也知道，一年级时我是班里出了名的两大调皮王之一。但是现在，我自信自己是三（1）班最优秀的学生，我自信任何一位老师或同学都会为我的进步而竖起大拇指。"

台下的几位老师纷纷笑了，笑得最欢的竟然是校长——董子辰的话唤醒了他的记忆。

眼前这位英姿勃勃的候选人，不正是当年在会议室里玩捉迷藏，吓得他屁股开花的人吗？

校长也不记"仇"，反而好奇地问他："董子辰同学，能谈谈是什么改变了你，让你取得了如此显著的进步吗？"

董子辰顿了顿。他显然没料到会被校长提问，此刻大脑正飞快地运转。

在短暂的停顿之间，他不由得瞥了一眼台下坐着的静怡。

静怡正静静地仰头看他，嘴角微微扬起，似是用口型对他说了一句——加油。

子辰不禁笑了，仿佛瞬间吸收到了一股能量。他当然记得是什么改变了他，那个温柔得让子辰想喊她"婶婶"的梁老师，和梁老师那个似乎永远能带给他勇气的妹妹。

当然，这些皆是他不会说出口的秘密。

待到校长用探寻的口气又问了他一次，子辰这才抬着下巴，激情昂扬地道："是苗苗小学浓郁的学习氛围、严谨的校风传统，还有老师们对我孜孜不倦的鼓励和教诲，让我渐渐体会到力争上游的乐趣。我能够站在今天的演讲台上，得感谢每一位曾经带我进步的老师和同学！"

一番话，说得校长更乐了，还轻轻鼓了几下掌才喊下一位上台。

轮到梁静怡上台，亦是英姿飒爽的模样。

她长长的头发被梳成干脆利落的高马尾，额前的碎发都一一夹起，显得整张脸庞越发饱满，朝气蓬勃，像一朵喝饱了露珠的向日葵。

"大家好，我是三（1）班的梁静怡……"她的声音清脆，将自己的优势娓娓道来，说到结尾处也跟着幽默了一把，"其实，在座教过我的老师们也知道，我就是刚才董子辰同学所说的，昔日（1）班两大调皮王中的另一位。"

这下，校长笑得眼角起了一堆褶子。他也认出来了，当初让他屁股开花的另一位"罪魁祸首"正是眼前的梁静怡。

"真没想到啊，梁静怡同学，你的进步也这么大。"校长由衷地感慨，也问了同一个问题，"那是什么改变了你呢？"

梁静怡笑了："起初，是不想让支持自己的家人失望。"她想起弄丢奖牌时，姐姐是如何从容地让她放心，她说一切都由姐姐来搞定，"后来，是不想让自己要好的朋友失望。"她想起自己与子辰的约定，为了撮合姐姐和董叔叔，与他日日刷题奋斗的日子，"再后来，自然而然地，我也不想让看好我的老师和同学们失望了。当然，今天能获得大家的称赞，是我今天最大的收获。"

台下，校长笑得都快成一朵牡丹花了。

梁韵怡关了电脑上的直播频道,握着手机与董晟继续视频。

"真没想到,两个孩子的临场反应都这么厉害。"梁韵怡感叹着,"时间过得真快啊,明明当初还只是两个犯了错误只会哭鼻子的小屁孩儿。"

"时间当然过得快,不知不觉,我们俩都在一起一年多了。"董晟道。

"啊呀!"梁韵怡羞道,"办公室随时会有人进来的。"

"好吧。"董晟笑了,"那我们来聊聊正经事儿吧。"

"什么正经事儿?"

"韵怡,"他顿了顿,"不如这次,我们再立个赌约?"

"哦,什么赌约?"

"老规矩。如果子辰选上了,就算我赢;如果静怡选上了,就算你赢。赢的人提要求,输的人则愿赌服输。"

梁韵怡一愣,斜睨着手机屏幕里的他:"我怎么觉得,你又不安好心了?"

"怎么,你怕了吗?"

"我才不怕呢……"她刚说一句,办公室的门就被推开了,她忙不迭说了结束语,"我得去忙工作了,先不聊了,拜拜。"

十多分钟后,待到梁韵怡抱着一沓作业本回来,才发现手机上是董晟的留言:你没反对,我就当默认了。我们的赌约成立,下周见分晓。

在未来的一周里,参选大队长的候选人简介被一排排地张贴在走廊里,迎接全校师生的注目礼。

投票和统计的工作持续了整整一周,终于,在周一早晨的升旗仪式上,校长站在台上,一手握着名单一手拿着话筒,宣布道:"接下来宣布三年级的大队长名单……经过全体三年级同学的投票,三年级的大队长是——"

很多很多年之后,董子辰依旧记得那个周一的早上。

他想起,晨起吃早餐时的忐忑不安,想起一抬头,发现连叔叔都紧张得拿着空杯子在喝水。

他想起入校时遇到静怡,两人互道了一句早安,静怡还笑着说如果他赢了,一定得请她吃顿好吃的;他想起蒋老师一进教室就给了他俩一人一个大大的拥抱,说不管谁赢了,他俩都是(1)班最棒的好孩子;他还想起,隔着一条长长的走廊,站在四年级门口收作业的梁老师瞧见了他,给了他一个无比灿烂的笑容。

当然,他记得最清晰的一幕还是在校长宣布大队长名单的那一刻。

那一瞬间,他似是耳鸣了,那个说出他名字的声音显得那么遥远和不真实。但是周围欢呼着向他涌来的同学们却是真真切切的,他们拉着他的手又蹦又跳,激动地喊着他的名字。

但是,他充耳不闻。

他的目光越过人群,定定地追寻着不远处的那个身影。

目光的终点,是静怡静静地站在那儿,嘴角上扬微微而笑,还用口型对他说了一句话。


得到消息的那一刻,电话那头的董晟乐得连声音都在发抖。

梁韵怡哭笑不得,想起他们之间的赌约,不禁心神不宁地喃喃道:"喂,你……"

此刻,董晟脑海里只有一个念头:"等会儿放学我来接子辰,我要带他好好庆祝一下!"

"哦,对了。"梁韵怡想起来了,忙说,"子辰刚刚跑来找我,

让我转告你,今天放学后你不用来接他了,他还有事儿,办完了他自己能打车回咖啡馆。"

"啊,他能有什么事儿?"董晟一愣。

"他还说,虽然不用你来接他放学了,但你能不能把他存压岁钱的小包送过来。"

"哈?"

因为在升旗仪式上,隔着欢呼雀跃的同学们,静怡静静地朝子辰微笑,用口型说的那句话是——董大队长,我要吃比萨。

随着子辰荣升为年级大队长,梁韵怡也无奈地前来面对自己赌约失败的结果。

这天晚上,梁韵怡踏入相逢咖啡馆,才发现四下无人。

"你是我今晚唯一招待的客人。"董晟迎了出来。

梁韵怡施施然坐下,仰头看着他:"所以,你提出的要求是什么?"

"你猜。"

周遭的灯光被特意调得昏暗,董晟还在角落放了星星点点的烛火,斑驳的光影投在墙上、天花板上——这是一种极浪漫的氛围,仿佛预示着今晚一定会发生些什么。

"嗯……上次,我做了几道口味奇怪的菜给你。今天,你莫非要回敬我几杯古古怪怪的特调咖啡?"她努力地猜。

"上次吃完你做的菜,我胃疼了整整一个晚上。所以今天,我可不忍心伤害你的胃。"

"喂,上次我已经让你别吃了。"

"可我也不能让你输给苏苏啊。"

他说得理所当然，梁韵怡不禁低头莞尔，转眼间却见董晟端出几个饭盒来，一溜儿摆在桌上。

她凑上前，好奇地问："这些是什么呀？"

董晟一一打开，自信满满地展示："显而易见，这几盘是——鱼香茄子、麻婆豆腐，和番茄炒蛋。"

她难以置信地拿起筷子，每样都尝了一口，随即面露惊喜之色："哇，味道很不错啊。"

"还有这一盘，五分钟前刚刚出锅，还热乎着。"他又端出一盘干煎带鱼，一脸骄傲道，"这可是我半年来勤学厨艺的巅峰菜色，随意品鉴。"

梁韵怡吃了一块带鱼，酥香可口，的确无可挑剔。

她边吃边问："你这半年来一直在提升厨艺？你没告诉我呀，为什么？"

"没告诉你，是想给你一个惊喜。而勤学厨艺是因为，不想日后被你'毒死'。"他开玩笑道。

"哪有这么夸张啊。"

"没办法，既然你不擅长，那就只能由我来擅长了。"董晟的目光定格在她秀丽的脸庞上，意味深长。

梁韵怡羞涩地咬了咬嘴唇，埋头又吃一口："所以，你提出的要求是什么？是让我吃光这些菜吗？虽然味道很不错，但是……好吧好吧，我勉强可以做到。哎，苏苏和彭飞就快要结婚了，我原本还想减减肥好穿伴娘裙呢。"

"那你可能不用减了。"他笃定道。

"嗯？"

"因为，你应该做不了他们的伴娘了。"

"啊？"

"我刚才已经说过了，我才不会让你输给苏苏。在任何方面都是。"他说着，忽而从口袋里取出一个戒指盒，静静地摆在桌上。

丝绒的质感在静谧摇曳的烛光下，有着独一份的仪式感。

一种令女孩子忍不住要双手捂嘴的仪式感。

梁韵怡的呼吸都随之凝滞了，她当然猜到了盒子里是什么。其实无论是她还是他，都没有忘记，他们的上一次赌约是以董晟的那句话作为结尾的——下一次的赌约，我势在必得。

他势在必得地，让她嫁给他。

此刻，董晟清清嗓子，正式地提出了他身为赢家的要求："现在，请你打开这个盒子，然后让我为你戴上里面的东西。"

"我……"

"韵怡，愿赌服输。"他柔声，却又不容拒绝地提醒她。

梁韵怡迟疑片刻，才仿佛认命般地打开了盒子。

钻戒在昏暗的光线下，依旧璀璨得宛如一场旖旎的梦境。董晟将戒指轻轻戴在她的无名指上，正正好好，宛如天作之合。

梁韵怡久久凝视着指尖的这抹璀璨，一时恍然失神，一时又动容得眼眶泛红："真美啊。"

董晟不禁得意，说："我选了很久很久，绝不会让你后悔打开这个盒子。"

她仰头看着他，俏皮地眨眨眼："那如果，我今天就是耍赖了呢？"

他便笑了，伸手紧紧握住了她，笑得自信满满："不会的。"

"哦？"

"韵怡，我知道你不会拒绝我的。"

"哼，真不知道你哪儿来的自信，但……"梁韵怡顿了顿，抿嘴低语，"好吧，你猜中了。"

无论有没有赌约，她，都不会拒绝他的。

于是，一个简单却缠绵的拥抱，最适合成为一场求婚的完美收尾。

"所以，董太太，现在你可以修正一下当初的幻想了。"董晟拥住她，忽然道，"我们结婚之后，由我来负责做饭——相信我，这对你和我的胃都好。"

时间如白驹过隙，春华秋实，四季轮转之间，董晟与梁韵怡已经来到了婚后的第二年。

这一年，子辰和静怡临近小学毕业，董晟参加了子辰小学阶段的最后一次家长会。

台上，班主任蒋老师聊着学生们的毕业情况，以及各种填资料的事宜。

台下就发生了如此奇妙的一幕——

董晟填完了子辰的毕业信息表，坐在他身边的一位年长的男人眯眼戴起老花镜，却依旧看不懂填表细则。男人拍了拍董晟的肩膀："女婿，你帮我看看，这儿该怎么填啊？"

董晟干脆直接把他的那份表拿过来："爸，让我帮您填吧。"

没错，自从梁韵怡在苗苗小学转正之后，董晟与她的独特约会就戛然而止了。因为梁老师有了属于自己的班级要忙碌。

待到五（1）班的家长会结束，董晟把老丈人送到校门口，随即又折返回教学楼，往一年级的教室走去。

一年级正是立学规的时候,家长会也格外冗长。

作为班主任的梁韵怡是最后一个上台发言的,她将班级学情娓娓道来,一转身,就瞧见有个男人默默地从敞开的后门走进来,坐在一处角落里,正静静地看着她。

梁韵怡顿了顿,才抿嘴一笑,继续道:"刚才说到值日生的规范,本班同学都做得很不错……"

董晟看着讲台上光芒万丈的梁韵怡,神情温柔。

他身边坐着一个小伙子,年轻得不太像某某爸爸的模样。但若说他是谁的哥哥或叔叔,替人来参加家长会的,未免也听得太认真了些。

小伙子的眼睛一眨不眨地跟着梁老师打转,还不住地点头,结尾时更是激情澎湃地带头鼓掌。

家长会结束了,大部分家长陆续离开教室,也有个别家长去找学科老师详细交流。但那个小伙子迟迟没走,却也不上前,只耐心地跷着二郎腿坐着,似乎在等待某个时机。

渐渐地,连数学老师和英语老师都准备离开了,滞留的家长越来越少,小伙子还没有走。

他也才注意到同样"赖着不走"的董晟。见董晟正打量自己,小伙子清了清嗓子,索性主动搭讪道:"你等会儿有问题想问梁老师吗?"

董晟摇摇头:"我没什么问题要问她。"

"哦,那就好。"

小伙子点头,虽然心下疑惑他为何赖着不走,但他算准了自己是最后一个私聊的家长了,这才昂首阔步地走上前。

他走到梁韵怡身边,热情洋溢道:"梁老师,你好,我是杨晓军的舅舅。晓军的情况你也知道,他爸爸妈妈正在闹离婚,孩子暂时住

192

在我这儿。我是一个年轻单身汉，对孩子的学习无从下手，只能多多向你请教。我们多聊一会儿，你不介意吧……你家住在哪儿？要不我开车送你回家吧，我们可以在车上慢慢聊、详细聊。"

"不用了，我们在这儿聊就行。"梁韵怡忙道。

"别和我客气，我的车就停在附近。或者现在时间还早，我们也可以去喝个咖啡？"

"真的不用了。"

"梁老师，别客气，一切都是为了孩子啊！"他说得冠冕堂皇。

于是董晟起身走到两人身边，面带微笑，朗声对梁老师道："那我先去楼下等你吧，车还是停在老地方。"

"好的。"梁韵怡笑道，"我这儿很快就好。"

"太晚了喝咖啡会失眠。"他叮嘱。

"我明白，没打算喝。"她点头。

董晟下楼去了，梁韵怡则速战速决地捧出杨晓军的作业本，以公事公办的口吻说："孩子最近有这些问题需要多多关注……"

十分钟后，梁韵怡打开车门，坐进副驾驶座。

"干吗这么看着我？"她一边系安全带一边问。

董晟："只是没想到你这么快。"

"从写字本聊到默写本，五分钟足矣。我还多花了五分钟关窗户和关电脑。"

董晟发动车子，心头忽然掠过丝丝缕缕的担忧。

梁韵怡从他紧紧抓着方向盘的手看出来了，哭笑不得道："我必须为自己辩解几句。我之前都是与孩子妈妈联系，近来他父母闹离婚，

我才转而与他舅舅交流。统共与他舅舅聊过两三次而已。"

董晟瞥了她一眼,她的侧脸是如此温柔而美好。

梁韵怡调侃:"董先生,你该不是吃醋了吧?"

"我不该吃醋吗?"董晟扬眉,坦诚道,"我自己既然上了车,当然想直接把车门焊死,谁也别想再进来。如果我今天没在现场,你真的会让他送你?"

梁韵怡想了想:"嗯……可能会吧。"

"哦?"他皱眉。

"然后打电话让你在停车的地方,等着接我回家。这样行不行?"

"哦,这样还差不多。"他眉头舒展。


岂料这天晚上,不死心的杨晓军舅舅又发来了微信。

董晟并不是故意偷看的,只是梁韵怡去洗澡了,她登录在电脑上的微信一行又一行地跳出信息来,他只瞥了一眼就眉头紧锁。

第一条:梁老师,你到家了吗?

第二条:我承认,今天我有点儿冒昧了,不知道你是不是介意。

第三条:关于孩子的学习,我还有一些问题想要请教你。我一个年轻的单身汉想管好孩子真的不容易啊!

第四条:话说,今天家长会上来接你的男人,是你的男朋友吗?啊,当然,你也可以不回答的。

董晟苦笑一声,回想自己今天的临时发挥,的确是不够火候,不足以一击即退。

他就干脆坐下回复:以前是,现在不是了。

杨晓军舅舅发来一个眼前一亮的表情:哦,是嘛!那他今天是来纠缠你的吗?

董晟优哉游哉地继续打字:我的意思是,以前是男朋友,现在已经是老公了。我老婆正在忙别的,所以关于她的私事部分,由我来回复你。至于公事部分——也就是你所万分关心的孩子的学习,等她忙完了会来给你解惑的。

于是,微信的那一头,再也没有来过消息了。

梁韵怡直到吹干了头发才回到电脑前,随即看着聊天记录,哭笑不得:"董晟,你……"但她转念一想,这么回复也不错,省去了自己不少麻烦,就笑道,"下不为例啊,以后不许随便帮我回微信。"

"收到!"董晟讨好地替她捏捏肩膀,忽而又问起那个孩子,"那个叫杨晓军的孩子,到底是什么情况?"

"刚入学时,他妈妈多少还管他一些,但是后来父母闹离婚,闹到谁也不要他,就出了点儿钱丢给了舅舅。他舅舅待业在家,每天接送孩子还总是迟到,似乎一直给孩子吃泡面和面包,作业本也不会多瞧一眼。"

"所以,他舅舅忽然关心起孩子的学业情况,果然是醉翁之意不在酒啊。"董晟道。

梁韵怡笑了。她仰头想从董晟的脸上找出点吃醋的痕迹,却错愕地发现他正一脸凝重。

"你在想什么?"她连忙问他,伸手抚了抚他的脸颊。

"我在想离婚。"

"什么?"梁韵怡叫起来。

"当然不是指我们!我是在想,当年我父母离婚的时候,幸亏有哥哥陪在身边。"他叹气,"然后我哥嫂离婚的时候,我长大了,就

尽力陪在子辰的身边。然而现在，那孩子的爸妈离婚，他却孤立无援，唯一能依附的舅舅还满脑子想着追求孩子的班主任老师……"

念及此，董晟的心里不禁有些难受。

梁韵怡何尝不心疼杨晓军？但是孩子的家务事，她不方便插嘴，只得在午休时尽可能多地把孩子叫到身边来，多谈谈心，多辅导辅导作业。

杨晓军近期的成绩越发退步了，默写本上满满的错别字，让他一踏进办公室就红了眼圈。

梁韵怡也不苛责他，只拿了纸巾静静地给他擦去眼泪。

恰逢这时，一个挺拔俊朗的高年级男生走了进来："老师们好，我是来找梁老师的！"

梁韵怡一看，微笑着招手："子辰，有事儿吗？"

"嘿嘿。"子辰闻言，立刻从优秀大队长模式切换到亲亲大侄子模式，笑眯眯地凑过来，"婶婶，我过来和你确认一下，今天我爸爸出差，所以我放学后是跟着你回家，对吧？"

"是呀。你叔叔刚发来消息，说中午去菜市场采购了，今天晚上全是你爱吃的菜！"

"太好了。"子辰道，"还有一件事儿，静怡刚刚对我说，她也很想念董叔叔的干煎带鱼。"

"你们怎么知道今晚有他的拿手菜的？那我和爸妈说一声，让静怡也过来吃晚饭吧。"

"耶，大功告成！"子辰笑得无比爽朗。

一旁，原本还哭唧唧的杨晓军顿时看不懂了，怎么上一秒还是"梁老师"，下一秒就成"婶婶"了？

梁韵怡注意到他错愕的目光，主动解释道："他是董子辰，是五（1）班的大队长，也是我丈夫的侄子。"

"哇，是大队长啊，好厉害。要怎么样才能成为大队长啊？"杨晓军看着子辰臂膀上的三条杠发愣，羡慕之情溢于言表。

子辰见状，贴心地凑过去与他交流："不难的，听老师的话，好好学习，成绩优秀，做同学们的榜样，就有机会了。"

子辰说着，无意识地瞥了一眼杨晓军摊开的默写本。

杨晓军顿时羞得又要哭，狠狠捂住本子，用身子盖住那些刺眼的红色大叉，窘迫道："我，我的成绩不好……"

梁韵怡忙打圆场："原本晓军的成绩也不错的，近期他爸妈出了点事儿，没时间管他学习，这才……"

她赶紧对子辰打了个眼色，而子辰似是看懂了，目光从默写本上移开，换了个轻松的语气说道："其实作为一个苗苗小学的好学生，我们不一定需要爸妈帮忙学习的。我有很多独立学习的好办法，还知道不少能帮你抓住考试重点的辅导书，你想知道吗？"

杨晓军眨眨眼，子辰就拉过一把椅子坐下。

他把他是如何自己给自己默写、自己听自己背课文、自己刷题自己批改的经验分享给他："我就是这么一路走来的。因为我爸妈离婚之后，我爸忙着赚钱，叔叔试图教我学习，但他根本不了解小学的学习内容。后来，叔叔也给我请过家教老师，补习了一整个夏天，但是……嘿嘿……最后还不是得靠我自己！"

他的一番话结束，让杨晓军简直目瞪口呆。

杨晓军张大嘴巴，好半天都说不出话来，似乎一时不能理解，天

底下居然有人能用如此轻松的口吻说出父母离婚的事实。

这一瞬间,董子辰的形象落在杨晓军眼里,简直金光闪闪、熠熠生辉!杨晓军那颗稚嫩的心,似乎也跟着明媚轻松了起来。

听子辰又说:"我还有几本练习书,特别有用。甚至我发现……"说着,他神神秘秘地压低声音,"我发现学校有好几个老师,出周末练习卷时就爱用这些书上的题目。嘿嘿,你想知道吗?"

"想啊想啊!大队长哥哥,你快点儿告诉我!"杨晓军笑成了一朵向日葵,一扫刚才走进办公室时的阴霾。

他得到了大队长亲传的"武功秘籍",欢天喜地地走了。

在办公室只剩下梁韵怡与董子辰时,子辰便朝她扮了个鬼脸,笑眯眯道:"刚才我话说到一半——叔叔曾经给我请了个家教老师,辅导了我一整个夏天。那之后的故事就是个爱情故事啦!不方便讲给一年级的小屁孩儿听咯!"

听着他人小鬼大的发言,梁韵怡不禁捏了捏他的脸颊:"你呀你,也不过才小学五年级而已,就懂什么是爱情故事了?"

"我当然懂啦!我们班上不仅有'爱情故事',还有'三角爱情故事'呢!"

"是吗?"

"是呀,比如夏晓雪喜欢王壮壮,可王壮壮却喜欢静怡。"

梁韵怡"扑哧"一笑,心想:你们这些小屁孩儿的扮家家酒,哪能算得上是爱情故事啊!

她又好奇地追问:"那静怡呢?"

"静怡同学一门心思扑在学习上,铆足了劲儿想拿优秀毕业生呢,哪有工夫管这个啊。所以,我也不能放松,我要和她公平竞争!"子辰笑得"壮志凌云"。

午休时间快结束时,梁韵怡把董子辰送回五年级教室。

子辰边走边说:"婶婶,叔叔结婚后就和你搬出去住了,其实有时候我也觉得挺寂寞的。叔叔做饭又特别好吃,我就总想溜去你们那儿住几天。"

"想来就来呗,一家人,客气啥。"梁韵怡柔声道。

"但是我爸不让啊。"

"为什么?"

"因为我爸爸说了,"子辰忽而嘻嘻道,"如果我总是去你家小住,打扰你们的二人世界,我可爱的堂弟或堂妹就要推迟降生了!"

"啊呀,少听你爸喝醉后的话。"梁韵怡一羞,拍了拍子辰的脑袋。

这天晚上,下班后的梁韵怡带着两个孩子一起回了家,刚打开家门,一股文火慢炖的排骨汤的味道就勾住了他们的鼻子。

晚餐的桌上,两个孩子大快朵颐。

静怡一边念叨着"班上的女生们竟然要开始减肥了,那我也不能落后",一边还是抵抗不了诱惑地吃光了最后几块干煎带鱼——那是子辰知道她爱吃,故意留给她的。

吃饱喝足之后,孩子们在梁老师的监督下完成作业。

随后董晟就开车送静怡回家了,而梁韵怡则熟门熟路地翻出子辰的换洗衣物,又叮嘱他睡前刷牙一定要认真仔细。

待到子辰梳洗完毕,躺在次卧的小床上,梁韵怡还不放心地进来给他拢了拢毯子。

"最近昼夜温差大，可不能贪凉啊。"说着，她转身关小了卧室的窗户。

子辰乖乖地缩在毯子里，出神地望着她的背影。

兴许是今晚的饭菜太香，或是可乐的气太足，竟让他有些飘飘然地喃喃了一句："妈妈……"

梁韵怡的样貌并不像子辰的亲生妈妈，其实子辰早就记不清亲生母亲的样貌了。他只是觉得，她太像自己在故事书上读过的"妈妈"的模样了。

从小到大，遇到考试的作文题里涉及"妈妈"的，子辰总是用故事书中的形象去填补，后来，就总会有意无意地代入梁韵怡的模样。

"嗯，你说什么？"梁韵怡没听清楚，回眸笑着看他。

"嗯……我说这几天都得打扰了，不会影响你们吧？"子辰道。

梁韵怡闻言，哭笑不得："我们是一家人，有什么'打扰'和'影响'的呀。"

子辰便狡黠一笑，半张脸埋进被子里，只露出一双眼睛："嘿嘿，我的意思是，我得在这儿住一阵呢，所以我可爱的小堂弟或者小堂妹可能得晚点儿来到这个世界了。"

梁韵怡羞了，却也笑道："怎么，你很想要堂弟或堂妹吗？"

"想呀！"子辰说着，眼眸一亮，"我都想好了，等堂弟或堂妹长大了，就由我来负责他们的学习吧。我肯定能把他们教成大队长……啊，等等，保险起见，起码也得是个中队长！"

梁韵怡乐道："你这么厉害啊。"

"那当然，你们就负责生好了，我来负责教育！"他踌躇满志。

"是呀是呀，今天你就把杨晓军教得很好，姊姊真得谢谢你。"

"不客气！啊，当然，那些如何自己一个人管理学习的妙招，我就不用教给未来的堂弟堂妹了。"

"为什么？"

"因为我会对他们负责到底的！"子辰郑重地点了点头，又说，"而且我觉得，叔叔和婶婶也会永永远远在一起的，你们俩是不会分开的。"

此言一出，梁韵怡愣了一下，才问："为什么这么说？"

"婶婶，今天下午我就说过了，"子辰扬眉道，"我真的真的，看得懂什么是'爱情'。"

董子辰人小鬼大的发言，梁韵怡更多的是当他童言无忌，但谁又能断言五年级的他是不是真的懂呢？

睡得半梦半醒之间，隔着留了条缝儿的卧室门，子辰依稀能听见客厅那儿传来婶婶打扫的声音。

这扇门的隔音真的很差。

叔叔也回来了，便和婶婶一起收拾。

两人轻言慢语地交谈，浅笑。后来，那扫地的声音戛然而止，在一片暧昧的静谧之后，他俩的脚步声一前一后，轻盈地往主卧而去，随后是一下轻轻的关门声。

番外一

♡ 玫瑰花

十五年后。

明天是董子辰计划向女朋友求婚的日子，烛光晚餐和玫瑰花都已经预订好了，钻石戒指也躺在丝绒盒子里整装待发，作为氛围组的好哥们儿也纷纷摩拳擦掌，一切都在有条不紊地推进。

他爸董坤都开始为之多愁善感了，昨晚一边喝酒一边翻出了好些子辰读书时代的东西，感叹着时光飞逝，不知不觉儿子竟然到了要结婚的年龄，而他自己也已经满头白发了。

最后，还是董晟过来，没收他的酒杯，质问他是不是想在儿子结婚前再住一次院，还调侃道："白头发谁没有啊，赶在子辰结婚之前，我们俩一起染黑了就行了。"

于是，董晟扶着半醉的董坤进房睡觉去了，那散落一地的东西反而留在了今天，由董子辰自己个儿去收拾。

董子辰盘腿坐在地板上，看着那一样样的东西，瞬时宛如时光倒流一般，带着他回到了曾经的青葱岁月。

高中时写的作文，现在读来愤青味儿十足，酸得他掉牙。倒是那时穿的球衣，虽然褪色了，却依旧让他想起当年那场惊心动魄的篮球争霸赛。

初中时写的读后感，虽然文通句顺，但他自己知道都是抄来的，他那时把大部分精力放在了理科上，文科就……厚着脸皮问静怡要作业本参考。

小学时代的学生手册，上面满满的都是"优秀"，还有班主任蒋老师的一通夸赞，堪称人生巅峰！

哎？董子辰一愣，居然翻到了一个日记本？

不记得当年的自己写了什么，他兴致勃勃地打开看，才翻了没几页，就猛地又合上了！

这是什么令人羞耻到爆炸的内容啊！

几行歪歪扭扭、笔迹稚嫩的小字，写着——

> 我和静怡竟然成了侄子和小姨！有时候看着叔叔和梁老师开开心心地在一起，我都有点后悔了，为什么我要那么努力地帮他们在一起啊。但是我后来又想了想，我告诉自己，我不能做一个自私的人。蒋老师也是这么说的，人不能光想着自己，也要为别人着想。叔叔是我最重要的家人，我做的一切都是为了他，我绝不后悔！没关系，我和静怡长大以后虽然做不了故事书里的王子和公主，但我们会成为世界上最要好的侄子和小姨！

真是要命了，字里行间居然还有打湿过的痕迹，莫非当年的自己是边哭鼻子边写下这些的？

董子辰正沉浸在自我尴尬之中，房门忽然被打开了。来者也不敲个门——好吧，她来找他时，永远都不会敲门，直接进来的。

"我说，董子辰，"梁静怡出落得亭亭玉立，是个走在街头会被随机采访的小美女，但她一开口就是假小子般的爽朗随性，"你小子躲房间里干吗呢？要求婚的人是你，可不是我们！你也出来给大家伙儿出出主意啊……你在看什么呢？"

董子辰立刻把日记本塞进抽屉里："没什么，我这就出来了。你们商量好了没？"

"没呢，就等你了！"梁静怡"哈哈"一笑，捉着他的肩膀就把他往屋外拽。

客厅里坐着三个年轻男子，都是董子辰的大学同学，也是他预定的伴郎人选。而梁静怡坐在其中，不是伴郎却胜似伴郎，按照她的说法："我要不是被性别妨碍，那妥妥的是未来伴郎的最佳人选啊。我大侄子结婚，我能不照应着吗？我再说一次啊，关于明天的求婚行动，我们氛围组的作用尤其重要。什么时候隐身，什么时候现身，什么时候鼓掌，鼓掌时怎么吆喝，都得一一商量好。务必保证我大侄子抱得美人归，听见没？"

"收到！"兴许是梁静怡太有大姐头的气势了，三位准伴郎就差俯首称臣了。

董子辰端了饮料和水果过来，见他们讨论得热火朝天，不禁感动道："谢谢诸位了，等日后你们要结婚了，我也必定尽力。"

梁静怡接过橙汁一饮而尽，秀丽的细眉拧成一线："别，我还想过几年逍遥日子。你自己走进婚姻的围城就行。"

"你男朋友不着急？"董子辰打趣道，"我听叔叔说，你都被求婚两次了。"

梁静怡撇撇嘴："董子辰同志，拜托你搞搞清楚，你是我侄子，算是我小辈。你可加入不了对我催婚的长辈行列！"

"好吧，那橙汁还需要加点儿吗？"

"再加点儿冰块。"

"为您服务是我的荣幸。"

他去厨房取冰块，身后是静怡激情昂扬的声音。他不禁回忆起小学时与静怡相处的情景，那些他以为都忘了，实则一一躺在记忆深处的点点滴滴。

他想起曾经（1）班两大调皮王的"美誉"，想起因为一块奖牌而一起被批评的时候；他想起祸起一件校服，他为静怡挺身而出的时刻；想起为了撮合叔叔和梁老师，两人发愤图强，一起刷题奋斗的日子；

他想起曾经，他的母亲突然来访，他又是向往又是惶恐时，是静怡按着他的肩膀，眨着一双清澈如水的大眼睛说："我替你去看看吧，然后我会把你妈妈的样子说给你听的。董子辰，等我回来啊！"

老实说，那次静怡回来后说得很笼统，什么长长的头发、红艳艳的嘴唇，他其实并不能从这些描述中勾勒出妈妈的样子。但是，当他看着静怡努力地连比带画，为了想形容词而涨得通红的脸蛋时，他忽而一个晃神。那时的他，已经全然不在乎妈妈长什么模样了，他在乎的只有眼前的静怡。

只可惜，静怡的下一句话宛如一盆冷水"哗啦啦"地迎面泼来："不客气，我现在可是你的小姨，我不帮你谁帮你呀！"

他那早早就凋零的懵懂之花。

此刻，已然二十七岁的董子辰想起当时那一幕，仍旧觉得心口一紧。

童年时小小的悸动，是一种独属于小孩子的天真烂漫，在成长过程中也就渐渐消散在岁月的长河中了。

他和静怡始终是最要好的朋友，要好到初中时进了同一个班的他们，面对新朋友们暧昧的调侃，他俩竟异口同声地说——

"你们想多了，我和董子辰关系好，是因为我还是他小姨。"

"别闹，我还是梁静怡的侄子呢，一家人能不亲吗？"

说罢，两人对视一眼，默契地笑起来。

甚至董子辰明天的求婚对象，就是梁静怡大学同宿舍的舍友。这么多年，他和静怡的情谊早就混成了一种类似亲情的革命友谊了。

董子辰把冰块加进橙汁里，心下遐想。

只是不知小学时代的静怡，是不是也如同自己一般，对对方曾经有过朦胧而美好的向往呢？

"怎么加个冰块都这么慢呀?"梁静怡和未来伴郎们说得口干舌燥,自己进厨房找喝的,"喂喂,你在想什么?一副心不在焉的模样?"

"没什么。"

梁静怡蹙眉,整个人凑上前,问道:"你小子,该不会是犯了传说中的'婚前恐惧症'吧?"

"没有。"

"我警告你啊,莉莉是我的朋友,你俩是因为我才认识的,我得对人家负责。你可不许有什么花花肠子。将来婚后,你要是敢三心二意,我可是会拉着我姐姐、你叔叔,一起讨伐你的,听见没?"

"听见了。"董子辰苦笑。

所以,那些前尘往事,还是别再提比较好,就让它成为回忆的角落里,一朵美丽却隐秘的花吧。

"你们想好了,明天要怎么配合求婚?"他问。

"都商量得差不多了。其实我早就暗示过莉莉,明天让她穿漂亮点儿,化个美美的妆。不然,人生重要场合如果素面朝天的话,对女生可是一辈子的阴影。所以,莉莉应该是心领神会了。她还很害羞地对我说,她有点儿紧张。"梁静怡说罢,拍拍他的肩膀,"总之,大侄子,我祝你马到成功,和她白头偕老!"

"知道了。"董子辰笑了,也调侃道,"如果我成功了的话,一定得把经验分享给你男朋友,让他的第三次求婚能够尽善尽美。"

"别啊!董子辰,咱们啥关系,是从小到大的革命友情,你不能坑我吧!"梁静怡吓得连喝橙汁都被呛到了。

"真,对不起。"

三个男生不知何时已经悄悄走了,台上的烛光熄灭了几盏,玫瑰

花孤零零地耷拉在桌边,服务生小心翼翼地上前,询问还要不要上菜。

董子辰正迟疑,但见梁静怡默默地走过来,坐在他对面,一开口便是一句:"对不起。"

董子辰笑了笑,转头对服务员说:"就正常上菜吧。"又对静怡说,"别浪费,陪我一起吃完吧。"

梁静怡点了点头,扬眉道:"我也是真的饿了,那我就不客气了。"

西餐一道又一道地上,摆盘精致,但是味道着实一般。

"我觉得,还是你叔叔做的饭菜最好吃。你叔叔的厨艺让人念念难忘呢,我姐可真是好福气。"梁静怡吃着一道叫不上名字的黄油煎海鱼,脑子里想的却是董晟的拿手菜干煎带鱼,金灿灿酥脆脆的,让人垂涎三尺。

"那你常常过来吃啊。"董子辰道。

"我也想啊,但是不好意思常常来叨扰。"

"有啥不好意思的,我们是一家人。"

梁静怡沉默片刻,徐徐放下刀叉:"那以后,你还当我是一家人吗?"

董子辰一愣:"静怡,其实你完全不必对我说'对不起'。是莉莉拒绝了我的求婚,又不是你拒绝了我,你何错之有。"

梁静怡神情讷讷的:"你俩毕竟是因为我才认识的。况且,她有个青梅竹马我是知道的,但那个男人一直待在国外,我哪知道他说回来就回来啊!我要是知道她和他还藕断丝连的话,我断断不会……"

"我明白,静怡,你断断不会坑我。从小到大,你从来就没有坑过我。无论如何,这都不是你的错。"董子辰苦笑一声,目光停留在那束没能送出去的玫瑰花上,"我叔叔曾经说过,我可能太心急了。我和莉莉才相处了短短半年多的时间,对彼此还不够了解,竟然已经开始筹划着结婚。其实我也想过,为什么我会想要结婚……可能,错的人从一开始就是我。"

梁静怡静静地听着。

董子辰叹气:"我曾经看过一篇文章,说原生家庭不完整的人,长大之后可能会出现两种极端。一、是极度拒绝婚姻和家庭,游戏人间;二、是极度渴望婚姻和家庭,盲目地进入围城。"

梁静怡一愣,抬眼看他:"喂,我可一点儿也看不出你是有童年创伤的人。"

"我自己也看不出。但……以下我说给你听的话,你必须保密。"

"当然,你从小到大那点破事儿,我哪次泄露出去了?"

"每当我看见爸爸喝醉后喊我妈妈的名字,再看见叔叔和婶婶恩恩爱爱的样子,有那么一段时间,我很有一股冲动,一股很想很想结婚的冲动。"他梦吟般低语道,"我也想要像他们一样,把某个人的名字装进心里……"

似乎这么做,他心底深处的某一处空缺,就能够被填补上了。

"那时,莉莉忽然对我说,她不想再孤零零一个人漂泊不定了,她想要拥有一个属于自己的家。这简直和我不谋而合,我以为这是缘分,所以我才冲动地……"董子辰自嘲,"当然,我现在知道了,她想要与之组成家庭的人,我并不是唯一的选项。"

想到今天的这一幕,他突然觉得尴尬。

他是奔着求婚来的,但莉莉刚一落座就率先开口:"董子辰,我有话要对你说……"

梁静怡低头喝着红酒,微甜又微醺的感觉真好。一杯就快见底了,她又为自己添了一杯,才道:"你没挽留她吗?你争取一把,兴许也不是没有胜算的。"

"我知道。她很迷茫，哭着问我该怎么办。也许我多回忆一些我们这半年来的感情和美好，再斥责她的男神说走就走，说来就来的行为是多么渣男。兴许，我是有胜算的。"

"那你没有争取吗？"她又一饮而尽。

"没有。"董子辰语气淡淡，他举杯也想饮，但想起自己等会儿还要开车就放下了，"我让她自己做决定。"

"啊？"

"于是，她走了。"

"为什么？"梁静怡不解地看着他。

"因为……"这理由，他一时说不出口，索性转了个话题道，"菜都吃完了，我开车送你回家吧。啊，这束玫瑰花挺贵的，别浪费，要不你受累带着走？"

"好呀。"她笑了，还打趣道，"那枚钻戒也不便宜吧，我也可以受累带着走哟。"

董子辰也跟着笑："好呀。"

这反倒让梁静怡一怔，半晌才道："傻小子，小姨逗你玩呢。走吧走吧。"

夜风微凉，捧着九十九朵玫瑰还有点儿微醺的梁静怡连路都看不清，差点儿摔一跤。

好在董子辰一把挽住她："静怡，你还不到三十岁，不至于已经骨质疏松了吧。"

"哼，知道心疼小姨的话，就买点钙片给我补补，尽孝心，而不是说我的风凉话！"她瞪他一眼，"高跟鞋松了，等我。"

说罢，她便坐在路边的长椅上调整鞋子，还龇牙道："啊呀，好疼，原来脚后跟磨出水泡了。"

"那你等着，我给你买个创可贴。"

"不用了，再走几步路就到停车场了。"

"车又不能直接开到你卧室里，你总得走路的。等着我。"

说罢，他一溜烟儿跑进便利店，很快就出来了，蹲下身脱去她的高跟鞋，细心地握着她的脚，在水泡上贴创可贴。

"怎么样？"他仰头问她。

她起身跟跄几步："舒服多了。看不出你小子这么细心啊。"

两人继续并肩而行。董子辰刻意走得慢一些，倒是梁静怡也不知是不是红酒上头，越发生龙活虎，脚下生风，竟走在了前头。

她转身朝他盈盈地笑："董子辰，你怎么变成小蜗牛了啊？"

"我这不是担心你脚疼吗？"他又追上她，"再说了，我也不赶时间。难不成是你着急回家和男朋友煲电话粥？"

"呃，别提他了……"

"哦？"董子辰瞄着她的侧脸，"为什么？"

梁静怡讪讪地吐了吐舌头："其实，在我拒绝他第二次求婚后，我俩基本就断联了。现在应该已经可能好像似乎……默认分手了吧。"

"什么？"

"等等，不许告诉我姐姐啊！我还想再清静几天，不想这么快被丢入相亲的旋涡中，被搅得不得安生。"她又龇牙。

两人坐上董子辰的车，梁静怡眯眼四下张望一番："这车不错啊。"

董子辰发动车子："哦，对，你还没坐过我的车。"

他的车买来一年多了，但梁静怡还是第一次坐。

小学和初中时他俩的确很亲密，又是同桌又是"亲戚"，还常常在各种考试和竞选中彼此较劲儿。但之后，他们考上了不同的高中，

有了不同的生活和朋友圈子,也就不可避免地疏远了。

后来,他俩上的大学甚至不在同一座城市,于是除了逢年过节的聚餐外,就鲜有碰头了。

只偶尔碰一次面,他还意外认识了莉莉。

莉莉对董子辰很有好感,第一次见面就主动出击。梁静怡见状,则像避嫌一般,与他越发疏远了,直到最近来帮忙他的求婚。

"莉莉今天很坦诚,在她做出决定,准备去找她的男神时,她告诉我,"董子辰握着方向盘,心平气和道,"她并非不喜欢我,只是学生时代的初恋对她而言实在太沉重了,是一把一辈子束缚她的枷锁。如果以这样的状态嫁给我,对我来说也是很不公平的。她还很坦诚地告诉我,她第一次见我,就问我要了联系方式,还主动约会我,并非对我一见钟情……而是听说X大学附近的两家咖啡馆都是我家开的。"

梁静怡的拳头握紧了,一开口就是一股酒气:"这个莉莉,我都看不出她心里是这样的想法!"

董子辰苦笑:"我倒也能理解她的良苦用心,她不想和我拖泥带水,不惜把自己的形象一再贬低。她要去追求自己真正想要的爱情了,所以要和我断得干干净净。"

"怎么你把她形容得,还有点儿伟大?"梁静怡不满地瞪他。

"我的确觉得,她有点儿伟大。我祝她成功。"

"董子辰,我竟从来没发现,你是这么一个烂好人!"梁静怡恨铁不成钢地直视着他,"罢了罢了……你,你尽快把这件事儿给忘了吧,以后找个靠谱的姑娘再重新开始。"

"嗯。"董子辰闻言,也不知被牵动了什么愁思,表情瞬间凝了凝。

他的异样却让梁静怡有些急了。

她双颊酡红,眉头紧皱:"喂,董子辰,你该不会真的深受打击,从此一蹶不振吧？你别吓唬我啊，你要是从此绝了女色做了和尚，你叔叔和我姐姐都不会放过我的。"

"我不会。"

"真的不会？"

"真的不会。"

"真的？"梁静怡将信将疑，因为董子辰的神色着实古怪，让她看不清他的真意。

她沉默许久，扭头望着窗外飞快切换的街景发愣。外面不知何时下起了雨，雨珠子"啪啦啪啦"打在窗玻璃上，是一种让人心慌意乱的节奏感。

梁静怡的呼吸也跟着快了——天哪，那杯红酒到底是什么牌子的，竟如此令人上头。

她拼命组织语言想宽慰他："董子辰，你要知道，世界上的所有事情都会随着时间的流逝而过去的。没有任何一道坎会永远拦在你面前。就好比你爸吧，你妈离开这么多年，他还不是照样好好的？"

"我爸直到现在都忘不掉我妈，当然，只有喝醉后，他才会承认。"

梁静怡吃瘪，又口不择言道："呃，那前几年你叔叔和我姐姐吵架，他俩闹得不可开交，后来还不是照样如胶似漆？"

"那次，是有个咖啡馆的客人总对叔叔暗送秋波，婶婶吃醋了。但是叔叔可从没心思活络过，之后更是为了躲清静，直接把咖啡馆交给玲玲阿姨打理了一个多月，他陪着放暑假的婶婶外出旅游了，回来后还把他俩旅拍的照片贴满整间咖啡馆，那女人见了，脸都绿了，这才认清现实，惨淡退场。所以叔叔什么错也没有，婶婶当然不会记仇。他们之间哪有什么'坎儿'，成天腻歪还差不多。"

接连举例失败，梁静怡急了。在酒精上脑的作用下，她竟脱口而

出道:"再比如我吧,我从前还喜欢过你呢,可后来不也一点点地就忘掉了?"

此言一出,连空气都为之一滞。

董子辰握着方向盘的手霎时抓得更紧了,整个人僵硬得宛如被定格在时光河流的夹缝中。

梁静怡还以为自己终于举例成功了,得意道:"所以我就说嘛,没有什么是忘不掉的,你肯定也能忘掉一切,重新开始的!"

好半天,董子辰才好似重启说话的功能:"从前是指什么时候?"

静怡一怔,似是陡然清醒了几分。

见她不语,他又问:"如果你真的忘了,那为什么现在还能说出口呢?"

梁静怡下意识地溢出一句惊呼,她是醉了,不是傻了。她后知后觉地明白,自己说了多么不合时宜的话!

车子开到梁家附近,因梁静怡明显的醉态和脚上的水泡,董子辰便亲自撑伞,扶着她回家。

夜风微凉,吹得梁静怡的头脑更冷静了几分,她为自己刚才的发言尴尬不已,甚至不敢抬眼看董子辰的脸,只得浑身僵硬地缩在伞下。

风雨中,只听董子辰静静地开口:"其实,我从前也喜欢过你。"

"是,是吗?"静怡讪讪一笑,"看来,我俩从前都挺傻的。"

"的确很傻。"董子辰感怀地笑了,"我想起来了,小学时我和你突然就成了侄子和小姨,我心里很难过,觉得我俩再也成不了故事书里的王子和公主了。当时我偷偷郁闷了很久,甚至思考过,长大之后要不要和叔叔断绝关系……"

"真的?"这话实在太逗,惹得静怡一时忘了尴尬,哈哈大笑起来,"天啊,这对小学生而言,可真是了不起的好主意啊!"

"你也觉得,这是个好主意吗?"

董子辰停了脚步,静静地凝视着她。梁静怡的眼眸沾了些许醉意,但依旧清澈得宛如当年她自告奋勇帮他去看妈妈,握着他的手说自己退出竞选,以及隔着人群微笑着对他说想要吃比萨的模样。

于是梁静怡整个人都清醒了,因为此刻的董子辰实在太不一样了。

他们明明已经疏远了好多年,兴许是因为突如其来的辈分关系,兴许是因为求学路上的相隔异地,兴许……是因为某些说不清道不明的,纠结与胆怯。

还以为在时光的河流中渐渐消散了的某些东西,原来,原来一直都在。

梁静怡忽然有些不知所措,慌里慌张地想要跑进大楼。但是她脚下一疼,又被董子辰一把扶住。

"我扶你上楼吧。"他说。

"不用不用。我自己可以,你看,我能走的。"她答。

"那好吧,拜拜。"

"嗯,拜拜。"

"对了……"

"什,什么?"梁静怡的一颗心,"怦怦"直跳。

而董子辰则平静地笑了笑:"我好像还有一个问题没回答你。"

"什么?我问了什么?"

"在餐厅,你问我,为什么莉莉迷茫着不知该选谁时,我并没有努力去争取。"

"为什么?"

"因为……"他凝视着她的脸庞,"当她告诉我,她终于发现自己心里还藏着别人时,我觉得我好像并不是很难过,更谈不上妒忌,

甚至，我忽然觉得，感同身受……而当她做出决定，去圆自己初恋的梦时，我发现我是真心实意为她的勇气鼓掌的。"

"董子辰，你……"

"我要说的都说完了，拜拜。"

"拜拜……"

董子辰默默地回到车上，看着那束被遗忘在车上的玫瑰花出神。

车外依旧是凉凉的风雨，但他的心却热辣辣的，久久难以平复。他似乎终于找到了那块缺失的拼图——那块可以用来填补他心底空缺的拼图，原来一直都在。

他可真傻呀，为什么直到现在才发现，原来他想要的，始终没变。

那天晚上，梁静怡回家之后，久久难眠。

手机上传来董子辰的微信：那束玫瑰花，你忘了拿走。

梁静怡握着手机，咬着嘴唇，不知该如何回复。

然而董子辰很快就传来了下一条：没关系。我会再送的。

对梁静怡而言，这注定是一个难眠的夜晚了。

时间这个东西真的很微妙。董子辰恍然觉得，与梁静怡渐行渐远的那几年，时间总是过得很慢。滴答流转之间，一天，一月，一年，几年的时光无声淌过，却不曾在他的心里留下印记。那时的他仿佛被困在时间隧道的某个角落，独自前行，不知前路在哪儿。

可现在，一切都变得不一样了。

他和静怡认清了彼此的真意，就好似隧道前方忽然出现了光亮一般，他终于可以不顾一切，听从内心地奔向前方。现在，一月，一天，甚至一个小时对他而言都弥足珍贵，生机勃勃。时间仿佛变得很快很快，他经常在和静怡分开时感慨，时间实在是过得太快了。

一转眼，半年多过去了。

这天，在珠宝店里，董子辰与店员商量着回收换新事宜。

"先生，您的这枚旧钻戒，我们当然是可以回收的。只是在价格上，您势必得亏一点儿。"哪是亏一点儿啊，简直是血亏，连柜员都忍不住提醒，"其实您这枚钻戒的成色很新，我看几乎没有佩戴过的痕迹。您完全可以改个圈口号，继续使用的。"

"不用不用。"董子辰忙不迭摆摆手，他对这枚曾经求婚未果的钻戒毫无留恋。

旧的不去新的不来。更何况，这次他正在筹备的求婚，与上次的冲动而为截然不同。

这次，是他心心念念了二十年的结果，关乎他下半辈子的幸福！他势在必得，绝不容出错，所以改个圈口继续用什么的是万万不可的。

听了回收价格，简直亏到令人吐血。但董子辰也不在乎了，只一门心思扑在柜台的新款钻戒上，一边研究一边问叔叔董晟："叔叔，你觉得哪个款式好看？"

"都挺好看的。"董晟道，"其实无论你送哪个款，她都会喜欢的。"

董子辰不禁笑了，选了好几枚拿出来对比，还戴在自己的手指头上比画。他粗壮的男人指节和钻石戒指格格不入，卡在关节处就下不去了。

他又问叔叔："其实，我不太清楚她的手指圈口……对了，叔叔，我听说你当年向婶婶求婚时'一击即中'，连钻戒的圈口号都是正正好好的！你是怎么做到的？歪打正着的吗？"

董晟闻言，瞪了他一眼："你叔叔我是那种打无准备之仗的人吗？买求婚戒指之前，我就已经搞清楚她的无名指圈号了。"

"你是怎么搞清楚的？直接问她吗？那不就没有惊喜了吗？"

"当然不是。我是趁韵怡睡着的时候，偷偷量的。"

董子辰听了，扭头看着他，意味深长地扬眉道："哦，哦哦哦，原来是趁睡着的时候啊。嗯……那我可怎么办，我俩之间的进度还没到我能等到她睡着的时候。"

"喂，你这臭小子是什么表情？在胡思乱想什么啊！年轻人，思想积极健康一点儿好不好！"董晟清了清嗓子，"那时候我总是想着她的手指圈号，所以在车上偷偷放了一个量圈器。那天她下班后在我车上坐着坐着睡着了，我就顺便量好了。"

"原来是这样啊……"

"就是这样的！你以为呢？"

"那我怎么办？我那位成天生龙活虎的，逮不到她在我车上睡着的时候啊。"董子辰烦恼地抓抓脑袋，忽然灵光一现，"不如这样，你帮我问问婶婶，知不知道她妹妹的无名指圈号？婶婶如果也吃不准的话，就让婶婶帮忙套套话？"

"行吧。"

董晟笑了，秉承着送佛送到西、帮人帮到底的原则，他当即掏出手机给老婆发微信，还叮嘱道：问的时候别太直白，子辰那小子打算搞个惊喜呢。

于是，两个男人就站在钻戒柜台前等回复。

岂料过了一分多钟，却是董子辰的手机传来了微信。

竟然是那个"她"发来的。她直言不讳：我的无名指戴12号。

董家叔侄大惊，又见她发来了第二条微信：姐姐在电脑前备课，我正拿着她的手机帮我的拼多多砍一刀。

然后她发来一个大大的笑脸：没事儿，我等会儿就忘了。你继续搞你的惊喜吧。

最后又发来一句：哦，对了，搞惊喜的那天记得给我点暗示啊，我好提前化妆换衣服做准备。

正如她以前说过的：人生重要场合如果素面朝天的话，对女生可是一辈子的阴影。

在回家的路上，董子辰一边开车一边笑得合不拢嘴，仿佛正身处闯关游戏之中，一路都在吃着金币般。

副驾驶座上的董晟收到了老婆梁韵怡的微信：我刚才在备课，现在才发现微信上的聊天记录。现在怎么样了？

董晟笑着回复：现在的情况是，子辰确定了圈口号，钱包狠狠出了一回血，不过他乐得像朵牡丹花似的。老婆，我有一种预感。

梁韵怡：什么？

董晟：今年春节聚餐时，大家的辈分可能都乱套了。

梁韵怡：哈哈，还真是。那就直接喊名字呗。其实这么多年，也就是静怡总喊他大侄子，子辰并不怎么喜欢喊她小姨。

董晟：其实子辰这小子，很早之前就对静怡有想法，潜意识里一直如此，当然不肯喊小姨啦。

梁韵怡：哦，你是怎么知道的？

两人正在微信上闲聊着，董子辰瞥见了叔叔脸上的笑意。

他问董晟："叔叔，你在笑什么？"

董晟瞥了他一眼，忽然说道："我想起来了，旧电脑里有一段大概二十年前你小子的录像，可以翻出来在你的婚礼上播一播。肯定很精彩。"

"什么录像？"董子辰大吃一惊道，"是什么丢人现眼的录像吗？"

这天回家之后,董晟特意在旧电脑里找到了这段二十年前的视频录像。

镜头里是二年级时一脸稚嫩的董子辰,在那个从医院回来的晚上,他对着镜头字正腔圆道:"我就是很喜欢静怡,超级超级喜欢,永永远远都会喜欢!"

"堂哥,你……"董毅凯手里转着黑色水笔,朝董子辰瞥一眼,"你今天真就打算盯我一整天了?"

"嗯。"董子辰的眼神从手机上分了一半给堂弟,"是你爸爸妈妈特意叮嘱的,下周你有重要考试,今天让我盯着你把复习卷写完。"

"虽然我爸在筹备咖啡馆开分店的事儿,我妈去参加教师培训了,但我已经是个初中生啦,我可以管好我自己的!"董毅凯信誓旦旦。

"没办法,你爸妈信不过你。"董子辰道,"其实我也信不过你。我今天开门进来时,你似乎换了衣服打算出门玩吧?"

"别、别告诉我爸妈,尤其是我妈,免得她又端出在学校教育小学生的那一套来念叨我。"

董毅凯正值青春期。

年幼时他常以妈妈是老师为荣,在幼儿园里都横着走路。可当他上了小学——上了苗苗小学之后,才发现这事儿有多糟糕!尤其是当他闯了祸,班主任甚至不用打电话给他家长,直接去隔壁办公室喊一句:"梁老师,你家儿子又调皮捣蛋咯!"

他妈妈立刻就能应声而出,对他展开批评教育。

"堂哥,我真有点儿佩服你。你和静怡小姨都是在我妈的眼皮子底下长大的,可真不容易!"

"如果你能像我和静怡一样品学兼优的话,你就不会觉得不容易了。"董子辰笑道。

"嘿嘿,别以为我不知道,你俩上一年级时的外号是(1)班两大调皮王!"

董子辰轻轻咳嗽一声,摆出堂哥的气势:"别闲聊了,快写卷子!"

但董毅凯的心思哪在学习上啊,还没写几个字就抱怨道:"这题我不会……"

"跳过。"

"这字我不认识啊。"

"翻字典。"

"这段古文太拗口了。"

"多读几遍。"

"堂哥,这作文怎么写啊?作文可不能跳过,不然直接不及格了。你教教我呗……"

"你让我一个快三十岁的大老爷们儿,教你写初中生的作文?数学题我还勉强一战。作文,你未免也太看得起我了。"

"可我翻过你小时候的作文本——我妈给我看的。你作文写得很棒呢!甚至明明你没有妈……"他说着,急刹车地闭了嘴。

董子辰却笑了,不以为然道:"甚至明明我没有妈妈在身边,还能在命题作文比赛中拿奖,题目就是《我和妈妈》,对不对?"

"对啊!你简直太牛了!我怎么就没你的想象力呢!老师总说我在作文素材这一步就死得透透的了。"

董子辰苦笑一声,心想:你根本不需要想象力啊,你妈妈已经是全世界最好的妈妈了,是你这小屁孩儿身在福中不知福罢了。

眼瞧着董毅凯直接撂下水笔,一副"罢工"的模样,还念叨:"堂哥,你就帮我想想呗。我可是听我妈提过,你小时候曾经大言不惭地放话说,

让我妈放心生孩子,未来孩子的教育你全包了!"

董子辰一愣:"我说过这种话吗?"

"说过!听我妈说,你说过不止一次呢!"

"这都是什么时候的事儿啊?赶紧忘了忘了。"

董毅凯却不依不饶,还开始扣大帽子:"男子汉大丈夫,说出口的话怎么能食言?如果你是个言而无信的家伙,那以后,你对静怡小姨说什么山盟海誓、一生一世的誓言,我都得提醒她——男人的嘴,骗人的鬼!"

"喂,臭小子,你可不许对静怡乱说话啊!"

董子辰急了,再过几天就是他求婚的大日子,他都计划大半个月了,绝对不容有失啊。

正聊着,董子辰的手机忽然响了。

他接起电话,表情严肃:"喂,对……什么?玫瑰花的包装材料缺货,要换一款外包装?这你总得给我看看图片吧……行,那我先挂了,你在微信上把图发我。"

电话是花店老板打来的,关乎他预订的用来求婚的花束。

董子辰甚为紧张,立刻就在微信上挑选起来,甚至没注意到董毅凯已经静悄悄凑到他身边,也跟着一起看了。

董子辰看了又看,选中一款颇为华丽的,正打算和老板定下,却听董毅凯冷不丁道:"堂哥,你选的这1号款,未免太老土了吧!"

"老,老土?"董子辰大吃一惊,手上回复的动作也顿了顿,"这包装,老土吗?"

"金色网纱,七彩亮片,再扎个大红绸缎蝴蝶结,你以为静怡小姨是幼儿园里喜欢童话公主的小姑娘吗?你这是妥妥的'直男癌'审美啊。"

"你才'直男癌'呢。"董子辰虽嘴上不服气,但还是把对话框里的那句"老板,就定这款"给默默删除了。

他瞅了一眼臭小子,而臭小子则得意扬扬,还说:"我好歹是个朝气蓬勃的新时代潮男,你听我的,放弃1号。就……就选这一款,3号。"他指了指其中一款。

"这3号会不会太素净了?"

"堂哥,你听我的,这叫莫兰迪色,正流行呢!金色网纱和大闪片真的会把小姨吓坏的!"董毅凯是真心为堂哥着想,毕竟堂哥的求婚计划已经是全家人心照不宣的秘密了,他也是真心希望堂哥能如愿以偿。

"嗯……"董子辰尚且犹豫。

董毅凯一脸严肃:"这样,我把这几款包装图发在我的社交平台上,我账号上的粉丝都是学校的同学。我让他们选一选,你也认真听取一下我们年轻人的意见,如何?"

说干就干,董毅凯顺理成章地把卷子丢在一旁,让董子辰把图片发到自己微信上,他立刻就发在了网上,配文:走过路过别错过,帮我堂哥选一选求婚用的玫瑰花束包装!选哪个,就把数字打在评论区里!

周末玩手机的初中生很多,一个粉色头像率先在评论区打了个"3",随即陆陆续续,不过十几分钟就有七八条评论了。

"你看你看,选3号的最多。"董毅凯得意道,"至于你相中的大闪片,无人问津啊。"

"这……"董子辰无语,却又想到一点,"对了,这是你们年轻人的审美没错。但你是不是忘了,你小姨和我是同龄人啊。"

此言一出,董毅凯倒被噎住了。

正在此时，又一条评论出现了。

董毅凯一看，随即错愕地张大了嘴巴："啊呀！忘了忘了，我还真忘了。"

"嗯？"

"我竟然忘了静怡小姨上个月刚关注了我。"

"什么？"

"我真忘了，小姨那么青春洋溢，我从来没把她当长辈，她刚刚给我评论了……"

董毅凯讪讪笑着，把屏幕举到子辰眼前：选3号。如果他坚持选1号的话，务必帮我阻止他。

这还真是一场心照不宣的惊喜啊。

于是，几天之后，这场心照不宣的惊喜迎来了预料之中的结局。

精心打扮的静怡接过这束莫兰迪配色的玫瑰花，嘴角弯起一抹佯装惊喜的微笑，在众人祝福的目光中徐徐点头，说："我愿意。"

求婚成功后的某天晚上，他俩约会时，董子辰忽然问她："对了，你怎么知道我会偏向于1号款的？"毕竟在很长的一段时间里，他俩已经有些疏远了。

静怡扬眉一笑："很简单，上次我坐了你的车，车上那几个金闪闪的摆件，足以让我窥视你的审美了。"

番外二
向日葵幼儿园

定下婚礼的宴请名单后，董子辰给久违了的旧友王壮壮打了电话。

电话那头，王壮壮惊讶地道："咱们有多久没见了？你居然要结婚了？"

"一直说约，但一直各自忙着。我们差不多有一年多时间没见面了。这次过来吃酒席啊，我多敬你一杯。"董子辰笑道。

王壮壮初中时还与他与静怡是同班同学，关系也格外亲厚些，不过升入高中后，他们三人就各奔东西，联络也少了。工作之后，他与董子辰只约见过两三次，喝喝啤酒，聊聊工作上的苦闷，谈谈感情上的烦恼，那时子辰的身边人还是莉莉。

此刻，王壮壮小心翼翼地问："话说，你的新娘子是？"

董子辰有些不好意思道："新娘子你认识的，是梁静怡。"

"哇！"王壮壮长舒一口气，随即三呼万岁，兴高采烈道，"行啊行啊，你小子总算订正回来了啊！"

董子辰一时觉得好笑："订正回来，你这话说的……"

"我还记得一年多以前和你喝酒的那次，也见过你女朋友，啊不，是你和前女友在一起的模样。你们之间的感觉怪怪的，有那么一点儿相敬如宾，但绝对没有以前你和梁静怡待一块儿时的那种自然而然。现在真是个大大的好结局！"

王壮壮说得兴起，竟一时感慨，真情流露道："我说句老实话，以前我也偷偷喜欢过梁静怡呢，哎哟，这陈年丑事我也不怕说，反正那时候你们也都知道！"

"知道。"董子辰笑了笑，"大家心里都知道，但你一直憋着没有对静怡表白。"

"对。你知道为什么吗？"

"是害怕被拒绝吗？"

"不是，是因为你。"

"我？"董子辰诧异。

"但也不全是因为你。"王壮壮嘿嘿笑道，"那时临近毕业，大家都在考虑升学，而我……哈哈，现在想来那时的我还真是个傻瓜，我满脑子想的都是——我不想和梁静怡分开，我想和她上一个学校。"

"你居然还这么想过？"董子辰更诧异了，"啊，我想起来了，有那么一阵，你学习格外卖力，我们还以为你开窍了呢。"

"哎哟，其实是怕自己考不上梁静怡选的学校罢了。后来填志愿那会儿，我就鼓起勇气去问她了。"

"那时静怡做了功课，选了文科有优势的市一高中。"董子辰道。

"而你，却选了城北高中。"

"对啊，那几年城北高中理科强，更适合我。"

王壮壮笑了，继续道："我知道你俩选了不同的学校，心里暗戳戳地以为，真是天助我也。我跑去问梁静怡，她是不是定下了要去市一，而她还以为我是拿不定主意呢，很热心地喊我坐在她身边，我俩凑得很近很近……"

"喂，喂。"

"哈哈，新郎官，你别急。她很认真地把几所高中的优势劣势都罗列给我看，还说根据我的情况，城北和城南都是不错的选择。"王壮壮顿了顿，叹气道，"当时我俩凑得太近了，不得不说，近得我有点儿紧张。我本来鼓起勇气想告诉她，我也想报市一高中，因为我想和她继续做同学，但这话到嘴边，始终说不出口，憋得我一口气喘不上来……正好这时候，你路过我俩身边。"

"我？"

"对。你正好买了可乐回来，放了一瓶在梁静怡桌上。看见她在

纸上写的那些高中名称,你自然而然地说了一句,你想好了,你要去城北高中。而梁静怡就一边喝可乐一边为你喊了句加油。"

"我不太记得了。然后呢?"

王壮壮苦笑,生活可能就是这样,某些对自己而言万分重要的瞬间,在别人眼里,可能只是想也想不起来的日常罢了。

"然后你就走了。我看着喝可乐的梁静怡,鬼使神差地问了一句'董子辰要去城北高中呢',她只是点了点头。于是我又追问她有没有考虑过也去城北。"王壮壮沉默片刻,才长舒一口气地继续,"那时,静怡看着我,脸上露出一种不明所以的表情。好像她完全不明白我为什么会问这个问题。于是,她耐心地又对我解说了一遍所有学校的优势和劣势,然后笑着回答我说'我干吗去城北,我这种文科思维去市一会更有发展'。那一瞬间,董子辰,你能明白我的心情吗?看着她的笑容,我简直无地自容。"

董子辰"嗯"了一声,他隐约明白了。

"所以,当年我幼稚的恋爱脑是源自梁静怡,但狠狠打破我恋爱脑的,竟然也是她。我原本想说出口的话,万分庆幸我没能说出口。如果我真说出'想为了和你一起而选择市一高中'的话,估计梁静怡一定会看不起我吧。"

"会的,"董子辰想了想,"她应该会的。"

"后来,我也学着梁静怡的样子,对每一所学校认真思考,选了更适合自己的城南高中。虽然和她联系少了,大学之后几乎没有联系了,但每每想到当年的事情,我对她始终……"

"喂喂……"

"哎哟,新郎官,让我把话说完。我都已经结婚了,老婆都怀孕了,还能对梁静怡有啥不可告人的想法?我是真心真意地感激她,上了合

228

适的高中,才上了合适的大学,才有了现在的生活。我感谢她在人生重要的拐弯口,给了我当头一棒。"

婚宴前夕,不少亲朋好友的礼金已经通过转账等方式送过来了。

为了日后回礼,董子辰和梁静怡把礼金数额一一做好登记。核对账目时,梁静怡诧异道:"王壮壮送得有点儿多啊?他虽然是老同学了,但也许久没联系了吧?怎么,你和王壮壮的感情很好吗?"

"他的礼金的确多。他老婆怀孕了,等他孩子满月,我们送个金首饰过去吧。"董子辰又卖关子地笑了笑,"他如此大方,倒不是因为我。"

"嗯?"

"而是因为,你。"

"哈?"

那之后,在梁静怡与董子辰的婚礼上,当新人来到老同学这一桌敬酒时,王壮壮举起酒杯,一边感叹"新娘子好漂亮,新郎官好福气",一边祝他们百年好合。

梁静怡含羞一笑,正想举杯与他闲话几句呢,却见董子辰不动声色地挡在了她前面,端着酒杯,笑道:"来来来,老同学,让我和你好好地喝一杯!"

当然,这是后话了。

而除了王壮壮,还有一份礼金丰厚得格外引人注目,惹得那时正在整理红包账目的准新娘梁静怡啧啧称奇。

"哇,原以为王壮壮的礼金够多了,没想到还有给更多的!"她看着红包上龙飞凤舞的落款,"这个杨晓军是谁?"

"他是婶婶以前的学生。"准新郎董子辰笑了笑。

"还有呢？"

"我和他也有过几面之缘。"

"几面之缘，值得他封这么厚的红包？"梁静怡好奇心起。

于是董子辰便揽着她的肩膀，娓娓道来。

那是叔叔董晟与婶婶梁韵怡结婚后的第三年。这年的教师节，已经升入初中的孩子们正讨论着放学后回苗苗小学看望老师。

董子辰因为要扫地，离开教室晚了些，待他气喘吁吁地跑到校门口与王壮壮他们会合，王壮壮已经快手快脚地买了一堆好吃好喝的。

"奶茶和烤肠？"董子辰哭笑不得，"这是你自己要吃的，还是要送老师的？"

"就不能是我们与老师同享美食嘛！老师也是人啊，我就记得蒋老师特别爱喝奶茶，几乎每天下午都去门卫室领外卖。"他说着，把一杯奶茶分给董子辰，"你等会儿要去梁老师那儿吧，这杯是送给梁老师的。"

近来因为老爸又出差去了，董子辰只好住去了叔叔家。他就读的初中离苗苗小学只隔了三条马路，他便每天放学后回小学，跟着梁韵怡回去。

待到梁韵怡开完会，回到办公室，就瞧见董子辰正坐在自己的座位上，一边优哉游哉地喝奶茶，一边翻看着一个作文本。

"刚才王壮壮他们来看你，但你不在，他们就先走啦，让我代为转达——"董子辰清清嗓子，模仿王壮壮的嗓门儿，"漂亮的梁老师，祝你教师节快乐，早生贵子！"

"啊呀，你们这群小孩儿……"梁韵怡不禁笑了。

她虽然只为曾经的(1)班代课过一个月，但因着静怡和子辰的关系，她和（1）班的孩子们也格外亲厚一些。

董子辰指了指面前的作文本："我看见摊开的这本正巧是杨晓军的，就仔细读了读，他写得很不错啊。"

言语间，他有些得意扬扬。

这次作文的标题是《我最崇拜的×××》。大部分学生写的不是科学家就是球星，或是自己的爸爸妈妈。而杨晓军笔下那位熠熠生辉的主人公却是曾经的（1）班大队长，苗苗小学优秀毕业生之一，曾经给过他亲切指导，传授他"武功秘籍"的董子辰！

董子辰看着字里行间满满的崇拜和向往，脸都要红了，不禁也关心起杨晓军的近况。

梁韵怡坐下喝了口水："晓军的爸爸妈妈正式离婚了，谁也不要孩子，就协商每个月出一笔钱，正式把孩子寄养在他舅舅家。听闻这次钱给得很到位，他舅舅干脆把养晓军当成一份职业，上心多了。况且两人相处久了，感情日益深厚，他舅舅现在是真的在意晓军了。"

"婶婶，你确定他舅舅这次不是'醉翁之意不在酒'了？"董子辰人小鬼大地问她。

梁韵怡捏了捏他的脸庞，好气又好笑道："我确定！上学期考试前，他舅舅雄心壮志地要给晓军进行全面复习，结果反倒被功课难倒，就拿了一摞笔记来请教我。我看着那些他整理的错题集，看得出，这回他对晓军是真用心了。"

"那就好。"

"晓军也平静地接受了父母离婚的事实……也许，只是佯装平静而已。但反正他现在把全副心思放在了三年级竞选大队长上。不过，以他的成绩，竞选中队长可以，但大队长还是有点儿悬，所以他铆足了劲儿，可能这样……"

可能这样，才能让他忘却一些其他的烦恼吧。

董子辰顿了顿，说："婶婶，竞选结束后，如果有任何需要我帮忙的地方，你尽管提。"

"明白。"梁韵怡柔声道，"子辰，你可真是个好孩子。"

"嘿嘿，一直都是！"董子辰骄傲地挺了挺胸膛。

"可是，"梁韵怡却忽然秀眉一挑，"刚才我在走廊上其实遇到王壮壮了，他不仅祝我教师节快乐，还说给我送了一杯奶茶呢！请问董子辰同学，我的奶茶在哪儿呢？"

她笑着指了指董子辰手边已经半空的奶茶杯："是不是这一杯呀？"

"哎哟喂，露馅了。"董子辰哈哈大笑，笑得露出一口白牙，却不甘示弱道，"婶婶，既然你都遇到王壮壮了，那他有没有当面祝你早生贵子啊？"

梁韵怡脸一红：还真有，几个孩子嘻嘻哈哈地祝福完后就跑啦！

董子辰振振有词："可是想要早生贵子，就要调整作息，清淡饮食，才能养好身体啊。中医都说你内火太旺，一定要少吃甜腻油炸的食物，所以这杯奶茶我代为效劳，是真心实意地为你着想。"

的确，自从正式带班，梁韵怡的工作量猛增，班内的各种事宜搞得她如陀螺般没日没夜地忙碌，身体也孱弱了不少。结婚三年，她与董晟开始计划备孕，便找了个老中医先调理身子，而这番清淡饮食的话，也是老中医反复叮嘱她的。

"好吧，"她无奈地叹了口气，"算你说得有理。"

"道理本来就站在我这边。"

"可中医也说了，偶尔吃喝一点无妨。等等，"她正说着，猛然意识到了不对劲儿，"你是怎么知道老中医说我内火旺，要少吃甜腻油炸的?"

董子辰一愣,才发现自己说漏了嘴。

梁韵怡默默地倒吸一口冷气,有关备孕的话题,涉及中医调理,涉及自己的月经周期,她自然不会当着孩子的面说。

那子辰是怎么知道的?

她思来想去,十有八九是他俩以为子辰在次卧里睡着了,在客厅闲聊时,被子辰听见了。现在想来,就连杨晓军舅舅曾经"醉翁之意不在酒"的这个话题,她也不曾当面告诉过子辰,但是他却知道……

想到这儿,梁韵怡脸颊一阵微红,清清嗓子道:"我下班了,收拾收拾回家吧。"

一个月之后,苗苗小学新一轮大队长的竞选结果出炉。

杨晓军意料之中地落选了,而就在他郁郁寡欢之际,却意外地从梁老师那儿收到了一份礼物——是一张用旧了的大队长标志,背面用记号笔写着原主人的名字,董子辰。

董子辰还写了一张卡片给他:前路漫漫,不要轻言放弃。

"以上,就是学生时代我和杨晓军的最后一次交集。"

梁静怡点头:"那你对他的影响一定很大吧。"

"当初他落选大队长,我就把自己用过的大队长标志当礼物送给了他。我只是尽绵薄之力鼓励他,也没料到对他的影响会这么大。"

"哎哟,你还挺用心的嘛。"

"其实之后,我们也没再联系了。直到去年,我们公司在争取一个合作机会,与对方公司接洽时,我发现对方公司的 logo(标志)是三条红色的平行线,我还开玩笑说看着就像个大队长标志似的。然后

我就见到了对方的老板，业界新贵，年入百万的行业黑马……"

"是他？"

"是的。"

"天哪！"

"我原本还犹豫着要不要和他打招呼，但他一进会议室就直奔我而来。"

"哎哎哎？"

"他当着我老板的面，握着我的手，激动地说好久不见，他一直没忘记我当年对他说过的话。"

"你当年对他说什么了？"

"问题就在于，我不记得当年对他说什么了。"

"哈哈哈哈哈哈……"

"好在他自顾自地说下去，说当年我给他写过一张卡片——前路漫漫，不要轻易放弃。他说他一直把这句话牢记在心。虽然直到小学毕业，他都没能逆袭成大队长，上了中学后成绩尚且过得去，高中就被学霸吊打，之后也只进了个普普通通的大学。但不论这一路上如何艰难，他始终把那句话藏在心底，在他难过时给他力量。"

"哇，我怎么觉得……有点儿浪漫啊。"

"浪，浪漫？"

"你想啊，如果你是个女孩儿，当年在他最失意的时候鼓励了他，而他把你默默装在心里一路奋斗成霸总，然后在会议室的众目睽睽之下拉着你的手与你相认。"

"别别……别说了，我汗毛都竖起来了。"董子辰打了个冷战。

"那你继续说，然后呢？"梁静怡催道。

"然后我只能嘿嘿地笑——大队长标志是我送的没错，但那张卡片其实是婶婶的意思,由她口述,我写下来的。所以我略有心虚。"

"哇,那你回头得好好谢谢我姐姐!"

"肯定得谢,前阵子刚订了个名牌包准备送给婶婶——要知道那天在会议室,杨晓军拉着我的手说了一句,原本还有几家参与竞争的公司,现在统统不用看了,就交给我们公司来做。前提是,必须得让我负责这个项目,他才安心。他说完这番话,连我们公司的 PPT 都没看,直接坐下来,大笔一挥地在合同上签字了。我老板都看傻眼了,直勾勾地盯了我好半天,一回公司就给我涨了薪水。"

"天哪,实在太浪漫了,如果你是个女孩儿……"梁静怡又开始浮想联翩。

董子辰略有不满地揽过她的腰肢,狠狠地吻了她一口,直吻得她气喘吁吁、心猿意马,才恋恋不舍地松开她。

他狠狠揉了揉梁静怡的脑袋:"我是个大男人,我是你不久之后的老公,纯纯的大男人,明白了吗?"

梁静怡脸一红,嘴一翘,但还是老老实实道了一句:"明白啦。"

他伸手在她红润的脸颊上点一点,默默咽了下口水:"我看你好像还不太明白……我可以让你明白得更深入些……"

"哎,不用,哎呀,你干吗呀……"


"对了,"两人情意绵绵之际,梁静怡稍稍推开董子辰,又问,"听你刚才说杨晓军成绩平平,大学也普普通通,怎么现在就成业界新贵了?"

"你就不能等一会儿问吗?"他火烧火燎,不甘心地又伸手抱她。

她又推开他:"我好奇得都心不在焉了。"

好吧。有情人做爱做的事,怎么能心不在焉?董子辰只得先按捺

下心火,说:"还记得我说过,小学时他父母离婚,把他丢给舅舅吗?"

"然后?"

"十几年过去,他父母各自新组的家庭均以失败告终,然后纷纷回想起自己还有个儿子,就都回来对杨晓军送温暖了。杨晓军倒也不恼,对父母承欢膝下之余,他拿着父母的存款开始创业。前期估计也亏了他爸一套房吧,他爸也是敢怒不敢言——毕竟人老了,就指望着唯一的儿子养老送终,何况他小时候还亏待过儿子,生怕儿子以后对自己不好呢。

"后来杨晓军继续创业,毕竟他的人生格言是那句'前路漫漫,不要轻易放弃'嘛,他可算是贯彻到底了,就开始努力祸祸他妈的房子。他妈也不敢不支持啊。这回,倒给他折腾成功了,也是命运使然吧。"

董子辰笑了:"听说他去年赚了不少,买了一套大别墅后……把他那位多年来因为养育他而一直没结婚的舅舅,接进别墅养老了。"

是啊,前路漫漫,不要轻易放弃。

无论是杨晓军还是董子辰,还是这个世界上的所有人,皆是如此。

"好了,聊完了,我可以继续了吗?"董子辰满心满眼地看着她,问道。

而梁静怡则羞涩地低下头,默默地"嗯"了一声。

这回,董子辰终于也有机会,能看见心爱之人睡着的模样了。

梁静怡与董子辰的婚礼在即,梁韵怡也没闲着。

这天结束了和老友苏苏的逛街,她大包小包地回到家,一进门就迫不及待地向老公董晟展示今天的收获:"选来选去,逛了七八家店,就这条穿着最合适。我还买了颜色匹配的高跟鞋,怎么样?"她说着,把一条枣红色中式绣花套裙往身上比画。

董晟笑了："好看,你穿这个颜色最好看。"

梁韵怡却站在镜子前止不住地感叹："哎,岁月不饶人。一转眼我都四十多岁了,和以前的模样是没法比了。子辰和静怡偏偏还指定我做证婚人。我现在减肥还来得及吗?"

"减什么肥呀,"董晟过来,从背后抱住她的腰,看着镜子里的妻子微笑,"你和当年的模样没什么两样。"

"哼,男人的嘴,骗人的鬼。"梁韵怡嘴上说不信,嘴角却还是微微上扬,"你估计连我们第一次见面是什么时候都不记得了吧。"

"在子辰和静怡的一年级家长会上。"他却不假思索地回答。

梁韵怡感怀地眨眨眼,思绪似乎也回到了当年苗苗小学的教室里:"那是我人生中第一次去开家长会,还是代替爸妈去的,所以我紧张得不得了。"

"我也是,代替我哥去的,紧张到不行,却还是留心到坐在我身边的姑娘很漂亮。"

梁韵怡抿嘴笑了,说:"那你还记得,我们一起参加的第二次家长会吗?"

"当然。"他脱口而出,"第二次,你站在台上,我坐在台下。其实你说了什么关于学习的内容,我听得左耳朵进右耳朵出,我只是一直盯着你看。"

梁韵怡又笑了:"那第三次呢?"

"第三次,是我送走你爸之后,到一年级的教室等你,顺便给了某些心思活络的家长一点警示。"董晟也跟着笑了,"其实印象最深刻的还是第四次。"

"嗯,我也是!"梁韵怡赞同。

他们夫妻俩一起参加的第四次家长会,是在孩子们初中时的某次

阶段考试后。

那次不巧,梁家父母吃坏了肚子,齐齐去了医院挂水,而董坤出差做生意去了,于是梁韵怡和董晟便又作为家长,坐了初中的教室里。

彼时董子辰蹿高了不少,坐他位置的董晟便坐了教室的最后一排,并时时留心着坐在第二排的梁韵怡。

初中学业繁重,结束之后,家长们纷纷排队去找各科老师单独沟通。

当董晟快要排到语文老师跟前时,见梁韵怡刚从数学老师那儿聊得口干舌燥地回来,便从包里掏出保温杯递了过去:"老婆,喝口热水。"

梁韵怡接过,正规规矩矩地要排到队伍的最末尾,语文老师见了,就扬手喊她过来:"你是董子辰的婶婶吧,我正要和他叔叔聊呢,你也一起过来听吧。"

梁韵怡就笑了笑:"老师你好,其实我还想问问梁静怡的学习情况,所以还是排一下队吧。"

这下,倒把语文老师愣住了。

董晟忙解释道:"我是董子辰的叔叔,她是梁静怡的姐姐,而我们是夫妻。"

"哦……"语文老师捋了捋,总算把人物关系理清了,却还是朝梁韵怡招手,"那也过来吧,我想聊的情况,刚好事关董子辰和梁静怡两个人呢!"

"哎?"


这天,从学校回来,董晟牵着梁韵怡进门。两个孩子听见开门声就从书房里迎了出来,一个给叔叔拿拖鞋,另一个给姐姐倒热水,不仅殷勤备至,还得意扬扬——因为他俩的阶段考成绩相当亮眼,以为叔叔和姐姐去开家长会，必定是去享受表扬的呢！

岂料，梁韵怡秀眉一挑、脸色一板，在董晟的搀扶下稳稳地坐在了沙发上，把孩子们叫到跟前，严肃道："你俩，老实交代吧。"

"交代什么？"子辰和静怡面面相觑。

梁韵怡一边享受董晟的捏肩服务，一边叹气："你俩这次阶段考的成绩很不错，老师表扬了你们……"

子辰和静怡还来不及摆出个嘚瑟的笑容，梁韵怡话锋一转："但是老师也提到了你们俩互相抄作业的事儿。对此，你们有什么想解释的吗？"

"呃，这个嘛……"两个孩子一愣，纷纷露怯地缩了缩肩膀。

没错，今天老师是这么说的："梁静怡擅长文科，经常把做好的阅读分析题给董子辰抄。董子辰擅长理科，经常把做好的数学题给梁静怡抄。他俩分工合作，虽然这么做，他们挤出了更多的时间刷难题，但给班上其他学生还是做了个不太好的榜样。"

"婶婶，我必须为我和静怡辩解几句。"此刻，子辰拦在了静怡身前，壮着胆子开口，"我们是分工合作没错。但我抄静怡的，都是最基础的阅读题，按套路回答即可。省下来的时间我能多看些书和时事新闻，给写作文添素材。静怡也是，我给她抄的都是最简单的计算题，那些题没难度，静怡节约下来的时间可以多练练她不拿手的几何难题。你看，我们分工合作，完全没有影响成绩，反而让我俩考得更好了。"

静怡也在一旁配合地猛点头，连董晟听了都浅浅地"嗯"了一声，却在收到老婆的目光后，连忙低下头继续服务。

梁韵怡叹气："可无论如何，抄作业就是不对的。你俩是班上的中队长，应该起到领头模范作用，好些个同学以你们为榜样，把抄作业的坏毛病学去了怎么办？再说了，基础题也都是要训练的，地基打

得不好,房子造再高也是要塌的。"

"姐姐,"这回轮到静怡勇敢发言了,"我们不是小学生了,每个人都应该摸索到适合自己的学习方法,盲目地去学别人本就是不对的。再说了,我和子辰的基础打得都很扎实,我们只是不想在基础题上浪费时间,事实证明,我们的考卷上,基础题几乎都是全对的。我们的地基很扎实,我们怕的是房子造不高。"

梁韵怡一时语塞,竟觉得他俩的话挺有道理的,但身为小学老师,她身上多少沾染了点儿一板一眼的劲儿。她说:"那你们可以向老师申请,少做些基础题,总比抄作业好吧。"

"顺手抄一抄的事儿,就不必麻烦地向老师申请了吧。再说了,如果抄作业是给别的同学做了不好的榜样,那么向老师申请不做基础题,也必定会有人有样学样啊。"静怡道。

梁韵怡默默吞了下口水,她正迟疑着不知该说什么,忽然觉得肚子里微微一动。

她表情一愣,董晟连忙问她:"老婆,怎么了?"

"他好像动了,他好像在踢我啊……"梁韵怡怔怔的,继而又欣喜地笑起,"老公,是真的,他踢了我一下!才四个多月就有胎动了吗?"

"真的吗?"这下别说董晟了,连静怡和子辰都欣喜若狂地凑上来,又小心翼翼地和梁韵怡微微隆起的小腹保持着安全距离。

"哎哟哟,小弟弟刚才是在听我们说话吗?"子辰的眼睛都闪闪发亮了。

"兴许是小妹妹呢!她一定是在听我们说话,听得入迷了,给我们回应了呢!"静怡笑得眉眼弯弯。

董晟则温柔地揽着老婆的肩膀,又顺势道:"知道他在听你们说话了吧。所以你们俩是在教育这位四个多月大的宝宝如何合情合理地抄作业吗？"

此言一出，静怡和子辰顿时面面相觑。

一种身为长辈的责任感油然而生，让他俩立刻改口：

"不不不，婶婶刚才说得对，无论如何抄作业是不对的。我们不能给别人树立坏榜样。"

"姐姐刚才说得对，基础题也要好好训练。我们这次基础题也有轻微失分，不应该，实在不应该。我们一定好好练习，争取下次再也不失分。"

两个孩子对着梁韵怡的肚子一番义正词严，惹得梁韵怡和董晟笑得不能自已。

于是，在多年后终于到来的，属于董子辰与梁静怡的婚礼上。

新婚夫妇手挽手地来到各桌前敬酒，而董毅凯明明是个半大孩子，也学着大人模样倒了半杯红酒，架势十足地猛喝一口——随即呛得连连咳嗽。

"我今天特别高兴，"董毅凯擦擦嘴巴，依旧激情昂扬，"听说我在妈妈肚子里的时候，就见证过你们抄作业还互相袒护了，今天能见证你们结婚，我真的特别开心！小姨，堂哥，我祝你们百年好合！"

新郎官笑得格外灿烂，又说："想当年婶婶怀你之前，我可是放话说过要把你的学习负责到底的。"

"对啊，但你也没做到啊。"董毅凯抓抓头发。

"那我没做到的事儿，你要不要来试试看呢？"董子辰笑道。

董毅凯望向静怡小姨的肚子，虽然大人们都说不满三个月不能往外说，但其实这已经是全家公开的秘密了。

他嘿嘿一笑，用自己的红酒敬了敬梁静怡的橙汁："别了，学习

我自顾不暇。不过等他出生之后，'吃喝玩乐'这四个字，嘿嘿，就交给我啦！"

鉴于梁静怡很喜欢姐夫董晟做的干煎带鱼，婚后的董子辰为了能让老婆一饱口福，便去叔叔那儿拜师学了好久。

起初的几次尝试，梁静怡只淡淡地笑着说："还行，还行。"

后来，董子辰发愤图强，硬是把叔叔掌勺的整个过程拍下来，逐帧逐帧地细化研究。调料精确到克重，油温和煎的时长也一一记录。

调整几次后，终于盼来静怡眼前一亮，咬着筷子道："哇，和姐夫做的味道简直一模一样啊！"

嘿嘿，能让老婆大人满意，便是他董子辰的动力。

于是小夫妻俩的夜生活便是饮料配干煎带鱼，再共赏一部浪漫电影。只不过在他们家，放的是一部卡通"浪漫电影"——投影屏上正播放着《超级机械侠大战邪恶博士》的 20 周年庆，重置高清版。

"想当年，我们一起去电影院看这部片子时，光顾着替超级机械侠喊加油了，"子辰笑着，被这部老电影勾起了许多美好的回忆，"后来我才听叔叔说漏了嘴，那次在电影院，是他第一次牵婶婶的手，成功在握的时候，仿佛整个电影院的小孩儿都在为他鼓掌。"

静怡也跟着笑，看着屏幕上片尾字幕亮起，她不禁感慨道："那年我们在电影院里一起看了第一部，还一起讨论着下一部会有怎样的剧情反转。但之后，这电影出了一部又一部，起初我们还相约一起去看，但不知什么时候就……就没有再去看过了。"

子辰低头温柔地吻了吻她的额头。

"所以，我们竟然直到现在才知道，这个系列电影的结局——超级机械侠和邪恶博士冰释前嫌，重修旧好，执子之手，共度一生。"

静怡仰头:"喂喂,你这说的是超级机械侠和邪恶博士吗?"

"是啊。"子辰笑得意味深长,"刚才电影里不是演了嘛——原来他俩都是被魔鬼外星人给骗了,其实他们的初衷都是为了保护地球。当他们解开误会后,就统一战线,一致攻打外星人。最后携手击退敌人,在能量耗尽时双双进入黑洞休眠,度过漫漫余生,继续守护地球。和我刚才说的,基本一样啊。"

静怡皱皱鼻子,脸色微红地转过头去:"好在,是好结局,对吧。"

"嗯。"子辰注视着她的侧脸,柔声道,"的确,是个好结局呢。"

电影落下帷幕,小夫妻俩也吃饱喝足,随即看着满桌的狼藉和厨房里油腻腻的锅子发愣。

"喂,晚饭是我做的,收拾的活儿该轮到你了吧。"子辰笑嘻嘻地揽着她的肩膀。

静怡小嘴儿一翘:"清洁打扫可麻烦了,今天白天工作太多,我也累得够呛呢。"

他俩互相对视一眼,一时之间竟谁也不肯让步。

恰逢此刻,董子辰的手机上收到了董毅凯的求救信息。

臭小子发来一道数学大题,语音说道:"堂哥堂哥,十万火急,帮我看看这道题怎么解。我妈说了,这套卷子做不完,明天就别想出去玩。可是我已经和朋友约好了啊,明天必须赴约!"董子辰还来不及回复,他又补充一句,"静怡小姨在吗?让她也帮忙一起看看?你俩以前可都是学霸呢!"

随即他又来了一句:"啊不对不对,现在应该改口,叫静怡堂嫂了!"

此言一出,董子辰顿时乐开了花,把手机推到老婆眼前,两人相视一笑。

梁静怡眨了眨明亮的眼眸，突然有了主意："要不，我们来个公平竞争？"

"公平竞争"这四个字自从中学之后，已经很久没有出现在他俩的生活中了。董子辰顿时来了兴致："你的意思是？"

"我们谁先帮小凯解开这道数学大题，谁就是赢家，输了的人就负责今晚的所有家务！"

董子辰笑了，挽起袖子道："来吧，公平竞争，我求之不得。"

关于那晚"公平竞争"的结局是，董子辰率先解开了题目。但他哪儿舍得新婚妻子辛苦啊，在静怡俏生生的眼神下，也心甘情愿帮着一起洗洗涮涮了。

而那晚"公平竞争"的真正结局是——

几天之后，梁韵怡和董晟一起去参加了儿子小凯的家长会，数学老师忧心忡忡地对着他俩念叨："董毅凯也算是个聪明孩子，但是他听课的效率太差了！比如这张卷子的最后一道大题，看着很难，但其实都是课堂上讲解过的知识点！你们再看看他，洋洋洒洒地写了一大堆，可仔细一看，简直错得离谱，就像是从来没听过课似的……"

数学老师推了推眼镜，继续道："因为这道题错得实在太离谱，我严重怀疑，董毅凯是不是找了个作业代写？而且是个相当不靠谱的作业代写！"

此刻，远在城市另一端的董子辰正热火朝天地给老婆做晚饭呢，忽而就"阿嚏阿嚏"地猛打喷嚏。

梁韵怡和董晟默默地对视一眼，心中隐隐猜到了答案。这哪是什么不靠谱的作业代写呀？十有八九是他那不靠谱的堂哥吧！

面对老师，他俩不敢多言，只一个劲儿保证回家后一定严加管教董毅凯。

数学老师默默叹了口气，忽而压低了声音道："还有一件事儿，我想和你们沟通一下。"

"老师，你但说无妨！"梁韵怡道。

"董毅凯的这道题错得太独特了，所以几乎一模一样的答案出现在他同桌方晓娜的卷子上，这……就显而易见了。"

董晟一愣："我会回去教育他的，可以和同学讨论学习，但不能把答案给别人抄。尤其还是错得离谱的答案。"

数学老师意味深长地笑了笑："其实我的意思是，董毅凯和方晓娜的关系很好，他们从小学起就认识的吧。有时候甚至太好了一些，我听闻他们俩周末有偷偷约出去玩。嗯……身为家长，你们可以在这方面多关心一下。"

这天家长会结束之后，董晟一边教育儿子，一边打了个视频电话，连带着把侄子也给教育了一通。

沙发上的小凯正襟危坐，吓得大气也不敢出。

视频电话的那头，子辰也端坐在餐桌前，灰头土脸地挨着训。

子辰偷偷瞄了一眼老婆，用眼神问静怡："那天晚上的数学题，我居然做错了？"

静怡一边吃着他刚做完的热气腾腾的小菜，一边用眼神回答他："数学老师都说错了，那肯定是错了。所以那天晚上，你压根儿就没赢！我们顶多算打平！"

子辰皱皱眉，又用眼神对她说："不对，你是直接弃权，而我是做错了。我好歹也算坚持到底了。再说了，虽然我赢了，可是我这个赢家也帮你一起收拾了啊。而且你一个撒娇，活儿大半都是由我干完

的，刷锅的时候你一边吃冰激凌一边还挑刺我刷得不干净，你不记得了吗？"

"我记得啊。"静怡抿嘴一笑，用一抹娇嗔的眼神回复他，"后来你就恶狠狠地咬走我一大块冰激凌！哼！"

"可把我的牙齿给冻坏了。"

"觉得冷，你还不松口。"

"我……"

他俩的眉来眼去，终于在梁韵怡的一声咳嗽中落下帷幕。

"好啦好啦，你俩有话，等会儿关起门慢慢聊去。"梁韵怡哭笑不得，"我们还是先回到小凯的问题上。"

子辰连忙正襟危坐，认错道："婶婶，很抱歉，下次我再也不会帮小凯做题，助长他不做作业还成天想着出去玩的歪风邪气了！"

一提到"出去玩"，董晟和梁韵怡顿时想到老师所提到的方晓娜。

而一提到方晓娜，董毅凯顿时不淡定了，竟然从沙发上跳了起来："那道题是我借给方晓娜抄的，但，是我主动给她的。她起初还不肯抄，说要自己做，可做半天做不出来，最后是我好说歹说让她抄了去的。所以是我不对！"

小凯这副护短的劲儿，倒是一众大人没料到的。

董晟愣了片刻，才问："所以你和方晓娜，的确有偷偷约了出去玩？"

小凯急得脸都红了，连忙维护自己和方晓娜的清白："什么叫偷偷啊，我们俩是光明正大出去的，又没去什么见不得人的地方！我们只是去麦当劳碰个头，互相……互相探讨一下学习罢了。"其实就是互相抄作业呗，"她语文强，借我参考下；我物理、化学还过得去，就给她参考。互惠互利，共同进步，有什么不对？"

董晟一时之间竟无言以对。

小凯理所当然地继续道:"我和方晓娜小学时就是前后桌了,上初中又做了同桌,理应互相帮助的!我没说错吧!"

"没,没错,你说得没错。"

视频另一头的子辰忍不住笑了,连一旁的静怡都笑得默默低下了头。没办法,互抄作业,互相护短这种事儿,世上最没资格说教小凯的,恐怕就是由同桌变夫妻的他们俩了。

当然,大人们的种种顾虑之后也就烟消云散了。因为方晓娜很快跟着家人去了另一座城市生活,办理了转学。


多年之后,董毅凯哭笑不得地坐在向日葵幼儿园的教室里,等待着开家长会。确切地说,是等待着给自己的侄女——董梓妍小朋友开家长会。

他垂头丧气地坐在幼儿园明显小一号的卡通凳子上,一边四下张望,一边给朋友打着电话。

"是啊,我真的不过来了。祝你们几个联谊开心,能遇到心动的女孩。而我这个黄金单身汉,正坐在小猪佩奇的粉红色椅子上,等待着开家长会。"

朋友哈哈大笑,上气不接下气道:"董毅凯,你创纪录了啊——我们同学圈子里,你还是头一个开家长会的!"

的确,周围不是××妈妈××爸爸,就是××奶奶××爷爷,董毅凯这个研究生在读的大小伙子,确实显得过于青春了一些。

"话说今晚到底是怎么了,你还没告诉我呢,怎么就轮到你替你侄女开家长会了?"朋友问道。

"说来话长——之前定的家长会日期,由于幼儿园的设备坏了,取

消改期。今天这个日子是临时通知的,所以让我堂哥堂嫂都措手不及,他俩为庆祝结婚纪念日,早就安排好假期,买了机票订了酒店去国外旅游。他们收到家长会新通知的时候,都提着行李箱准备上飞机了。我估计,现在他俩正在欧洲玩得乐不思蜀呢。"

"那你家里的其他人呢?"

"梓妍的外公外婆身体都不好,这阵子疗养去了。我妈是小学老师,巧了,苗苗小学也正开家长会呢,她自然抽不出身。至于我爸,在邻市开咖啡馆的从业者大会,也回不来。"他说,"今晚梓妍由爷爷照顾着……"

但爷爷董坤多年来喝酒应酬落下的老胃病又犯了,照看孩子还行,开家长会他可力不从心了。

至于梓妍的奶奶,也就是董子辰的亲妈——只在梓妍满月时送来一块金锁。金锁沉甸甸的,奶奶抱着孩子的表情也颇为慈爱,可惜一接到她丈夫的电话就匆匆告辞了,从此再也没有出现过。

"在诸多巧合之下,只能由我扛起大旗了!"董毅凯不禁叹气,"真羡慕你们今晚能参加联谊……"

朋友宽慰道:"哎哟,说不定你参加家长会能有意外惊喜呢?"

"比如?"

"比如结识一个也是替妹妹啊侄女啊参加家长会的漂亮姑娘。"

董毅凯看了一圈周围的人,默默道:"应该没有。"

"那兴许,能结识温柔漂亮的幼儿园女老师?"

"梓妍的班主任我见过,的确漂亮,是一位经验丰富的四十岁气质女老师,她家孩子都上小学咯!"

"哈哈哈哈……"朋友乐不可支,但还是努力宽慰道,"别灰心,兴许有惊喜。我记得以前听你提过,你爸就是在家长会上对你妈一见钟情的。"

"哪有这么夸张,当时在家长会上,他们顶多互有好感。"董毅凯道,"后来发生了很多事,才日久生情的。其实我也不太相信一见钟情。"

"对哟,你堂哥堂嫂,隔了好多年才走到一起。"朋友道,"可现在生活节奏这么快,哪有姑娘会花漫漫时光陪你培养感情啊。要不然,我们以前的老同学单身的,你看有没有合适的能聊聊?"

董毅凯顿了顿,也不知是想到了什么,感慨一句:"算了,感情这种东西就,就随缘吧。"

他话音刚落,就瞧见班主任老师走了进来,正为电脑开机。

而她身后还跟了一个年纪轻轻的女孩儿,高马尾,粉色连衣裙,略带羞涩地拿着一张表格道:"各位家长晚上好,我是新来的实习老师,现在由我来登记下今晚的出席人数。"

董毅凯只瞥了她一眼就愣住了,彻彻底底地愣住了。

身边有家长客气地问:"老师你好,怎么称呼?"

"我叫方晓娜,叫我方老师就行。"女孩儿一个个喊着家长的名字,当她喊到'董梓妍家长'时,目光与董毅凯交错,随即也跟着愣住了!

"你是董毅凯?好巧啊,真的是你吗?"她先是惊喜,又微微蹙眉,"你,你是董梓妍的家长?"

"我是,我是……"董毅凯紧张地狂吞口水,片刻后才反应过来,连忙解释,"我的意思是,我是董毅凯,就是你认识的那个董毅凯!我也是董梓妍的家长,但不是爸爸,我是孩子的堂叔!"

好半天,他才发现自己甚至都忘了挂电话。

朋友好奇地问他:"怎么啦?家长会已经开始了吗?"

"还没有。"他淡淡道一句,"但是我今天,好像的确有收获。"说罢,他才做梦似的挂断了电话。

几天之后，董毅凯登录了许久没上的社交账号，看见那个许久未更新过的粉红色头像发了一条新状态。

她说：那是我第一次开家长会，真是一场美好的回忆……

一年之后。

董子辰紧赶慢赶地完成工作，提前结束出差回家了。

他到家时已经是晚上十点多了。他放下公文包，蹑手蹑脚地走进卧室，见静怡搂着女儿梓妍已经睡着了。

静怡睡得浅，揉着眼睛悠悠醒来，把另一条手臂轻轻地从女儿的脑袋下抽出来。子辰过去抱她，出差一个月，他甚为思念她。静怡却怕吵醒女儿，躲开他的亲吻，推着他往客厅走去。

才刚带上房门，子辰就迫不及待地又抱住她，一边吻一边喃喃："静怡，我想你了。"

静怡笑了，反手搂住他，柔声道："不是说好了明天回来吗？"

"我抢先完成工作，就是想着提前一天回来。"子辰捧着她的脸庞不肯松开，她身上沐浴露和润肤露的气味让他有一种家的感觉，"再说，明天不是有梓妍的家长会吗？"

"所以，你是为了参加明晚的家长会，才提前回来的？"静怡稍稍推开他，问。

"当然。我都好久没参加梓妍的幼儿园活动了。"子辰道。

董子辰工作很忙，但以往他缺席女儿的幼儿园活动却不单单因为这个，更是因为董毅凯那小子——自从方晓娜接替了意外二胎的老师，成为梓妍的新班主任后，小凯就恨不得扎根在向日葵幼儿园了。去年的家长开放日、亲子游园会、食堂开放日，他统统抢着参加。若非他这个研究生还有课要上，他几乎连梓妍的上学放学都想一手包办了。

好在半年过后,他成功抱得美人归,谈恋爱谈得如沐春风。董子辰这个梓妍的亲爸爸,这才又回归到梓妍的幼儿园活动中。

所以,当他听静怡说,明晚的家长会小凯一早就说好了,要让他去参加时,董子辰都糊涂了:"他不是早就把方老师追到手了吗?还用得着特意去幼儿园见她?"

听他语气中略带不爽,好似亲爸的地位又要被取代了似的,静怡哭笑不得地又吻了他一下,随即告诉他:"哎呀,我来告诉你内幕吧。十有八九,小凯是打算在家长会结束之后,等其他家长都走了,在教室里向方老师求婚。毕竟他们久别重逢就是在幼儿园。"

"哦?"子辰惊喜道,"你是怎么知道的?"

"因为那小子虽然什么也不肯对我们说,却什么都愿意对梓妍说。他以前就经常通过梓妍来打听方老师的喜好,又通过梓妍给方老师送礼物。"静怡道,"是梓妍不小心说漏嘴的,说小凯买了个好闪好闪,比钻石糖还要亮晶晶的大戒指,说要送给方老师,让方老师答应永远和他在一起。"

"天啊!"子辰开心地笑了,"他们才谈了半年而已,就要结婚了?"

"不好吗?"静怡斜睨他。

"不,挺好的。"子辰又搂住她,喃喃道,"总比某些傻瓜,隔了这么多年才明白自己想要的,要好太多了……好吧!那明晚的家长会,就让给他吧!"

第二天晚上,子辰亲自下厨给静怡做干煎带鱼,一家三口其乐融融地正吃着晚饭,却忽然传来了一阵急促的敲门声。

门外站着焦急的董毅凯:"堂哥堂嫂,我才想起来,家长会要交的那张幼儿园满意度反馈表,你们没给我!"他能不急嘛,还没来得

及求婚,就因为该交的没交,给女朋友添麻烦了。

静怡连忙拿给他。

今天的董毅凯从衣着到发型,果然都不同凡响。

"你小子,居然还描了眼线?"子辰哭笑不得。

"怎么,看着很奇怪吗?朋友帮我搞的,说会显得更帅!不行我现在就擦掉!"董毅凯紧张道。

"不用不用,挺帅的。"子辰连忙道,看着他口袋里明显凸出来的疑似戒指盒的形状,由衷地说道,"快去吧。别紧张,你一定可以马到成功的。"

毕竟,董家的男人,总与家长会有缘呢。

番外三
♡ 没有如果

今天是董毅凯新婚后的第一顿家宴。

今晚的主厨依旧是掌勺多年，厨艺越发精湛的董晟，此刻正立在厨房的一堆新鲜食材前，准备大展身手。梁韵怡则陪伴在他身边，切切洗洗，做些打下手的工作。

厨房外，客厅里，身为新婚儿媳的方晓娜略显局促地对老公董毅凯附耳道："我要不要也去厨房里帮忙？"

董毅凯摆摆手："不用不用。我爸一早去买了新鲜带鱼，准备做他的拿手菜干煎带鱼给你尝尝。帮忙的事儿，交给我妈就行。你就负责在饭桌上多捧场，多吃点，多来几句'啊呀，真好吃啊'就行了！"

坐在一旁的梁静怡也笑了："晓娜，相信我！我姐夫的干煎带鱼绝对会让你赞不绝口！"

她身边的董子辰跟着笑了："当初，叔叔就是用这道菜向婶婶求婚的，这么多年，我也只学到了叔叔七成的功力而已。"

方晓娜兴致勃勃地听着，又望向厨房里那两道亲昵的背影，不禁感慨："他们看上去感情好好啊。"

董子辰万分认可地点头："的确，这么多年的婚姻，据我观察，他们俩只吵过一次架。"

"真的吗？"方晓娜诧异。

"是真的！"梁静怡郑重其事地附和，"是不是咖啡馆女客人的那次？那真的是姐姐和姐夫结婚这么多年来，唯一一次吵架！"

眼见着方晓娜一脸好奇却又不敢追问的神色，董毅凯主动提出："堂哥堂嫂，要不你俩具体展开说说？"

言下之意——我老婆的好奇虫都快从肚子里钻出来了。

"怎么，前因后果你不清楚吗？"董子辰调侃。

"我只知道一点儿皮毛，毕竟那时候我还是个懵懵懂懂的小屁孩儿。"董毅凯道。

"还真是!"董子辰乐了,瞥见厨房里的叔叔婶婶忙得一时半会儿也出不来,他顿时来了兴致,撸起袖子绘声绘色地聊起那段趣闻,开篇就是一句王炸——

"我也算是那件事儿的亲历者。我至今都记得,那天咖啡馆的一位女客人忽然声情并茂地对叔叔说,她愿意给小凯做后妈,我整个人都惊呆了。"

"这么劲爆?"方晓娜的嘴巴成了"O"形。

董子辰继续放料:"更劲爆的是,当时我婶婶就站在女客人身后!"

"天哪!"方晓娜错愕地捂住了脸。

董子辰继续爆料:"最劲爆的是,当时叔叔的表情像是宕机了,而女客人转身看见了婶婶,还微笑着对婶婶保证,她以后一定会多多关心小凯,做一个合格的后妈。"

看着老婆露出了如追剧般期待满满的表情,董毅凯苦笑道:"好啦好啦,堂哥,你就别卖关子了,还是从头讲起吧!"

听到那句石破天惊的"后妈宣言"时,其实是梁韵怡与那位女客人——何小姐的第二次碰面。

她俩的第一次碰面,是在那年学校刚放暑假时。

回想那个学期,梁韵怡作为优秀教师代表参加了市里的公开课大赛,一路从初赛闯进总决赛,那段日子她几乎以校为家,恨不得在学校里安个帐篷。

每每她一身疲惫回到家,董晟也不忍心让她带孩子。就当作是支持老婆的事业吧,那阵子的董晟又当爹又当妈,包揽一切家务,只为了让老婆安心冲刺。

晋级决赛的通知下来,梁韵怡也无暇放松,转身又投入暑假家访中。

这天她访完一圈儿,最后一户是新转来的学生小开。巧了,小开的爸爸经营一家冷饮店,正好开在相逢咖啡馆的对面。

可梁韵怡过来时,却遇到街区的电路坏了,紧急抢修中,大热天断了电,两旁店铺大多临时关了门。

梁韵怡便暂且在咖啡馆门口的长椅上坐下,给副班主任打了个电话。

"我到了,但这片临时断电,小开爸爸给我留言,说要处理一下店里的事,让我等一会儿,我就在门口先坐会儿。"梁韵怡说着,下意识地回头望了一眼咖啡馆,连自家咖啡馆也临时锁门了。

她正专心通电话,身边坐着的一位女子闻言,忽而抬头,专注地打量起她来。

梁韵怡并没有在意,继续道:"对啊,小开很活泼,真看不出他是单亲家庭的孩子。他爸爸期末来领手册时和我聊过两句,说是早些年孩子妈妈为了拼事业而忽视了家庭,最后直接出国打拼去了……"

身边的女子听得更专注了。

"不过他爸爸看上去并不纠结,"梁韵怡笑了笑,"还直言不讳地说自己想开了,对婚姻没什么执着了。但如果有合适的对象,对孩子好,能做个好后妈的话,他也想再婚。"

听到这儿,身边的女子若有所思地点了点头。

梁韵怡与副班主任又聊了几句孩子的情况,才挂断电话。

却在这时,她收到小开爸爸的微信。看完后,她给副班主任留言:他爸说一时半会儿回不来,那我也先走了。

她揉了揉走得酸软的脚,又回眸看了一眼咖啡馆,心下暗叹:哎,原本还打算结束后蹭老公的车回家呢。

正起身,身边的女子竟出声喊住了她:"你好,你是店老板儿子的班主任老师?"

梁韵怡一愣,这才注意到她。

烈日当头,附近的行人皆是行色匆匆,而她显然在没开门的咖啡馆前等了许久,额前的碎发都被汗水打湿了。

梁韵怡迟疑道:"请问,你是?"

"没什么。"女子笑了笑,"我是店里的常客,听你提起小凯,是店老板的孩子吧,就……"说罢,她笑得越发腼腆了。

梁韵怡不明所以,只礼节性地"嗯"了一声。

随即手机上传来老公董晟的微信:我从供货商那儿回来了,你往前走,我的车差不多五分钟后到路口。

梁韵怡:今天不回来开店了?

董晟:也不知道几点才恢复供电。再说了,开店哪有送老婆回家重要啊。

梁韵怡看着微信,抿嘴一笑,也顾不上身边奇怪的女子,小跑着往前去了。

这位在梁韵怡眼中略显古怪的女子,便是近期咖啡馆的常客——何小姐。

说起来,这阵子的何小姐也处于生活的低谷期,与男友分手,换了工作处处被刁难。有好几个晚上,她郁结难舒地坐在咖啡馆的角落里,想起永远做不完的工作和永远暴跳如雷的上司,就开始愣愣地掉眼泪。

在她眼中,是那位看上去斯文俊秀的咖啡馆老板给了她慰藉,是她暗无天日的生活中的一束光。

"等等。"听得兴致勃勃的董毅凯不禁插嘴,"我爸当初给那个

何小姐慰藉了？"

董子辰道："据事后我叔叔的坦白从宽，所谓的慰藉主要是——礼节性宽慰，结账时抹零，以及送一块小蛋糕等等。我叔说，何小姐当时负责给公司订下午茶，属于潜在客户。"

"哦。"董毅凯听爸妈的八卦听得不亦乐乎，此刻比老婆方晓娜还带劲儿，催促道，"继续继续。这份慰藉让她产生了别样的想法，然后呢？"

"其实，何小姐起初并不打算表露自己的心情，因为她一度以为我叔叔是有家室的人。"董子辰道。

"他有家室，这点没错啊。"方晓娜狐疑道。

"是没错。但她误以为，我……"子辰指了指自己，"我是叔叔的儿子！"

"哈？"正牌儿子董毅凯惊诧不已，"为什么？"

"经我后来复盘，估计是因为那阵子我刚上高中，放学后会去咖啡馆待一会儿。有一次，我拿着一沓学校发的通知给叔叔签名，还特意对着叔叔喊了好几声'爸爸'。"

"为什么？"董毅凯问。

"因为通知应该由父母签名，而我爸'又又又'出差去了。我那几句'爸爸'是在提醒叔叔，别忘了在通知上签我爸的名字！我记得，那时叔叔一边签一边开玩笑，说自己儿子居然这么大咯。我俩嘻嘻哈哈，一回头，我就看见那位何小姐正目不转睛地看着我俩，神色复杂。所以我对那件事儿印象深刻。"

董子辰道："而且事后据玲玲阿姨说，她依稀记得何小姐也旁敲侧击地问过她那个高中男生是不是店老板家的孩子，玲玲阿姨就说是的。毕竟，侄子也算自家孩子啊，玲玲阿姨哪知道何小姐的小心思。"

方晓娜若有所思："我懂了！那位何小姐心生暗恋，但以为对方有家室，连儿子都这么大了，就打了退堂鼓。可她又阴错阳差地误以为，对方虽然有儿子，却是离异家庭，还很渴望给儿子找个贴心后妈，所以……"

"所以她心思又活络了。"梁静怡津津有味地接话，"之后就发生了惊天动地的后妈宣言。说起来，这事儿还是你引起的呢。"

她说着，瞥了一眼董子辰。

董子辰嘿嘿一笑："嗯，的确，当时的情况是这样的……"

那天，董子辰和董晟在咖啡馆因为期末考试的作文题产生了如下对话。

董晟："我看过你期末的考卷，我能理解你的确不擅长这种作文题，但以前类似的题目，你不是都写得挺好吗？"

董子辰："我这次依旧写得挺好啊。老师给的分数不算低啊。"

董晟："别以为我看不出，这篇和你初中时拿奖的那篇《我和妈妈》几乎换汤不换药。"

董子辰："谁让这次的作文题是《妈妈和我》呢。我能写出什么新意啊。"

董晟顿时有点儿吃瘪。

他正组织语言想教育侄子，董子辰也略有心虚，他不擅文科，自从高中与静怡分开后，文科上就学得更吃力了，这次的作文，他的确偷懒了，却又不想听叔叔的唠叨，竟突发奇想地扮起委屈来。他眉眼低垂，有模有样地低叹一声："这种作文题，我从小就不会写。以前还能靠想象，写写自己幻想中妈妈的样子，可现在，哎……"

遥想当年，小学时的子辰就曾靠着装可怜来撮合叔叔婶婶，没想到多年过去，演技犹在，甚至更胜一筹。

董晟见状，想起孩子尚在青春期，语气顿时变得小心翼翼："怎么突然说这个？"

"之前你们不是还想通过相亲，给我找后妈吗？但最后都没成。你们以为我不知道，其实我都听见了，她们都介意有我这么大个儿子吧，"董子辰就差泫然欲泣了，"我这辈子大概和'妈妈'就是没缘分吧。"

这下子董晟更慌了，子辰竟然连董坤曾经拉着他偷偷去婚介所咨询的事都知道。

"没妈就没妈呗，也不是什么丢人的事，再说了……"

他本想说"你还有叔叔婶婶呢"，岂料他们的一番对话都被坐在一旁竖耳偷听的何小姐听见了。

何小姐听得一颗心火辣辣地燃烧起来，竟一时冲动地站起身，一鼓作气道："其实不是所有女人都介意男人离异带孩子的。"

董晟一愣，董子辰亦是一愣。

何小姐双颊烧得火红，咬牙表白道："比如我，我就不介意做后妈。"

"哦。"董晟不明所以地应了一声。

然而，开弓哪有回头箭，何小姐猛地吞了吞口水，眼神慈爱地瞥向董子辰，说出口的话却石破天惊："尤其是给小凯这样的好孩子。"

"什么？"这声惊呼，并非来自已经宕机到面无表情的董家叔侄，而是源自恰好走进咖啡馆的小凯的正牌妈妈——梁韵怡。

梁韵怡惊诧不已，不知所措地看看何小姐，又看看董晟。

而何小姐更是在认出了梁韵怡后，诚挚发言道："你是小凯的班主任老师吧。我以后会多多关心孩子的。"

董子辰呆愣半晌，才后知后觉，说："等等，她所说的小凯，莫非是指……我？"

这天晚上，董子辰因为爸爸出差而住在了叔叔家。梁韵怡与董晟的争吵也格外收敛一些，却还是断断续续地飘进了子辰的耳朵。

恰好此时，静怡给他发微信：董子辰，分享下你们高中的练习卷呗。

董子辰：我等会儿拍给你。

静怡：别藏着掖着啊，我们可是公平竞争的。

董子辰：我哪是藏着掖着啊，现在真没空。我在带孩子。

静怡：哈？

董子辰：我正在陪小凯。视情况而定，等会儿估计得哄他睡觉了。

静怡：怎么今晚你成育儿大师了？我姐姐和姐夫呢？

董子辰：他们正吵架呢。

静怡宛如看见了火星撞地球一般，不可思议：什么？你是说，我那模范夫妻的姐姐和姐夫，正在吵架？发生什么事儿了啊？

这厢董子辰正絮絮叨叨地说着事情的原委，那厢梁韵怡和董晟正克制地争吵着，确切地说，是梁韵怡严加逼问，而董晟正努力辩解。

梁韵怡："误会的部分都聊开了，我大概理解她为什么误会你是离异单身了。然后呢，你没其他要交代了吗？"

"比如。"董晟只差举手投降了。

"你们之间没其他交流了吗？哪怕她误会你单身，但她会贸然跳出来想做小凯后妈，你们之间真的没更多交流了吗？董晟，你别告诉我，你没看出来她对你有心啊！"

"好吧，我隐隐约约有感觉到。"

梁韵怡闻言，肩膀一塌，眼眶一热。

但眼泪还没落下，董晟连忙就揽住她，她奋力推开，他死皮赖脸

地又搂住:"我隐约察觉到了,所以我也暗示她了!"

"你暗示她什么了?"梁韵怡怒道。

"我生怕自己会错意,也不能赤裸裸地明说什么。但我刻意把手机屏幕换成了小凯出生的纪念照,还特意逮机会问她,我儿子小凯小时候可爱嘛!"

"然而她是不是误以为,这是子辰小时候的照片?"

"我还特意把结婚对戒翻出来戴上了!"

"我看见了,可你自己说说,你戴在哪个手指上了?"

"这两年胖了些,戴无名指实在勒得很,这才换了小拇指。"

"那你知道小拇指戴戒指的寓意是什么吗?"梁韵怡横眉冷对。

董晟在老婆的脸色下查了查百度,随即一脸黑线。

赶在老婆发火前,他立刻又剖白道:"我还在她面前大谈育儿经,说我为了支持老婆的事业,又当爹又当妈,还好小凯是个省心的!这些话,天地良心,我是故意在她面前说的,就是想暗示她,我有家室!孙玲玲可以给我做证,我说的时候,孙玲玲就在一旁。"

"真的?我会去问孙玲玲的!"

"你放心大胆地去问。我记得当时,我和孙玲玲聊了很多,她还吐槽我是……"董晟说着,脸上一顿。

"是什么?"

"她吐槽我是'丧偶式育儿'。"董晟捂脸。

梁韵怡顿时哭笑不得。

但是,想起整个学期她为了比赛而无休无止的加班;想起满身疲倦回家后,总有董晟准备的暖胃消夜;想起每当小凯咿咿呀呀地要妈妈抱,董晟总会主动抱走孩子,让她好好休息;想起董晟为了更好地照顾家里,这几个月来连咖啡馆的打烊时间都提前了。

好吧,"丧偶式育儿"这五个字,成功勾起了梁韵怡的愧疚心。

"我不是不信你,只是……"她的语气软了软,"好吧,我不该不信你。"

"不怪你。"董晟一边叹气一边抱住不再挣扎的老婆,"这事儿的确太巧合。我哪知道我都说到这份上了,对方依旧在误会。"

"她还以为你说的这些是你离婚的前尘往事呢,"梁韵怡埋首在他胸前,"都是我那通电话闹的。"

"我也的确有错。我早察觉了她的心思,却不好意思明着拒绝。下次再遇到这种情况,我一定说得清清楚楚。"

梁韵怡遐想着画面,不由得痴痴发笑:"别了,万一真是你会错意了,你还主动对别人说'不好意思,我有老婆',别把客人吓坏了哟。"

"吓坏旁人,总比吓坏自己老婆要好。"董晟叹气,"韵怡,对不起,今天吓到你了。"

"说真的,冷不丁听见有个陌生女人说要给我儿子当后妈,我整个人都傻眼了。如果,"她顿了顿,"我甚至在想,如果你真的有了别人,那我……"

"不会的!"董晟打断她。

"我是说如果。"

"没有如果!"董晟捧着她的脸庞,喃喃,"韵怡,没有如果。"


这厢,静怡和董子辰依旧在微信上联系。

董子辰:给你汇报一下,小凯已经在我床上睡着了,我带娃的任务出色完成。

静怡:我姐姐和姐夫呢,不会还在吵架吧?

董子辰:他们和好了,现在正如胶似漆呢,你放心吧。

静怡：你怎么知道的？

董子辰发去一个意味深长的表情：因为这房子，真的隔音很差。

第二天，董子辰坐在咖啡馆喝可乐，随着一阵门铃声，他抬眼，静怡推门进来了。

自从升上高中，他俩见面的次数越发少了。此刻见静怡扎着高高的马尾辫，身上穿着一条红色的修身连衣裙，裙摆飞扬，明媚得好似艳阳下的玫瑰一般。不知为何，他竟下意识地红了脸。

"我特意过来观察情况，"静怡朝姐夫打了个招呼后，就径直坐到了子辰身边，悄声道，"那女人呢？不是说她替公司订了下午茶，今天会来取吗？"

"昨天刚闹出尴尬的一幕，今天可能换人来取餐吧。"子辰道。

两人正埋头聊着，玻璃门又被推开了，竟真是何小姐端着一副慷慨就义般的表情，走了进来。

子辰连忙推推静怡的胳膊，用眼神暗示——就是她。

静怡整个人都抖擞了起来。他俩屏息凝神，看着何小姐目不斜视地走到了董晟面前。

董晟倒是语气从容："下午茶已经备好了，东西有点多，能拿吗？"

何小姐抬眼，紧张地握着拳头："其实，我今天过来，除了取餐，还想再说几句……"

"何小姐，"董晟看着她的表情，柔声打断了她，"之前我们有过一些误会，幸好都解开了。也许我在和你沟通的过程中，的确有不周到的地方，让你产生了一些误解。十分抱歉。但，我和我妻子的感情很好。她对我而言是无可取代的。婚前，我曾经一度以为她会选别人，那种崩溃和不甘的感觉，我这辈子都忘不了。"

何小姐的脸白了又红,她咬牙低语:"我还什么都没说呢,你就……"

"因为我答应过我老婆了。一定会说得清清楚楚。"

何小姐的眼里掠过一阵雾气,但她很快吸了吸鼻子,取过大包小包的下午茶。

"无论如何,我以后还是能来光顾的吧。还记得我之前和你说过的吗?我那个对同事们大发雷霆,把我们骂得狗血淋头的上司,在喝了你做的咖啡之后,总算能消消气停下来细品,也让我们这些'社畜'能喘口气。"

"记得,"董晟笑道,"我很荣幸。"

"那你还记得吗?"她顿了顿,"在我哭得最伤心的那个晚上,你给我结账时,送了我一块蛋糕,很甜很好吃。那之后,我晚上独自来咖啡馆,你常常会送我蛋糕,我还以为……"

董晟错愕地张了张嘴,他思考片刻,决定实话实说。

"何小姐,"他说,"我之前说过,为了支持妻子的工作,我包揽了家中的一切事务,还记得吗?"

"记得。"

"所以前阵子,我常常把冷柜里剩下的蛋糕甜品半卖半送,方便我早点关门打烊。这样我就能早点回家照看孩子,再给妻子做点消夜。"

"哇!"方晓娜听得聚精会神,"原来公公年轻时是这种好男人啊!"

"他至今都是。"董毅凯一把搂住她,"所以,你要相信遗传的伟大力量!"

聊得正欢,董晟大厨完成了他的满汉全席,把众人喊来端菜。

"方才你们聊什么呢，那么开心？"董晟瞥了一眼子辰。

子辰嘿嘿笑着装傻："没什么没什么，聊聊工作和生活。"

董晟夹起一块干煎带鱼塞进他嘴里："别以为我不知道，你们几个在聊我和你婶婶年轻时的八卦吧！"

"呃，叔叔你怎么知道的？"子辰讪讪的。

董晟苦笑："你忘啦，这房子……"

对，这房子的隔音，简直了！

酒足饭饱的方晓娜仍沉浸在八卦中，忍不住好奇地追问丈夫："还有后续吗？"

董毅凯就小声道："我听说，后来我爸把我托付给外公外婆，把咖啡馆丢给玲玲阿姨打理，陪我妈去邻市参加决赛，之后又旅游了一个月才回来。咖啡馆里一度贴了不少他俩旅拍的照片。我爸甚至想把我妈优秀教师的奖状挂咖啡馆里！"

子辰笑着接口："我做证，叔叔那时都已经把奖状裱好装框了，但最后还是因为婶婶的反对，没挂上去。婶婶羞得很，说叔叔太夸张了，但叔叔振振有词，说他这是以绝后患。"

眼见着小辈们又窃窃私语地聊上了，董晟清了清嗓子，转移话题："也别光聊我们了。晓娜，想知道子辰和静怡的故事吗？"

"哎，可以吗？"方晓娜眼前一亮，今天这顿饭可真值得啊！

这回，轮到子辰和静怡慌了，齐声道："叔叔（姐夫），你想说什么呀？"

董晟于是与老婆梁韵怡相视一笑："他俩的故事，那才叫精彩呢。"

·全文完·